治療院の客

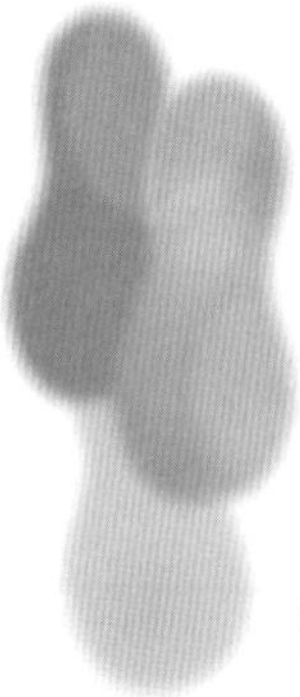

歩 青至

Ho Seishi

無明舎出版

治療院の客◉目次

I

治療院の客

I

どっ、どうしても気になって

和歌菜には突拍子もない癖がある。始まりは小学六年生のことであった。あることが気になるとそれをどうにかしないまで気持ちが落ち着かなくなってしまい、イライラするばかりか、我慢しきれなくなって行動に訴えてしまうのだ。

例えばこうである。授業中、先生が黒板に書いた文字を黒板拭で消したとき、文字が僅かだが消されずに残ることがある。するとそこが気になって仕方がないのだ。

「ああーっ、また残ったあっ。その上！　ああーっ、上だというのにイ」

何回も書いたり消したりしているのに、あそこだけがどうしても残ってしまっている。それに捕われるともう勉強どころではなくなってしまい、イライラばかりかモゾモゾと腰が落ち着かなくなってしまうのだ。すると突如、黒板に直進してその部分を掌で消し、ツンとして席に戻るのだ。ときには思いっきりジャンプして消すことも。

はじめ、先生も児童たちもいったい何が起こって何をしたのか、ポカンと口をあけているだけであった。和歌菜は不思議な子だ。小学校はそれで済んだが、中学一年生になっても癖は治らなかった。露骨に叱る教師もいれば、またか、とあきれる教師もいる。

「和歌菜、ちゃんと消えているかな」

教師のからかいで教室が和むこともあるし、黒板拭きでゴツンとやられることも。けれど癖は徐々にエスカレートしていく。そんな破廉恥なことをしてはいけない、と自分ではしっかり分っているのに、そう思えば思うほどイライラモゾモゾが昂進してしまい、制御不能に陥ってしまう。変わり者扱いされ、気が変ではないのか、などと言われながら、幸いにもそれ以外の性格はむしろ社交的で明るかったこともあって孤立することなく中学高校と通過できた。

悲しいかな社会人になってまた少しエスカレートしたふしがある。スーパーやコンビニの、商品が棚からほんの少しはみ出しているとか、週刊誌がめくられたままになっているとか、それらの全てが気にかかる。がこれはまだ許せる。お客の買い物籠に不安定に収まっている品物まで手が伸びてしまうものだから、露骨に不審がられることさえある。

こんなこともあった。レジに並んでいると、前に立っている初老の男性の耳朶に一本だけピローッと伸びたうぶ毛が生えているではないか。気がつくともうダメ、男性がレジを通過する前にしなくては。イライラモゾモゾが一気に昂進していく。

「ちょっとごめんね」

言うのももどかしく、同時に手がでてピンと抜いてしまっている。男性は瞬間チカッと疼痛を感じたものの、事態が飲み込めないものだからポカンとして振り向くだけである。

そんな和歌菜だが、二十六歳のとき恋人を得て結婚にゴールインできた。順調に第一子が誕生し、その子と初めてスーパーに出かけてふと気がついた。あんなに悩まされていたあの癖がいつの間にかまるで出なくなっているではないか。

爪を切る

九月の三連休を利用して妻マミがかつての同僚たち数人で北海道旅行に出かけた。

昼少し前、母タミエが遊びに来たいと電話してきたので、和秀は実家に向かって車を走らせた。実家までは二十五分ほどの距離である。昼は途中のドライブインで母の好物である海老天ののったソバでも食べて帰ろうと思う。

五月の連休に和秀の娘一家が遊びに来たとき、タミエを今のように迎えに行って連れて来ているがそれ以来ということになる。妻が泊まりがけの旅行に出かける、と知って息子を気兼ねなく訪ねたい気持ちになったのだろう。妻は窮屈な性格ではないのだが、八十四歳ではあってもやはり嫁姑ではあるらしい。今回はひと晩泊まらせようと思う。

家に着くとタミエはさっそく掃除に取りかかった。いつだったか、やはりマミが留守のときもこうであった。その前に、と和秀がお茶を出しても浮き足立っているのが分かる。

この春、和秀は六十五歳で仕事から解放された。ついでにというわけでもなかったけれど妻マミもパート仕事を辞めてしまった。夫婦二人で暇だらけの毎日になったせいで、家の中はそれなりに小奇麗になっているつもりなのだが、タミエはそれでも雑巾を手にあっちこっちと動いている。和秀は母を見ていてホトホト感心してしまった。そうか、そこが抜けていたな、と気づかされることがいくつもあるのだ。

「マミさんったら、どごも綺麗にやってけでるよ」

タミエは所々で一人言のように呟く。妻を気遣ってのことだ。小一時間動き回り、やれやれとした面持ちで和秀が渡した冷たいウーロン茶を二口三口飲むと、思いついたように腰を上げ、今度は玄関の掃除に取りかかるのであった。思いついたのでなく、やりたくてウズウズと腰が落ち着かないのだろう。こうなると気が済むまでやらせておくしかない。

「マミさん、よぐやってけでるなー」

疲れたろうに母タミエはまだそんなことを言い、今度は玄関先の草むしりをしている。ようやく気が済んだのか、居間の長椅子にベッタリと座ったのは、やはり小一時間ほどしてのことであった。そうしてさも心地良さそうに飲み残しのウーロン茶をゴクゴクと飲んでいる。

ふと見ると靴下の右親指に穴が空いていて、そこから伸びた爪が見える。

「母さん、そごさ横になれ。足の爪が伸びでるがら切ってあげる」

そう言えばタミエが遊びにきたとき、妻マミが手と足の爪を切ってやっていたことを思い出す。足の爪は思いのほか硬く、力を込めたらパチッと小気味良く弾け飛んだ。

自分の爪も硬い。母親似であったのだ。左を終え、右足をソファに上げたとき、母タミエはすでに軽い寝息をたてていた。疲れていたのだ。

和秀は母の顔を真上から見つめる。顔全体が深い皺で刻まれていて閉じた両瞼と皺の区別がおぼつかない。唇だけが緩く開いていて、スースーと呼吸音が漏れている。これほど無心で平穏な表情を見たことがない。人はこうして仏に近寄っていくのかもしれない。

ムク

夫の弥市が朝の散歩に出たと思ったらもう帰ってきた音がする。いつもの半分に満たない時間ではないか。キヨは不審に思って玄関に出てみると弥市が背を丸めて上がり框に腰をかけ、開いた股の間に両手を伸ばしてブツブツ呟いている。

怪訝に思って土間に下りて覗くと汚れた犬がいるではないか。小犬というには大きすぎる。

「父さん、どうしたのその犬」

キヨは半ば叫ぶように問うた。

「ムク、いであった」

弥市が聞き取りにくい声で呟く。七十六歳を過ぎたあたりから認知症とも取れる行動が出てきて、八十歳の今では一人での散歩が心配になってきている。捨て犬なのか迷い犬なのかを連れてきたらしい。下手に注意するといきなり突き倒されることがある。これでどれほどなさけない思いをさせられてきたことか。

今の弥市に犬など飼えるはずがない。キヨは途方にくれるしかなかった。

少年時代、弥市が初めて犬を飼ったのは小学三年生のことであった。友達の家で子犬が生まれたのをもらってきたのである。毛むくじゃらであったのでその犬はムクと名づけられ、弥市が一切の世話をする約束で飼うことが許されたのであった。

ムクは一年を過ぎたあたりには大きく育ち、男の大人並みにご飯を食べるようになっていた。

「弥市、ムクはもっと大きぐなるぞ。父さんが別の子犬をもらってくるがらそいつを放してやれ」

「嫌だ!」

父の言葉に弥市は即座に返した。家には九人の家族がいる。ムクみたいな犬にこれ以上メシを食わせて育てるわけにはいかない。そんな話をしていたことを、弥市は聞いてしまっている。

ある日、弥市が学校から帰ると、いつもなら尻尾を振って真っ先に出迎えてくれるはずのムクがいなくなっていた。

ムクが食われてしまう。その前に探さなければならない。村には犬を喰う荒くれた若者たちがいるのだ。弥市は家にランドセルを投げつけて飛び出し、村中を駆け回って探した。翌日も、その翌日も探したがムクはみつからなかった。ムクはそうして弥市の前から消えた。

ムクが玄関でクーンクーンと鳴いている。ひと晩中鳴き明かすに違いない。夫の弥市がいびきをかいて深い眠りについてくれた。睡眠薬を常用しているから朝まで目を覚ます心配はない。キヨはソッと夜具から身を起こす。ムクをどこか遠くに連れていかなければならない。朝になって弥市が目を覚ましたときはもうムクのことなどすっかり忘れているはずだ。

キヨは、ムクと夫によって名づけられた犬を胸に抱き上げた。

鍋島教頭先生

鍋島教頭先生が赴任してきたのはミチヨが小学五年生になったばかりのことであった。

「皆さんこんにちは。鍋島甫と申します」

新任式の日、ミチヨに限らず、緊張して体育館に並んでいた全校児童たちは驚いた。児童たちだけでなく横に並んでいた先生たちも一様に驚いた顔をしている。

鍋島教頭先生は顔が大きく眉が太くて長く、右と左が一本になっているみたいに見える。目もギロリと大きいし、鼻も唇も粘土で作ったように大きい。怖そうな先生だな、と思って見上げていたら、唇がガバッと開いた瞬間、体育館に雷が落ちたような大音声なのだ。

「コラーッ止まれ！」

休み時間、ガイガイワヤワヤと騒いでいるとき、廊下で教頭先生の雷が炸裂したので教室は一瞬にして静まり返った。ミチヨの教室だけでなく、南校舎二階にある六つの教室全てが静まり返ってしまっている。四年生男子が廊下を全力で走っていたのだ。

それだから一年生から六年生まで全児童たちは鍋島教頭先生を見つけると、まるで土佐犬を避けるように全神経を緊張させてお辞儀をして通過するのであった。

二学期の終わりころであった。ミチヨと晴子は担任の早坂先生に学級日誌の整理を頼まれて居残っていた。それが終わるとミチヨは晴子より一足先に教室を出た。階段を下りた所で晴子を驚かしてやるためである。そこはほの暗くなっていて、一人で下りていくと少し怖い、と晴子が言っていたことを思い出したからである。やがて階段を下りてくる足音がする。

「アワワワワー!」

足音が階段を下りきった瞬間、ミチヨは腹にありったけの力を込めて叫びながら両足で床をバタバタ踏み鳴らした。

「オオー!」

晴子の悲鳴どころかあの鍋島教頭先生が唇をワナワナ震わせて立っているではないか。

ミチヨは失神して倒れるほど驚いた。もし頭上から大音声で怒鳴られたら確実に失神していたはずだ。けれど「フーッ」と弱々しい溜息がする。それでも緊張はほぐれない。

「おっ、驚かすだけはやめてくれないか」

教頭先生はそう言って下りてきたばかりの階段をまた上がっていった。そこで彼女の緊張はほぐれた。あれ以来、ミチヨは教頭先生への恐怖心が嘘のように消えてしまった。

あのとき鍋島教頭先生は下りてきた階段をどうしてまた上がっていったのだろう。ミチヨは大人になってからもふっと考えることがある。ミチヨの夫は顔がいかつくて声も大きい。彼と結婚をすると告げたら、両親も兄弟たちも友達も、全てに反対されたほどである。

小学生当時、あの鍋島教頭先生にめぐり会っていなかったらミチヨは最愛の夫とこうして暮らしてはいなかったことだろう、と思っている。

サンタクロースがやって来た

「あれえーっ、何だこの袋。あれーっ、ゲンコツカリントウだあ。あれーっ、鉛筆も一本入ってるど文雄」

朝早く、文雄は一緒の布団に寝ている弟勇雄の頓狂なはしゃぎ声で起こされた。見ると布団の横に紙袋があって、破いたら勇雄と同じ物が入っている。

「あああーっ分かった。二人さサンタクロース来てけだんだ。そう言えば今日が十二月二十五日でクリスマスの日だんでねえが。やっぱりサンタクロース来てけだんだあ」

「ああ、んだんだ。きっとサンタクロースだよそれって」

二人より早く起きていた姉の満子が弾んだ声で言うと、もう一人の姉久美も同じことを言っている。

すると母や長男健介までが「そうだそうだ」と唱和し、台所の方がにわかに賑やかになった。

その日、学校に行くと教室のあっちこっちでサンタクロースからどんなプレゼントをもらったかについて弾んだ話が飛び交っていた。聞いているとゼンマイでプロペラが回る飛行機、スケート、着せ替え人形や毛糸の帽子と手袋、クレヨンなどの他、キャラメル、缶に入ったドロップ飴、ミルキー飴などが次々と出てくる。文雄は驚いた。

「そうか、金持ちの家には金持ちのサンタクロースがやって来るけれど、貧乏な家には貧乏なサンタクロースしかやって来ないんだ」

文雄はしんみり悟った。彼は自分がもらったプレゼントを言わないまま学校から帰った。

文雄が小学三年生のあの日、この家に初めてサンタクロースがやってきた光景を、古希を過ぎた今でもはっきりと思い起こすことができる。

「ねえねえお爺ちゃん聞いてよ」

じき冬休みになるある日の午後、小学三年生の孫春風が学校から帰るなり文雄に訴えるように言った。話はこうである。サンタクロースに僕はあれをお願いしている。私はあれを、などとクラス中で騒いでいたら、良太が横からいきなり言った。

「お前等、まだサンタクロースが本当にいると思ってるのか。あれは父さんや母さんがお前等が眠っているうちに置いてるんだ。俺なんか母さんだけだから、お前等みてえな高いプレゼントはもらえねえんだ。俺の前でごちゃごちゃ自慢するんじゃねえよ」

文雄は良太ばかりか彼の母親のことも知っている。何しろ一クラス十一人しかいない小規模校なのだ。

「あいつ乱暴者だからサンタクロースだって行くはずないんだよね爺ちゃん」

孫の春風が言った。彼には両親がゲーム機を用意していることを、文雄は知っている。

彼は同じゲーム機を買ってイブの深夜を待った。良太母子の町営住宅のドアに結わえつけておこうと思う。乱暴者だってサンタクロースは分け隔てなくやってくるのだ。

美しい日本

助役が代表になっている『ふるさと創生懇話会』から庄司京造に呼びがかかったのは春まだ浅い三月はじめのことである。山奥のどん詰まり、戸数十戸の上の沢集落で年金生活をしている自分にどんな用事があるのか、まるで分からないまま町役場まで出かけた。

「昔あんたの家、棚田あったよなあ。あそこ面積どれくらいだったたっけなあ」

京造は木村助役を知っている。小学校は違うが中学で一緒になった。生徒会長をやっていたはずだ。

「棚田?…………。あああ、今の時代、あれを棚田どが言うんだっけ。確かに」

あれはもうやめてから四十六、七年になる。あのころは棚田という言葉さえ知らなかった。そう言えば助役を今は副町長というんだっけ、と京造はついでに思い出す。それにしてもあの田圃がどうしたというのだろう。今は雑木や潅木の茂るに任せている。

「ふるさと創生事業の一環として、あれを復活したらどうかと構想が出てるんだども。なあにな、京造さんにはいっさい迷惑はかけない。第三セクターを立ち上げてやるもんでな」

京造にはにわかに考えがまとまらない。まとまらないも何も、あそこは二反五畝(二十五アール)しかない。しかも段差がついて十四枚に分割されている。子どものころ、親にこき使われてどんなに難儀させられたことか。京造は今でも骨身にしみている。

「京造さんには言ってなかったども、雪が積もる前に測量させでもらってな。あそこ三十八アールあったよ。それを四十六枚の棚田に造成する計画で青写真作ったんだども」

「はあ……」

おかしなことを言うもんだ、と京造は思う。内緒で測量までして三十八アールあることをしっかり把握しているんじゃないか。人をバカにしている。迷惑をかけないというならやってもいいけれど、どことなく胡散臭い。儲けるのは土建屋くらいのものか。

「ふるさと創生とか地方活性化とか、今まさに強い追い風が吹いているもんでな。そこで人気がある棚田に注目したわけよ。そうしたら昔、京造さんの家で棚田らしいもの作っていた記憶に辿りついたわけでしてな」

なるほど、国や県から補助金がじっぱり入るから、あそこをわざわざ三十三枚まで分割して見栄えのいい棚田に作り変える魂胆か。他に一ヵ所、公有地の原野があって、ここも棚田にする。九年前まで使っていた小学校の分校、今は集落の集会所になっているが、あれを改造して農家レストランにすることも青写真に描かれているとも言っていた。

京造は役場からの帰り、つくづく思う。やること逆さまだ。役場から上の沢集落まで二十二キロの道のりがある。あっちこっちに耕作放棄地が虫食い状に散らばっている。百ヘクタールどころではないはずだ。平地の田圃を荒れ放題にしながら何が棚田だ。第三セクターで黒字経営など聞いたことがない。棚田は十年持ちこたえられるか。まあそのころは町長も副町長も代替わりしているだろうから。それでやる気になったんだろうきっと。

輪廻転生

小学生のころ、サキエにはずっと不思議に思っていることがあった。

不思議と言っても、事実はこれほど当たり前のことがないのだけれど。だから彼女は誰にも話したことがない。言えば笑われるに決まっている。それはこうである。

冬の雪景色の中に立っていると、こんなに寒くて寒くてたまらない銀世界なのに、暑くて暑くてたまらない夏がやって来るなんて本当にあるのだろうか。そうして暑くて暑くてたまらない真夏の太陽の下に立っていると、今度は雪に覆われた寒い寒い冬がやって来るなんてあるはずがない。なのに毎年繰り返しやって来るこの不思議。

サキエの不思議はこれだけではない。父さんと母さんがいて、二人の姉ちゃんと二人の兄ちゃん、一人の弟、それにお爺ちゃんとお婆ちゃんと自分がいるこの家族。ここほど居心地が良くってここほど幸福な場所が他にあるはずがない。父さんも母さんも、姉ちゃんや兄ちゃんも弟もお爺ちゃんお婆ちゃんだって皆がそう思っているに決まっている。

そうしてこれはサキエの家族だけでなく、どこの家族でも同じに決まっている。

それなのにどうしてお嫁さんになって家を出ていくのだろう。サキエには不思議でならない。もし自分の姉ちゃんたちがこの家を出て行ってしまったら、自分はその淋しさに耐えることができるのだろうか。サキエは将来のそんな光景を考えるだけでも涙ぐんでしまうほど淋しくなってしまうのであった。

あんな子どもの時代があったこと、七十六歳になった今、サキエはしみじみ懐かしく思う。彼女には三人の娘がいる。そうして長女の娘、サキエにとって一番初めの孫なのだが、この孫娘が嫁いだのはつい一ヵ月前のことである。

四十七歳の働き盛り、夫が急逝してから娘たちを育て上げるまでサキエは自分を男にして働きづめに働いてきた。これまでの半生を振り返るなら今が一番に平安であることは間違いない。けれど淋しい。ひとり暮らしとなって数年、それほど淋しさを実感しないで過ごしてきていたのに、それからは一つ年を積み重ねるごとに淋しさも積み重なっていく。

このごろサキエの頭に輪廻転生という仏教の言葉がふっと浮かんでくるようになっている。雪が降って寒い冬も季節が巡って暑い夏になり、また冬になっていく。人の世もこれの繰り返しではないか。両親の間に子どもが生まれ、子どもは大人になって結婚をして親になる。彼等の親は祖父母という老人になっている。彼等の子どもたちもやがて子どもを生んで育て上げていく。こうしているうち祖父母たちはこの世を去っていく。

夏が来てやがて冬がやって来る。その繰り返しではあっても、去年の夏と今年の夏は違うし冬もまた違う。七十六回を繰り返した夏と冬にたった一度として同じ年は無かったことだ。そうして季節も人生も繰り返していく。

輪廻転生。その中で自分は役割を果たすことができた。ならば両親や祖父母たちが老いを生きたように、自分も淋しさを受け入れて生きていかなければならないと思う。

慈母観音もうで

二月二十日、朝起きたら吹雪になっていた。第一級の寒波がやって来る、と数日前から警告されていたものだ。こうなると五、六日は続くと覚悟しなければならない。

ルルルルルと電話が鳴っている。早いな、時計を見たら七時前ではないか。妻に呼ばれて尚治は居間に引き返した。受話器からの声は秋田弁ではない共通語を話す男のものであった。

「菊池洋蔵の長男、晴彦です。父がお世話になっておりました」

そう言われて分かった。だがどうして洋蔵でなくて東京で暮らしている息子なのだ。それに「お世話になりました」と言っている。尚治は無言で先を促す。するといきなり洋蔵が死んだと言う。息子によると洋蔵は昨日の午後三時過ぎ、軽トラを運転中に秋田市山王の交差点で事故を起こし、ほとんど即死であった。信号無視であったという。

「親父がいったいなぜ秋田市くんだりまで行っていたか、誰に聞いても心当たりが無いと言うもんで。もしかしたら昔からの親友である尚治さんに何か心当たりでもと思いまして」

「さあ……。それは俺にもちょっと……」

尚治はそう言ってからお悔やみを述べた。けれど心当たりはある。二人は小学校当時からの親友であった。洋蔵は文字通り水呑百姓の四男で妹が二人いる。彼は中学を出て大工の下働きをしていたのだが、二十二歳で隣町の農家に婿養子として入っている。

結婚の翌年、洋蔵には長男が授かり、一、二年置きに娘二人をもうけた。

長男も娘たちも社会人になると同時に都会に出て、彼等夫婦は六十歳前から二人きりの生活になっている。妻は腰がどうの膝が股関節がどうのと医者通いをしていて何回も手術をした挙句、七十歳には車椅子生活になってしまった。

のみならずここ数年前から認知症が発症してしまい、今では週二回、デイケア施設に通所している。洋蔵が彼の言うところの慈母観音もうでに出かけるようになったのは妻が認知症と診断されて間もなくのことであった。

「婿だ婿だど軽蔑されながらよ、苦労して子ども等を育て上げだど思ったら女房が車椅子だべ。今度は認知症だっていうでねえが。八十歳になって食事がら下の世話までやってるよ。女房には悪いど思うどもつい走ってしまうんだ」

洋蔵には月額十四万円の年金があって隔月ごとに振り込まれる。振り込まれた数日後、妻がデイサービスに出かける日、彼は秋田市のソープランドに走るようになっていた。

「俺みでえな貧乏爺だってよ、あの娘（こ）だぢは本当によく尽くしてけるよ。あの娘だぢは俺には慈母観音様だ」

二ヵ月に一度の慈母観音もうでが彼の唯一の潤いになっていた。昨日の午後、天気はすでに荒れはじめていた。洋蔵は妻の帰宅時間に遅れてはならぬ、と焦るあまり、信号が赤に変わる寸前に突っ込んで行ったに相違ない。尚治は寒さも忘れ、電話機の前に呆然として立ち尽くしていた。

黒い眼鏡の男

すっかり忘れていて、だから何十年となく思い起こすことなどあろうはずがないのに、ある日それが不意に、しかも昨日の出来事であったかの如く蘇ることがある。

あの光景は賢治が小学一年生のことであったか二年生であったか、もしかして三年生になっていたかもしれない。そこの記憶だけが曖昧ではあるのだが。

季節は春。晴天の日曜日、賢治たちガキどもは道幅いっぱいに駆け回って鬼ごっこをしている。向こうの国道にバスが停まって一人の男が下りてくるのが見える。

男は前の週も、その前の週もバスから下りてきた。男は黒い眼鏡をかけて革の鞄を持ち、もう一方の手には白い杖を持っている。バスを下りると男は立ち止まった姿勢で耳を澄まして辺りをうかがうようにしてから、おもむろに白い杖をコツコツと叩いて村への道を下りて来るのだ。顔はいつも真っ直ぐに向けられている。

男を発見すると、賢治たちガキどもは一瞬にして動きを止めてしまう。のみならず、走り回って息が上がっているにもかかわらず呼吸音すら止め、立ち尽くして黒い眼鏡の男を凝視し、男が通り過ぎてさえ背中から目を外せないのであった。

白い杖がコツコツと遠のき、角を曲がったところで、ガキどもはようやく縛りから解放されたように皆が一斉にフーッと深呼吸をしてから互いに顔を見合すのであった。

「あれはメグラの鍼師なんだどやー。三次郎の家さ行ぐんだどやー」

ガキの一人が黒い眼鏡の男が消えた角を曲がったあたりになおも視線を凝らして言った。

鍼師とは何であるか、ガキどもの誰一人として知ってはいない。なのに皆が納得したように頷き合っているのだ。

その後、賢治は一人でいるとき、黒い眼鏡の男ともう一度会ったことがある。

アッと気がついた瞬間、全身が竦んでしまった。動くと黒い眼鏡の男に発見されてしまう。怖い。得体の知れない不気味さ故のものであった。賢治は棒を呑みこんだように硬直し、黒い眼鏡の男から目を逸らすことすらできなかった。そうして何事もなく通り過ぎて行っても、なおしばらく緊張から解放されなかったものだ。

あれから五十数年が過ぎ、賢治は白杖を持つ身になり、黒い眼鏡の男と同じ鍼あんまマッサージを生業にしている。が黒い眼鏡はかけていないし革の鞄を持ち歩くこともない。彼の白杖の使い方はかつての黒い眼鏡の男のそれとは比べものにならないほどおぼつかない。それでも馴れた道ならどうにか一人歩きはできる。

散歩の途中で会う人たちとは馴染みになっているのだが、時には初めての人もいる。

ふっと人のいる気配を感じることがある。果たしてどうなのかは確認できないけれど、そこを通り過ぎてからも背中に気配を感じるのだ。

「ああ、あの黒い眼鏡の男もこんな気持ちで歩いてたんだな」

こんなとき、賢治は遠くなった昔の光景を思い出す。

綺麗な花を咲かせるには

五月の末、石楠花が咲く季節になると紀久子は決まって夫永治郎の不可解な行動に唖然とさせられてしまう。今年もまたその季節がやってきた。

庭のあっちこっち、七本ある石楠花がほころび始めた。永治郎が目を輝かせ、それ等の一本一本、開きかけたぼんぼり状の花を手に取って満足気な面持ちで見回ってから朝の食卓につく。

「うん、今年も綺麗に咲いてくれたなあ」

永治郎の口からこの言葉が発せられるのを紀久子は何より恐れている。

彼は食事が済むとお茶を飲むのもそこそこに、庭に下りてぼんぼり状に咲き揃ったばかりの石楠花をむしり取ってしまうのだ。

「あなた何するの！　やめてよ。咲き揃ったばかりじゃないの！」

紀久子は絶叫したものだ。「気でも狂ったんじゃないの」と口走ったこともある。

だが今は諦めてただ眺めている。いや、目を逸らしてしまっている。

「石楠花に限ったことではないんだ。花はな、咲かせたまんまにしたり剪定してやらないと次の年は綺麗に咲かないんだ」

「それじゃあなたは花を観賞するためでなくって、綺麗に咲かせるためだけに育てているだけじゃないの」

「ああそうだ。来年のためにな」

せめて四，五日だけでも、と紀久子は言うのだが、それだから素人は綺麗な花を咲かせることができないのだ、と永治郎は歯牙にもかけない。彼のそうした性癖は年齢を重ねるごとに強くなっていくばかりで、石楠花やハナウメだけであったのが、紀久子が植えたチューリップすら開花して二日そこそこ、気がついたら被害を受けているのだ。

紀久子が苗木のときから大事に育ててきた鉢植えのポートワインという名の木蓮がある。サーモンピンクの花びらが蕾から開きかけるとまさしくポートワイングラスなのだ。これが初めて三輪の花を咲かせた。彼女が喜んだのはつかの間、たったの二日でやられてしまった。さすがにこのときだけは泣いて抗議した。

永治郎はそんな妻を何か不思議な生き物でも見ているような表情で眺めていたものだ。

「ごめんね、うちの人ったら自分の思い通りにやらないと気が済まないんだから」

紀久子は無惨にむしり取られた花たちにお詫びして回る。これは夫永治郎がいなくなるまで続くだろう。それを願っていたわけではないが七十九歳でぽっくりと逝ってしまった。

翌年から庭はまるで精気を取り戻した如く伸び伸びと育った。それで紀久子は満足した。だがそれはせいぜい三年が限度、木や草たちは枝を縦横に伸ばし、株を増やしていくばかり。今では紀久子が踏み入ることすらできなくなった。

「ごめんねあなた。こうなっちゃった」

伸び放題の石楠花の向こう、悄然と立っている夫の面影に紀久子は語りかける。

動物園のフラミンゴ

小松さくらが初めてフラミンゴを見たのは幼稚園の年長組、動物園への遠足の日であった。フラミンゴは四羽いて、うち一羽が去年の春に生まれたもので『サクラ』という名前であることを担任のひとみ先生が教えてくれた。

まだ一歳だというのに、フラミンゴのサクラは他の三羽と同じくらいの大きさになっていて、ピンク色の体が一番にきれいであったし、片足でスクッと立っている姿勢もきれいであった。

「フラミンゴのサクラちゃん、こっちのさくらちゃんより背が高いね。一メートルもあるんだってよ」

これもひとみ先生が表示板を読んで教えてくれた。さくらは囲いの中で一本足のまんまこちらを見てジッと立っているフラミンゴのサクラを長い間見つめていた。

「行きましょうねさくらちゃん。みんなに遅れると悪いから」

言われてさくらはひとみ先生をチラと見上げ、またフラミンゴのサクラに顔を向け、心の中でさようならと言ってそこを去った。

あの日以来、さくらは動物園に行くと心が淋しくなってしまっている。

さくらが小学二年生になり、弟の伸樹が動物園に行くのが楽しくって楽しくって、それでさくらも家族四人で動物園に行くのだが、彼女はフラミンゴだけでなく、他の動物たちを見るのさえ気持ちが重くなるのであった。しかしその日、フラミンゴの囲いには三羽だけがいてサクラの姿は見えず、表示板からも名前が消えていた。

幼稚園のときフラミンゴを初めて見たあの日の二日前、さくらはテレビで南の国の湖でものすごい数のフラミンゴたちが群れをなして遊んでいる光景を見た。なのに動物園で見たフラミンゴのサクラは他の三羽とともに囲いの中でひっそりと立っていた。かわいそうに、フラミンゴのサクラは生まれて一年しかならないのにお母さんから引き離されてここに運ばれてきてしまったのだ。さくらはそう思うと涙が出るほど淋しい気持ちになってしまった。

そうして他の動物たちの全てがフラミンゴのサクラと同じ運命であるのだとも思うと、他の園児たちのようにとてもはしゃいで見る気持ちにはなれなかった。

さくらが保育士の道を選んだのは子どもたちが好きであったのはむろんながら、幼かった昔のあのときの記憶が心の中にわだかまっていることがより大きく原因していると言っていい。小学校から中学、高校と進む中、両親の離婚によって父や母のどちらかと引き離されたり、両親から引き離されて祖父母とか叔父伯母にあずけられるなどのクラスメートが少なからずいた。

彼等が明るく振る舞えば振る舞うほど、さくらには淋しさが分かってしまうのだ。せめて幼児期だけでもこうした子どもたちと一緒にいたい。

中学一年生になった春、小松さくらはすでに保育士になることを決意していた。

家族

「お婆ちゃん、口開けてネチャネチャ音させて食べないでよ。ご飯がまずくなるじゃないの」

朝食のテーブル、トモ江が中学一年生の孫アカネに叱られてしまった。

嫁の克子は注意しようともしない。トモ江はなさけなくなってしまう。克子の夫善太郎と高校一年生になる謙一の二人は先に朝食を済ませ、駅に向かって車を走らせている。

トモ江にとってなさけないことが増えてきたのは、五年前夫源一が亡くなってからのことだ。

嫁の克子は内向的で人との交わりが苦手である。そのせいで嫁ぐのが遅れ、結果として四十三歳まで嫁をもらえないでいた長男善太郎に嫁ぐこととなった。

これだけでもありがたいと思わなければならない。これが克子を増長させた。

長男善太郎に嫁をもらわなければならない。夫婦の最大の悩みはこれに尽きた。

善太郎が二十七歳になった年、新築して長男夫婦の部屋と子ども部屋二つ。台所もトイレも今風の清潔で便利なものにした。

「立派な家だなや。あとは善太郎さんさ嫁っこもらうだげだな」

新築当時こう言われたものの、善太郎が四十歳に近づくにつれて言う人もいなくなっていった。

そこに克子が来てくれたのだ。

トモ江は朝、わずかばかりの畑に出かけるのだが、いつとはなしに嫁と孫が朝食を終える時刻をやり過ごしてから帰るようになっていき、今では昼もどこかへ出かけたり、夕食もひと足早く済ませるようになっている。ある日、トモ江が一人で朝食を食べていると、いきなり克子が興奮した形相でズカズカと入ってきた。トモ江は震え上がるほど恐怖した。思い当たるフシはない。

「お婆さん、オレ癌らしい。さっき髪に櫛入れてだら左のオッパイがピリッとしたので掌を当ててみだ。そしたらシコリあった。ここさ触ってみでけれ」

克子は言うなり膝立ちになってブラウスと肌着を一緒にまくり上げ、左の乳房上方にトモ江の掌を持っていった。シコリは確かにあって大豆より大きい。それも固くていびつみたいだ。町から乳癌や子宮癌検診の通知がある度、トモ江は検診を勧めていたのだが、克子は恥ずかしい、と応じて来ないでいた。生娘でもあるまいし、と思うのだが何回も言うと不機嫌になってしまうものだから今では言わないようにしている。

克子の癌はあっ気なく断定され、左乳房全摘手術を受けることとなった。入院から手術、退院後の世話を八十一歳のトモ江がやりこなした。この間、克子は死にたい死にたい、とどれほど取り乱したことか。トモ江がいたから乗り越えられたと言っていい。

「お婆さん、いろいろとありがとう。おかげ様で助けていただいた。ありがとう」

克子がこう言ってくれたのは退院から一ヵ月ほど過ぎてからのことである。それも「ありがとう」を二度も繰り返して。

干し柿

彼を友達と呼んでいいかどうか、順治は少しばかり躊躇する。彼の名は昭平。順治より二つ上の七十一歳。結婚したことがあるかどうかは分らない。彼は小学校当時から中学を卒業するまでガキ大将であった。中学三年までガキ大将を通さざるを得なかったのは、学業がまるっきりダメで教科書すらまともに読むことができず、居場所がここしかなかったことによる。

彼は中学を卒業してすぐ東京に出た。そうして何年もしないうち大阪にいるとか、いや九州の博多にいるそうだ、母に新潟から金が送られてきたとか、噂の都度、住所地が変わっていた。

昭平はダンプカー二台を持ち、一台をチンピラもどきに運転させ、あっちこっちと渡り歩いていたのだ。が、ある日、チンピラもどきにダンプ一台を運転させて突如町に帰ってきた。喧嘩して頭をやられ、左半身不随になって運転ができなくなってしまったのである。

都会は無理にしても田舎でならそこそこの稼ぎができる。それで帰ってきたのであった。

だがもくろみどおりにはいかなかった。じきにバブル景気が頓挫したことと、チンピラもどきがこの地域にはなじまない。それでも数年は小型ダンプで仕事を取っていたものの、順治はここ五，六年彼の姿を見なくなっていた。

昭平は家から一歩も外に出なくなってしまった。今では兄弟も親戚も近寄らなくなっている。触らぬ神に祟りなしってあれのことだ。そんな噂が順治の耳に届いてはいた。

十一月末、冬になって二度目の雪が降った朝、順治はふっと気になって彼の家を訪ねた。

「昭平さんいるか。俺順治だ。会いたくて遊びに来た」

玄関で声をかけても返事がない。が居間の戸を開ける音がして、昭平が壁に手をついて体を支えながらノッソリと現れた。

「順治かお前、何しに来た。俺を笑いものにするために来たのか」

「バガヤロウ！　あの昭平が何てなさげねえごど言うんだ。心までひねくれやがって。せっかぐ来たんだがら俺は上がる」

あの昭平が、と思ったらカーッと頭に血が上ってしまったのだ。彼は昭平を払い除けて居間に入った。テーブルが据えられ、石油ストーブはあっても冷たいままになっている。

「俺の家の干し柿だ。俺が作ったんだ。二人で食おうと持ってきた」

順治はそう言って持ってきた干し柿の一つを昭平の右掌を開いて握らせ、途中自動販売機から買ってきたホットコーヒーのプルタブを抜いてその横に置いた。

「俺を心配して来てける人、まだいであったなんて。………ありがとうな順治」

昭平の目が潤んでいる。鬼の目にも涙とはこのことだ。順治は苦笑する。が次の瞬間ゾクッとした。ストーブの灯油さえ買えない寒い部屋に縮こまって一人何を考えていたか。食事だってどうしていたか。人に助けを乞う屈辱などまっぴら。ならばとばかり、こいつはあっさり首をくくる方を選ぶ。涙はそこから解放された安堵によるものかもしれぬのだ。

ビンタ一発

妻亜紀子の話

帰って一週間した日にね、母がポツリポツリと話したの。私が東京に戻らない決意でいること、薄々気がついたんだと思う。八十四歳でも驚くほどしっかりしてる人だから。

話っていうのはね、母が四十三歳のときのことなんだって。父が役場で働いていたこと、貴方も知ってるよね。父は四十六歳で助役になっていたの。役場の臨時職員でね、夫を早くに亡くして育ち盛りの子ども三人を女手一つで育てていた人がいたんだってよ。父はその人に何かと面倒をみていてね、お米も食べるに不足ないほどあげていたの。うちには田圃沢山あったからそんなこと何でもなかったのよね。それが次第に米ばかりでなくてお金の相談も受けるようになっていったみたい。役場の中で渡せないから母が届けることもあったんだってよ。

母は二人の間に秘密なんかないとばかり思ってた。ところがね、周囲の噂が母の耳に入ってくるようになったんだって。世間ってこんなこと大好きだし、尾ひれまでつけてさ、他人の家に波風が立つのを面白がるんだ。母はそう思って気にも停めないでいたんだって。

役場に母の従妹も働いていたんだけど、ある日その従妹が来て母に言いにくそうに言ったんだって。父と女の現場を見てしまったの。

父は真面目一方の人間だったからね、集落の相談ごとにも真剣に応じてくれていたし、役場職員にも親身になって話を聞いてあげていたからね。そんな父でも魔が差すことあるんだよね。話を聞いてしまった日にね、父が役場から帰ってきたときね、父が母に鞄を渡そうとした瞬間、母がビシッと父の頬を思いっきり平手打ちしたんだって。父がよろけるほどだったんだって言ってたな。昔の嫁は離婚しても実家には兄夫婦がいるから戻れないし、自立して働くことなんてできっこないし。ビンタ一発で耐えるしかなかったのよね。

夫芳史の話

父と母の間にそんなことあったなんて、私初めて聞かされちゃった。

こんなこと、今さら言っても許してもらえるとは思えないけど、君にはこれまで何度となく嫌な思いをさせてきてしまった。だから戻ってきてくれとは言えない。今度こそ立ち直る、と言って土下座しても通じないことも分っているよ。けれど今度こそ本気だ。僕は会社を退職して来た。マンションも娘夫婦に明け渡すつもりだよ。これからは君の実家のここで君と暮らしたい。それができないなら近くの空き家でも探すつもりだ。運転手か土方くらいの仕事ならありつけるだろうし、幸い体には自信があるから。明日にでもハローワークに行くつもりだ。

……夫芳史がここまで言ったとき、不意に妻亜紀子のビンタが飛んで夫の左頬をビシッと打った。彼の半身が勢いで反転し、ゆっくりともどると二人の目が合った。

納税完納百パーセント達成

夏休みが始まって間もなくの猛烈に暑い昼下がり、母が肌着一枚になって莚（むしろ）織りをしていて、中学一年生の国雄が莚織りのための縄をなっていた。足踏み式の縄ない機のボビンいっぱい巻き取られると、これで莚を十枚を織ることができる。

こうして一日中藁仕事をした夕、鼻をかむと黒ずんだ濃い灰色の鼻汁が出たものだ。

「はい、ごめんくださいよ」

声があって振り向くと四、五人のワイシャツ姿の男どもが戸口を跨いで入ってきた。町役場官吏たちである。税金の督促に来たのだという。税金が滞納になっていることを、国雄も大人たちの話から知っていたが何年前からまでは知らない。官吏たちと母のやり取りから、それが二年や三年でないことが察しられる。そういえばどこの家の玄関先にも貼りつけられている「昭和〇〇年度納税完納章」がこの家には一枚も貼られていない。

田圃が六反歩しかないところに子どもが九人、それでなくても貧乏所帯なのに一昨年、去年と二人の姉が相次いで嫁いだ。父は出稼ぎ、母も病弱ながら無理を押して莚織りをしても借金に追いまくられていることを、国雄とても膚身にしみて知っている。

お盆になれば夫が出稼ぎから帰って来る。それまで何とか、と母が汗みずくの肌着に体を小さくまるめて言っている。去年の夏も正月前も、その前の年だって今と同じ言い訳をしている。こっちは書いたものを見て言っている。これ以上言い訳を聞くことはできない、と官吏の一人が言い、もう一人が革鞄から書き物を取り出して母に突きつける。

「そのどぎはオレの首をやる!」

母が腹わたを絞る声で絶叫したのはやりとりが十数分も続いたと思われるときであった。

それで官吏たちは帰った。

「貧乏するってなさげねえものだな国雄」

長い時間、身じろぎもしないで足踏み式莚織り機の木の椅子に座っていた母がどんよりとした声で言った。こんな貧乏な家から役場官吏たちは、母が首をやる、と絶叫するまで追い詰めた。

国雄は中学一年のこの夏、社会の不条理を肌身に染み込ませて知ってしまった。

そうしてこれが彼のその先の価値観を規定した、と後年になって思う。

二十六歳で結婚をしたお盆、国雄が里帰りしたときのことである。テーブルにクリスタルガラス製の大きな灰皿が載っかっていた。手に取ってみると裏に何やら書いてある。

『納税完納百パーセント達成連続十年　全国一』

瞬間、国雄の頭に全身の血が一気に駆け上がっていく。

中学一年生であったあの夏から数年後に納税完納百パーセントを達成したということか。それが十年も続いたので全戸に豪華なクリスタルガラス製の灰皿を配った。

「この灰皿、俺がもらっていくよ母さん」

父が亡くなって二年、母の前でこれを玄関に叩きつけるだけは耐えなければならぬ。

ものぐさ寝太郎

大山太郎がいつのころからものぐさ寝太郎と言われるようになったかは曖昧である。むろんあだ名というものは特定の月日を期して流布するものでなく、誰言うとなく拡散するものだ。

寝太郎の場合、出発はどうも小学校二、三年生あたりと思われる。小学五年生にはもうすっかり定着していたのだから。高校生になったころは大山太郎という本名を知っているのはクラス内と担任くらいのものになっていたものだ。

不思議なこと、彼は小学校から高校を卒業するまでほとんどの授業を机にうち伏して眠りこけて通過したにもかかわらず、成績は常に中間をキープしてきたのである。これぞ神童でなくて何であろう。

小学校でも中学高校でも、初めは教師たちが恫喝したり時には体罰まがいもあったけれど、寝太郎にばかりかかりかまけていては授業が進まないものだから、新学期の半分も過ぎないうち放置されることになる。

大山太郎が授業の大半を眠りコケて過ごしながら、ビリにならずに高校まで卒業できたのは何故か。生徒や教師、周囲の大人たちによってしばしば取り沙汰されてきた。学校では眠っていても帰ってから家で独学している、と囁かれた一時期もあったけれど、これは家族によってあっさり否定された。彼は食事以外、ほとんど眠りこけていて、たまさか思いついたように徘徊することがあるくらいだ、という。

一つそれらしい理由づけがある。睡眠学習というとか。これには科学的根拠がある、と週刊誌に載っていた。けれど週刊誌の域を出るものではない。

彼は高校を卒業しても就職できなかった。できなかったもなにも、就活なるものすらしなかったのだから。こうなると親が何をしているのか、と親を攻めてしまうものだが、両親とも攻め甲斐がないほどニヤニヤのほほんとして右から左に聞き流すからまるで手ごたえがないのだ。

寝太郎が二十歳になったころ、変な噂が流布するようになった。

「ものぐさ寝太郎はいつかド偉い人物になる。それが証拠に近いうち旅に出るそうだ」

これはお伽噺に重ねて自然発生した希望的観測にすぎないものだ。

それだから一年足らずで自然消滅してしまった。

年が流れて幾星霜、ものぐさ寝太郎がいたことも、人々から忘れ去られて久しいある日、ものぐさ寝太郎が旅から帰ってきた。いつ旅に出たか知っている人がいないというのに。五十歳になって妻と四男五女の家族を伴って帰ってきた。さすがに眠りこけのものぐさにはなっていない。少しばかり昔の風貌が残ってはいるものの、まあ並みの大人の顔になっているから嬉しい。

いったいどこでどんな生活をしてきたのか。

「車もねえし電話もテレビもねえ。電気も引いてねえもんでなあ。畑をやったり豚や鶏を飼ったり。家の周り休耕田だらけなもんでなあ。手と足で働いていたら嫁さんが来てくれたもんで、それで子どもが生まれたもんでなあ。生き物飼っているもんで長男夫婦が留守番しなければならんもんでなあ。どこって、今住んでいるのどこだっけなあ」

お茶をどうぞ

「お茶をどうぞ」

山田絹子は初対面であるケアマネの石井知美の前に湯飲みを置いた。

「驚きました私」

一息を置いてから知美が感きわまる声音で言った。

「この人もか」、と絹子は心の中で呟く。茶筒から急須に茶葉を入れてポットから熱湯を注ぎ、数秒を置いて二つの湯飲みに注いでいるあいだ中、知美が凝視しているのは分っていた。見つめる視線にはエネルギーがあって、絹子にはそれが分る。

「絹子さん、全くお見えにならないんですよね。なのにまるでちゃんと見える人のように一滴もこぼさないどころか、分量も理想的。それにコースターまで添えて。私なんかよりずっとお上手じゃないですかあ。驚きました」

「そうですか」

絹子は抑揚なく応える。ケアマネという専門職ではあってもこれを褒め言葉だと思っているらしい。障害者は何もできないから優しく手を差し伸べなければならない存在でこそのものなのにそれが裏切られた、と言えば言いすぎか。

山田絹子は生まれながらの全盲である。彼女には四つ上の兄と二つ上の姉がいる。絹子は全盲であったことで幼少時、周囲から大事に育てられ、それ以上にわがままに育った。

「だって絹ちゃん、目が見えないんだもの」

絹子の発するこの言葉は魔法の呪文であった。これを言うだけで全てが解決したのだから。

これだけではない。彼女が服や肌着を着たり脱いだりするだけでも、箸を持ってご飯を食べても、歯を磨いても。そんなところに近所の人が訪ねて目撃しようものなら皆が皆、仰天して褒めそやすのだ。家の中を歩き回ってさえ驚かれる。

それで絹子は柱にぶっつかっても、土間で転んで膝小僧を擦りむいても決して悲鳴を上げないし、むろん泣くこともしなかった。いや、できなかったのだ。

小学一年生、盲唖学校に入って寄宿舎生活をしなければならないという。

なぜ兄ちゃんや姉ちゃんたちと同じ小学校に行ってはならないのか。絹子にとってあれほど不条理な事件はなかった。

彼女の性格は小学一年生のたった一年で豹変させられ、これが定着した。慣れるまで母に会うことすら禁止されたことなど、心のキズは今もって癒えていない。あれは教育ではなく動物的飼い慣らしに他ならない。今の時代なら虐待に当たるだろうけれど終戦直後のことである。

「人に頼るな甘えるな。自分のことは自分でやれる人間になりなさい」

幼児期から思春期、これを叩き込まれ、これだけで生きてきた。

幼かった昔、あれほど喜怒哀楽の感情が豊かであったのが盲唖学校に入学した瞬間ひっくり返されたトラウマ、絹子は七十五歳の今でもこれを取り戻せないでいる。

ファミレスプロポーズ

「俺たち、そろそろ結婚しようか」

中田光也が言ったとき、伊藤美希は数秒を置いてからこれがプロポーズであることに気がついた。ドラマでも小説でも、プロポーズの場面はクライマックスに設定されていて厳粛に近い雰囲気なのだ。なのに今の二人はファミレスでてんぷら定食を食べている。

そうして光也ときたらフッと顔を上げ、まるで今思いついたような口調で言ったのだ。

「うん。いいよ」

それで美希もさっき彼から「てんぷら定食でも食べようか」、と言われたときに返した同じ口調で返事をしてしまった。

美希二十七歳、光也三十歳のことである。光也は建設会社に勤めている。彼は設計から見積りの積算などに長けていて会社から重宝がられている。二人は三年前、光也の会社の上司夫婦のバーベキューパーティーに誘われて知り合った。美希はその上司の妻の遠縁に当たるから、この出会いは上司夫婦の目論見であったことがじきに分かった。

美希にとって光也は夫として不足はない。職場はしっかりしているし収入もこの地域では上の中くらいだろう。酒もほどほどだし煙草はやらない。会社のつき合いで外で飲むことも月に一、二度はあるけれど、深夜でも十二時前には帰宅している。

結婚して八ヵ月ほどで長女が誕生し、一年半を置いて長男が誕生した。

そうして長女が小学一年生になった年、百坪の敷地に三十八坪の家を建てた。二十年のローンではあるけれど順風満帆と言っていい。

なのに美希には不満がある。結婚して間もなく、夫光也のしまりのない性格が目につきだしてきたのである。

食事のマナーが欠落していったのが最初であった。美希は「いただきます」、と言って軽く合掌してから箸を持つ。二人の子供たちもこれを見習った。光也も「いただきます」くらいは言っていたがじきしなくなっている。のみならず、子どもたちの笑いをとるため片尻を上げてプリッとやるのだ。今ではあけすけにゲップまでする。子どもたちと会話にも無頓着になって久しい。

休みの日、光也がのほほんと週刊漫画誌を読んでいるとき、子どもたちの相手や外の草むしりなどを頼んでも一度で腰を上げてくれることがない。美希が家事と子どもたちの世話プラスパートでコマネズミのように立ち回る毎日、夫光也はいつの間にか居候的存在になっていった。

そのうち粗大ごみになっていくのだろうか。光也は飄々としているのだが美希はフッと淋しく思う。そんなとき彼女は遠い昔になってしまったプロポーズの光景を想起するのであった。

ファミレスで「てんぷら定食でも食べようか」、と言った感覚のままでプロポーズを持ち出され、自分も同じ感覚で「うん、いいよ」と答えたのだ。

あれがその後の夫婦を暗示していた、と今になってつくづく思う。

ごめんね

戸松銀次六十一歳。彼には昔ヤクザとして生きた一時期がある。一時期とはいっても地方の町ではこれが烙印となって消えることはない。が五度も結婚を繰り返しているところから察するとそこそこ女心を引きつける甘さとか、心根の深いところに優しさみたいなものがあるのかもしれない。

しかしさすがに今はひとり暮らしを強いられている。強いられている、というのは六度目の正直を捨てきれないでいるふしがありそうなのだ。

銀次があっちこっちの温泉を車で巡るようになったのは最近のことである。そのうちの一つで彼は一人の青年と仲良くなった。青年の名は良太、母と二人暮らしだという。十八歳、N市の支援学校高等部三年生である。良太に会うまで銀次はダウン症なる存在すら知らなかった。

「小父さん、背中流してあげるね。あとで僕のもお願いするから」

良太は初対面の人でも旧知の如く話しかける。それもまるで邪気がなく自然体そのものなのだ。

こわもての銀次にすらそうであった。それで銀次はたちまち良太をこの上なく好きになってしまった。銀次に限らず、彼と居合わす皆が声をかけられるのを心待ちにしている。良太と話をしていると心が洗われるのだ。

その日、三十代とおぼしき体のガッチリとした男が浴室に入ってきた。新顔である。

「小父さん、僕背中流してあげるね」

洗い場で男が頭や体を洗い終えたところを見定めて良太が隣に座って声をかけたのだが、男は何の反応も示さなかった。それでも良太は何かにと親しげに話しかけている。

「うるせえなこのバカ！　ごちゃごちゃ言いやがって」

言うなり男は自分が使っていた洗い桶の湯を良太の頭にガバッと浴びせた。

良太は体を縮め、両手で頭を抱えた。学校や公園でわけが分らないうち、暴力を振るわれることがある。そのときの防御姿勢がこれであった。

「この野郎！　何しやがるんだ」

銀次が男に怒声を浴びせ、浸かっていた浴槽からノッソリと立ち上がった。すると男も振り向きざまノッソリと立ち上がる。年齢が若い分、腕っ節も凄みも銀次の上を行っている。一瞬にして緊張が走る。と数秒を置いて銀次の横の男もノッソリと立ち上がった。

これを見て浴槽に浸かっていた者も洗い場にいた者も、八十歳近い老人までが次々と立ち上がって男を睨みつけた。男は不思議そうに皆を見回し、それから元の位置に座り直した。

「ごめんね」

静寂しきった浴室に良太の囁く声がする。

「いや……悪かったな」

男も囁くように返すのが聞き取れた。

「背中流すの、この次にしようね」

捜し物は何

五十歳を過ぎたあたりから度忘れの回数が増えていくものだ。しかしこのころはまだ、さして時間を置かずに思い出すことができていた。七十歳を過ぎた今では健忘の領域なのか、ひょっとして認知症にさしかかっているのではないか、と真剣に戸惑うことが多くなってきている。

その日、賢次郎は朝刊を読んでいて久しぶりに万年筆で文字を書いてみたくなった。万年筆をテーマにしたコラムが載っていたからである。

彼は毎日欠かすことなく短い日記をつけているのだが、ボールペンだけを使っていたのである。若かった一時期、賢次郎は万年筆に凝っていたことがある。モンブランとかパーカーなどを背広の胸ポケットに差し込んではいい気になっていたものだ。

そう言えば三、四年前だったか、整理していたらこのうちの一本が出てきたことがある。

カートリッジのインクを差し込んだらサラサラと問題なく書けそうだ。そう思ったきり忘れている。そいつを探そうと思う。

朝のあれこれを終え、お茶を一杯飲んでから賢次郎は万年筆探しに取りかかった。

二、三年前なのにどこに置いたかの記憶はすっかり無くなっているけれど、たぶんまた使うつもりで、さして気にも留めずにポイと置いたと思う。

先ずは机を探す。ここで発見されるとは思っていなかったがその通りであった。

お中元やお歳暮にいただいた綺麗な菓子箱、缶などに収めているガラクタ類、いつの間にかこれ等が三つに増えている。中の物を一つひとつ手に取ってはいちいち馴れ初めに思いを馳せるものだから、探し物は一向にはかどらなくなっている。

次に賢次郎が手をのべたのは本棚であった。どこかの隙間に挟まっているかもしれない。万年筆はそこにも無かった。彼は椅子を引いてどかりと座って考えた。段取り一服というやつだ。

「そうか、旅行のときに持って行ったかもしれない」

賢次郎は思いつきに気を良くして声に出して呟いてから旅行鞄やリュックを探した。旅行鞄には旅先のホテルから失敬してきた歯ブラシとか薄っぺらなタオルが二つずつとティーパッグまで入っている。それで旅行した昔を懐かしく思い起こしたりするものだから、ここでも無駄な時間を費やしてしまった。

クローゼットの背広も箪笥の引出しも探した。あっちこっち這いずり回っているうち昼になったとみえて階下から妻が呼んでいる。結局彼はほぼ半日、探し物に没頭したことになる。

「ガタガタ音させで、何んか探していたのげ?」

妻がのほほんとした声で言った。

「何って……その………」

賢次郎ははたとして当惑した。何を探していたのであったか忘れているではないか。

封印を解く

「コトちゃん、父さんのごど、何とか頼むね。これだげが気がかりで……。母さんの遺言だど思って……。コトちゃんしかいねえんだがら……」

父が病室を出てコト一人になったのを察知して母が言った。母の急変を知らせてきたのがその日の午後三時を回った直後である。最終の新幹線と秋田駅から特急を乗り継ぎ、東能代駅からタクシーを走らせて病院に着いたら十一時を過ぎていた。

病室には父一人だけがついていて「来てけだが」と言った。ホッとした安堵感がある。心細かったと思う。父にも母にも今は兄弟がいないし、一人娘のコトだけしか身内はいない。コトは両親が三十七歳の年、結婚して十一年目になってどうした弾みにか生まれた一人っ子であった。

母がここ一ヵ月ほど胃の奥あたりに鈍痛がして一向に良くならない、と言って病院で診てもらったのが二月、まだ四ヵ月しか過ぎていない。父も母も膵臓癌末期であることを、コトに知らせていなかったから、彼女が見舞いのために帰省したのは母が小康を得て一旦退院したときであった。たった三週間前でしかない。あのときは痩せてはいたものの元気そうに話をしていた。コトは母の横に立って呆然とするばかりであった。

父に家事はできない。五十二歳のとき、土建現場で事故に巻き込まれて右目が義眼に、左目の視力も〇・一になってしまった。それにもう六十六歳になった。

コトには東京で知り合った広瀬幸生という一つ上の恋人がいる。彼は長野県小布施町出身、二・五ヘクタールの果樹園を持つ農家の一人っ子である。コトはもう何回となく訪ねている。母が亡くなってから、コトは郷里で臨時の保育士として働くようになった。以来、広瀬幸男との逢瀬はお盆と正月のほか、金銭的な折り合いがつけば三連休に出かけるくらいでしかない。

コトが保育所の正職員として内示を受けたのは働いてから四年目のことである。彼女が真っ先にメールをしたのはむろん広瀬幸生であった。けれど心が弾んでのことではない。「おめでとう」のメールが届くとは思えないのだ。二日待った夜、コトは彼にケイタイをかけた。

「おめでとう、良かったね」

小さくて低い声であったがそう言ってくれた。コトが正職員になったとすれば、彼にしたら地元に住み続ける意思表示であることに他ならない。

コトにも彼がそう受け止めることは分かってはいた。深く考えてはならないことがある。彼女は心に封印してきていた。彼の方も同じであったと思う。その封印をコトが解いた。

コトは思う。仮に自分が親なら子どもの自由を拘束するなど決してしない。けれど父を振り切ることはできそうにない。自分には広瀬幸生も父のどちらも恨む気持ちはない。あるのは深い寂寥だけだ。こんなにも深い寂寥だけれどいつか時間が癒やしてくれるだろうか。

今はそれすら考えることができないでいる。

大いなる何物か

「死んでもいいかな」

戸田克人は四十六歳になる。退職して四年が過ぎた。白杖を持つようになったものの、家のすぐ裏、川の堤防の片道四百メートルほどを往復するくらいしかできないでいる。

克人は高校を卒業してすぐ市役所に採用された。網膜色素変性症なる疾病が言い渡されたのがそれから四年後のことである。中学生当時から少しずつ不自由さは感じていたし、高校になってからはそれ等の症状が一年ごとに進行している自覚はあったものの、両親にも友人にも告げることがなかった。妻アキとは彼が二十五歳、アキ二十四歳で職場結婚をしている。

結婚をしたころ、仕事は人並みにこなすことができていたのだが、三十歳を過ぎたあたりから細かな数字が読みづらくなったり文書の起案が困難になったり、何より車の運転ができなくなったことで彼はとうとうカミングアウトした。三十三歳のことである。網膜色素変性症であることを、結婚前アキには告げていたのだが、遺伝によるものだとか失明するかもしれないなどまでは告げていなかった。隠すつもりはなく、彼自身がまるで信じられなかったまでのことである。

「そんな恐しい病気であるなんて、結婚前に知らせて欲しかった」

あの日アキが下を向いて言った。克人は呆然として見つめるしかなかった。自分なら決してこんなことを言わない。心配するな、俺がとことんつき合ってやる、と言うだろう。

四十二歳にはほとんど仕事ができなくなっていたし、列車通勤そのものが危なくなってさえいた。ここまで持ちこたえられたのは公務員であればこそと言っていい。

働くとしたら鍼とか按摩しかないが社交的でないばかりか、患者と二人きりで話をすることなど大の字をいくつつけても足りないほど苦手なのだ。それで三年余を何もしないで過ごした。

「死んでもいいかな」

こう思ったら不思議なほど心が安らぐのを覚えた。二人の息子たちも大学を卒業したし、妻も公務員だからそこそこの生活は維持できる。自分がいなくなればかえって束縛されない。ならいつ死んでもいい。急ぐことはない。こんなに心が安らいでいるのだから。そんな安らぎだけで十数日が過ぎた。そろそろかな、と思い始めて数日、不意に母が訪ねてきた。

「このところ毎日克人が死んだ夢ばかり見てる。お前のことだから何を訊いても心配するな、とばかり言うだろうから電話もしないで来てみた。どこか悪いとかないのか」

克人はゾクッと身震いをした。自分を助けようとしている何物かが存在している。それが母を遣わしたのだ。神であるのか、亡き父か父に繋がる先祖なのか。彼等を含む大いなる何物であるのか、克人には分らない。それが生き続けなさい、と告げている。

鍼あんまマッサージの仕事を決意したのはそれから間もなくのことであった。

好きな色は赤

古都子は三十二歳、生まれながらの全盲だと聞いているが性格が明るくて笑顔がとてもいい。彼女が住み込みで働いている楽泉治療院を月に一、二度通院するようになったのは、諒太郎が六十二歳になってようやく五百歳野球から足を洗うことができたものの、今度は運動不足のせいであっちこっちの関節が強張ってきたことによる。

楽泉治療院には古都子の他、雅彦という弱視の青年がいる。彼は自転車で通ってきているところをみると日常生活には支障がないらしい。雅彦は性格が朗らかなのはいいけれど、ともすれば施術が大雑把になる。院長は六十五歳、この道三十年を超えるベテランである。諒太郎は院長だと安心して全身を委ねることができる。そうして雅彦だと心の中でやれやれと呟く。

楽泉治療院は来院者を三人の施術者が順ぐりで施術しているので客の方から指名することができない。諒太郎の内心は古都子に自分の番が回ってくれるのを期待している。これは六十二歳ではあっても、やはり男という性のなせるものだろう。

彼の見るところ、男性客の多くが自分と同じ下心であるのは確かだ。楽泉治療院が他より繁盛しているのは古都子の存在があってのものだ、と彼は確信的に思っている。

「私は断然赤い色が好きだなあ。それから白で三番目が黒」

院長が七十歳ほどの女性客を、古都子が諒太郎を施術していて四人で好きな色に話が及んでいたとき、古都子がそれ以外にはない、という口調で言った。

「まるで見えない古都子にとって色彩はどんなイメージで捉えているんだろう」

諒太郎はフッと思った。すると心がズンズンと切なく締めつけられていく。これほど切なくなることなどなかったというのに。

野球から足を洗ったら急速に老人っぽくなって情が脆くなってきているふしがある。

「諒太郎さんどうしたの。急に黙りこくって」

「あっいや、気持ち良くって眠くなってきた」

古都子に不審がられ、彼は咄嗟に言った。盲人をそれ故に哀れんではいけない、とは思う。思うけれど彼の切ない気持ちは施術が終わっても癒えることがなかった。

治療が効を奏したのか、諒太郎の通院はいつとはなしに間遠になり、やがて途絶えてから二年ほど過ぎたころ、古都子が結婚をして楽泉治療院をやめ、今は隣町で夫婦して治療院を開業していることを、諒太郎はフリーペーパーの広告で知った。

夫はやはり全盲で古都子より二十歳も年上であるらしいこと、風の頼りで諒太郎の耳にまで届いたのはそれから二ヵ月ほどしてからのことであった。

古都子は一生を独身で通さなければならないだろう、と諒太郎は思っていた。

夫が二十歳も年上の盲人であってもいいではないか。そう思う。なのに彼の心に、かつて好きな色について話が弾んだあのときの切ない気持ちがゆっくりとよみがえってくる。

極楽落とし

子どもであった昔、江坂晋平はネズミ捕りが得意であった。『極楽落とし』というネズミ捕り器がある。細かな金網で四角い形になっていて、ニボシなどエサを入れてネズミを誘い、エサに食いついたとたん、入り口がバタンと閉じてしまう仕掛けになっているやつだ。

あれがどうして『地獄落とし』でなく『極楽落とし』なのか、今でも不思議だ。

中学一年生のことである。初夏のある朝、晋平がこれまで見たこともない大きくて丸々と太ったネズミが入っていた。だが少し動きが鈍い。しばらく見つめて気がついた。お腹に赤ちゃんがいるらしい。ネズミは沢山の赤ちゃんを産む。母ネズミを殺すのは同時に沢山の赤ちゃんネズミまで殺すことになる。晋平には殺せない。けれど放してしまえば赤ちゃんネズミはじきに親になって子を増やしてしまう。鼠算式というではないか。

結局晋平はそのままにして学校に行った。

夕刻帰るとネズミは朝より動きが鈍くなっているように見える。彼は突っ立ったまま、水に突っ込もうかどうしようか、朝と同じ逡巡をしたものの、やはりそのままにして立ち去った。

「おおおーっ！」

翌朝、晋平は驚嘆の声を発した。ネズミが赤ちゃんを生んでいたのだ。母になったネズミが横になり、赤ちゃんネズミたちがオッパイに吸いついている。その数六匹。赤ちゃんは晋平の親指くらいしかなく、体のわりに頭が大きくて目が塞がっている。

そうして毛が生えていない赤メロなのだ。彼には可愛いどころか不気味でしかない。

学校から帰ると真っ先に覗いたが朝とほとんど変わっていなかった。翌朝になると赤ちゃんネズミたちの動きが少しだが活発になっている。どうしよう。身動きができない。

事件が起きたのは三日目の朝のことである。六匹の赤ちゃんネズミたちが忽然といなくなっているではないか。自力で外に出るはずがない。だとしたら……。

母ネズミが一夜のうちに六匹全てを食べてしまったとしか考えられない。しまった、と思う。残酷なことをさせてしまった。母ネズミでなく自分の責任なのだこれは。こうなったらしかし、母ネズミだけを生かしておくことはできない。

晋平は意を決して『極楽落とし』を水に突っ込んだ。

以来、晋平のネズミ捕りは大人になった今でも途絶えたままになっている。このごろになってふっと考えることがある。自分が生んだ子どもを死に至らしめるほど虐待したり、放置して餓死させる親たちがいる。マスコミも世間も世をあげて彼等を非難するものの、ランダムな時間の間隔を置いて事件は繰り返されている。

『極楽落とし』の中で赤ちゃんを生んだネズミを放置したのは自分であった。母ネズミだけに責任を負わせることはできない。なのにあのとき、結局は母ネズミまで殺してしまった。

子どもたちへの虐待も餓死も、当事者だけを攻めたところで責任の半分でしかない。残り半分は自分をも含む世間にこそあると思わなければならないことだ。

運転免許返納

昨日の六月六日で要造は八十二歳になった。三月三日、妻美恵子は彼より三ヵ月先に八十二歳になっている。二人にとって軽トラックは命の次に大切なものだ、と言っても決して言い過ぎではない。これがないとどこにも行けないのだから。家から一キロメートルほどにある七アール足らずの畑に出かけるのも、夫婦して能代市の病院や医院に出かけるのも買い物も。ゲートボールに出かけるのも全て軽トラックがあってこそのものなのだ。

今朝またテレビのニュースで八十何歳だかの老人が信号待ちの車に追突して歩道に乗り上げ、集団登校中の小学生の列に突っ込んで二人に重傷を負わせたことが報じられた。

「親父もこうなる前に運転免許を返納しろよな。あとのごどは俺だぢ夫婦どか、智志だっているし。買い物でも病院でも頼まれれば連れで行ぐがら」

朝食の席、長男弘隆に言われる、と思っていたらやはり言われた。この手のニュースが報じられると必ずなのだ。運転免許証を返納すればタクシー料金が一割だったか安くなる特典があるほかに温泉入浴料など何かにと割引されるらしい。料金が一割安くなったからといって、まさかタクシーで畑や田圃に出かけるわけにもいくまいに。能代市の病院に乗りつけるなら、一割引でも片道だけで六千円は超える。

バスが来なくなって何年になるか、指折り数えても思い出せない。町の福祉バスもあるにはあるけれど、一日一往復だけのこと、病院のついでに買い物をするとしたら気が気でないだろうし、天気がいい日ばかりならともかく、考えるだけで億劫になってしまう。

「息子等は必ずそう言うんだ。初めのうぢはな。もったいつけながらでも乗せで行ってけるよ。まあそれもせいぜい半年だな半年。あどはのらりくらり。催促でもしてみれ、怒鳴られるのが関の山だ。ハハハハハハ」

ゲートボールの仲間たちは口をそろえてこれを言い、大口を開けてバカ笑いをする。

長男弘隆だってとりたてて親孝行なわけではない。孫の智志は妹二人がすでに嫁ついで子どもまでいるというのに、四十三歳になっても嫁どころか浮いた話ひとつ聞いたことがない。今では両親にすらめったに口を開かなくなっている。家の前の駐車場には要造と息子夫婦、それに孫と四台の車が置かれている。

長男弘隆は中学、高校と野球部に入っていた。やれ朝練だ、雨が降ってきたから迎えにきてくれ、練習試合だなど、要造はどれほど振り回されたことか。孫の智志も野球部であったものだから、弘隆夫婦の都合がつかないとき要造が送り迎えをしてきた。

だが今これを言ったところで腹を汚し合うだけだ。

「やっぱり、運転免許の返納に行ってくるごどにするがな」

「んだよ父さん。何かあってがらでは大変だがら今のうぢにやめだ方がええ」

妻美恵子が流しで洗物をしている背に要造が言い、妻は手を休めることなく返す。

これまで何回も交されてきたものだ。いつになく長い沈黙が続く。本気で決意したのだろう。

藤の花の家

その町の名を仮にR町としておく。町の中心地から二十五キロメートルほど奥羽山脈の懐に入るように川を遡上したどん詰まりに千本杉集落がある。

夕刻、村田吾朗はテレビのローカルニュースを見るともなく見ていたら不意にこの集落の名が出てきた。集落に一軒あった店舗の廃屋を藤蔓が文字通り蔓延し、ここ数日続いた晴天で藤の花が一気に咲き揃って垂れ下がり、花房で廃屋が覆われている、というものであった。

二十歳から二十三歳までの四年間、村田吾朗は千本杉集落より十キロメートルほど遡上した営林署の事業所に勤務していた。

ここの国有林はブナを主体とした天然林で覆われ、営林署が伐採していたのである。事業所の職員が十四人、作業員が六十数人であったろうか。職員も作業員も月曜日に入山し、土曜日に下山するのだが、千本杉集落がバスの発着地であると同時に森林鉄道の発着地でもあった。

バスの発着地横には二階建ての店舗があって、月曜日と土曜日の上下山日のその時刻は営林署職員と作業員たちで戸口から人がはみ出るほど混雑したものだ。

店には吾朗が赴任する二年前に結婚をした若夫婦と夫の両親たちが暮らしていた。男二人は事業所の作業員として働き、店は二人の女たちが切り盛りしていた。

新妻の名は和子なのだが、山の連中はカズちゃんと呼んでいたものだ。

カズちゃんは性格が明るくて天真爛漫そのもの、男どもは姑さんがいてもまるで和子一人しかいない如くカズちゃんカズちゃんとばかり和子一人にせっついていたものである。

吾朗は毎月末、事業所の書類を営林署本署に提出するため出張しなければならなかったが、往復には必ずこの店に立ち寄っていた。こんな日は上下山日とはちがい、店に客がいることなどめったになかった。カズちゃんが応対してくれるのが何よりの楽しみなのに、いざ店に入って彼女が出てくると彼はひどく緊張してしまい、同僚たちから頼まれた買い物を度忘れしてしまうことすらあった。

夏のある日、店に立ち寄るとカズちゃんが赤ん坊に乳をふくませている光景に出くわした。カズちゃんは両の乳房をあらわにして片方をふくませていた。

「吾朗さん必要な物持ってきてちょうだい。今飲ませたばかりだから」

カズちゃんはそう言った。恥じらいなど微塵もない自然な笑みを浮かべている。

「俺もカズちゃんみたいな女性と結婚したい」

あのとき吾朗は真剣にそう思ったものだ。あれから六十年近い年月が過ぎた。国有林では天然林が伐り尽くされ、今では営林署そのものが消滅した。当時四十数戸あった千本杉集落、今は二十戸足らず、バス運行も十年前から途絶えた、とテレビが報じていた。

明日、千本杉集落に行って藤の花で覆われたあの店を見て来よう。八十歳でもゆっくり走ればいいことだ。一時間半ほどで到着するだろう。カズちゃんが満面の笑みを浮かべて立っているだろうか。そうしたら自分は昔のように照れるか。

その男

たえ子が駅横通りで果物店を開いたのは三十八歳、東京オリンピック前年のことである。果物店の看板を掲げてはいるものの、売り上げ額の七割方は大判焼きが占めている。店には他に牛乳とアンパンなど菓子パン数種と明星インスタントラーメンも置いている。

彼女は十九歳でこの町の製材所に働く職工に嫁いできたのだが、夫は終戦間際に南方で戦死した。婚家先の義父も町工場の職工であったが、この義父が五十八歳で退職すると同時に家計のやりくりが目に見えて困難になっていった。

たえ子の長女初枝は中学を卒業した春、集団就職列車で東京に向かい、二十歳で結婚をして東京の人となった。長男秋良を高校に進学させてホッとしたのは束の間のこと、三年生に進級したとたん、大学へ進学するのだ、と強引に横車を押し通さなかったら、たえ子は果物店で大判焼きを商うことなく、赤貧洗うが如くの生活に甘んじていたことだろう。

元来彼女は内気な性格であったのだ。

たえ子が曲がりなりにも生活にゆとりができたと思えるようになったのは還暦を過ぎたあたりからだろうか。義父母もこの世を去り、そこの家屋敷を売り払ってそれまで借りていた店舗を自分のものにし、ひとり暮らしになってからのことである。

店の前を行き交う人々を眺める心のゆとりが出てきたのもこのころからであった。

その男は毎朝通勤列車から下りてくる人々の流れの中にいた。目立つ人ではない。茶褐色の鞄を持ち、雨模様だと鞄に黒いこうもり傘を挟んでいる。コツコツ、コツコツ、と決まった歩幅と速さ、目は五、六メートル先の地面に落として歩く。

夕刻五時半ごろの列車時刻、男は朝と同様、駅に向かって店の前を通り過ぎるのだ。

「あんな男にも喜怒哀楽があるのだろうか。何が生き甲斐で働いていることやら」

たえ子は朝と夕、その男を見ると決まってこんな感慨を覚えるようになっていた。そうして二十有余年、男はマイカーを持つこともなく、五、六メートル先に視線を落とした歩き方も鞄も雨模様の日のコウモリ傘にも変わるところがないまま、朝と夕に果物店の前を通り過ぎるのであった。それだから今では高校生の中にその男だけが目立つ存在になってしまっていた。思えばたえ子もまた、飽きもしないでその男を見続けてきたものだ、と自分ながら苦笑することがある。

そんなある日、まるで思いがけなくその男が店に入ってきたではないか。朝と夕、それも二十有余年この方、その男を観察してきたことが見破られたのだろうか。たえ子は我知らず緊張する。

「小母さん。よく飽きもしないで何十年もこうして座って商売してますねえ。これが小母さんの生き甲斐なんですかねえ」

その男は大判焼き三個を買い、紙袋を受け取ってしばしもじもじしていたが、たえ子をつくづくと見つめてから言った。

なれ初めは幼稚園

「聞ーいちゃった聞いちゃったー。隆平クンの好きな人聞いちゃったー。隆平クン、言ってもいいかな」

「ああいいよ。だっていないからボク平気だよ」

梅雨明けの夕刻、幼稚園玄関口で園児たちがお母さんたちのお迎えを待っているのだが、あかねちゃんのお母さんが隆平にニヤニヤした笑顔を向けながらはやしたてる口調で言ったので、隆平はムキになって言い返した。

隆平はあかねちゃんのお母さんをあんまり好きではない、というかとても好きではない。この前だって亮クンを今みたいにニヤニヤしながらからかっているのを見た。

「アラッ、じゃあ言っちゃおう。隆平クンの好きな人はねえ、遥ちゃん。当たりでしょ」

「違うー！　遥ちゃんなんか大嫌いだ！」

隆平は顔を真っ赤にして抗議した。するといきなり廊下の角でワーッ、とありったけの声を張りあげて泣き出した園児がいる。遥ちゃんであった。遥ちゃんはまるでこの世の終わりでもあるように、ワーッワーッとありったけの声を張りあげて涙と鼻水を出るに任せて泣きじゃくり、先生たちがかけつけても泣き止まないどころか、逆にますます激しく泣き続けるではないか。

隆平は当惑した。

自分は皆の前で遥ちゃんの自尊心をキズつけてしまったのだ。むろん園児の隆平に自尊心とかキズつけるなどという言葉などしらない。けれどそんな気持ちにおそわれたのは確かだ。隆平は本当は遥チャンが大好きなのだ。遥ちゃんの他に好きな人など思ったことすら一度もないというのに、あかねちゃんのお母さんの変にニヤニヤした言い方がとてもいやらしいものであったから叫んでしまったのだ。

次の日から遥ちゃんは隆平を無視するようになった。隆平はチラチラと様子を眺めているしかなかった。夏休みが終わろうとする前の日、隆平は決心して遥ちゃんの家に一人で出かけた。二十分もかかる遠い道を一人で出かけるのには勇気がいたけれど、通園バスで道順は知っている。園が始まるまでに何としても遥ちゃんと仲直りをしなければならない。

玄関に現れた遥ちゃんの顔は怒っていない。

「遥ちゃん………。ハッ、ハッ、ハッ………遥ちゃん、ゴッゴッ、ゴッゴメンッ………ハッ、ハハッハル、ゴッ、ゴッゴッ………」

万感の思いに突きあげられ、声が詰まると同時にしゃくり上げで喉が詰まる。遥ちゃんの前だけれどへんてこな泣き方になってしまうし、涙が溢れて遥ちゃんが見えなくなる。

「隆平クンったらあどうしたの。まあまあまあ」

遥ちゃんのお母さんが驚いて飛び出してきて隆平を抱きしめると、ようやく大声で泣くことができた。こうして二人は仲直りした。

幸せの掻痒

庄太郎は八十九歳になる。医者の薬を服用していないところをみると体は健康と言っていいだろう。八十二歳の年に妻を亡くして以来ひとり暮らしをしている。妻が亡くなった翌年、彼はそれまで使用していた総入れ歯を外してしまっている。総入れ歯を外すと、十歳くらいかそれ以上老けた人相になるものだ。それで彼を百歳を超えていると思っている人もいるらしい。

もっとも今の庄太郎には九十歳だろうが百歳だろうがどうでもいいことで、だから人に訊かれる都度、九十歳かと問われても百歳かと問われても「うんだあ」と答えているほどだ。

彼は町の中心部から二十数キロ遠い集落に住んでいる。昔は二十数戸あった集落も草茫々の空き家とサラ地の中、八戸しか住んでいない。いずれも七十代前半から八十代ばかり。夫婦二人が一戸、あとはデイケアサービスに通所していたり入院だったり。

庄太郎は天気さえよければ毎日の散歩を欠かさない。

だがこれを散歩と言うには少しばかり疑問が残る。なぜにと言うと、彼はこの地方でネゴと呼ばれる荷物を背負うときに使うのを背に負い、鋸を腰に結わえて家を出るのだ。そうして小一時間、道端の杉林や雑木林にちょっとばかり入り込んでは雑木や落枝などを鋸で適当な大きさに切る。帰り、彼の背中には二宮金次郎が背負っている半分ほどの薪が載っかっているのである。

彼はこの薪で煮炊きをする。何を煮炊きするかと言うとたいてい決まっている。

集落には週に一度移動販売車がやって来るのだが、庄太郎のために欠かさず持ってきてくれる品にブリアラがある。ブリアラがなければマグロカマとか鯛アラになることもある。ひとパック三百五十円也、たいていこれしか買わない。

庄太郎はブリアラに裏の畑から収穫したジャガイモや大根、ニンジンその他の野菜や山菜などを適当に刻んで味噌と共に鍋に入れ、最後にコップ二杯ほどの玄米を入れてトロトロと煮込む。

これが彼の一週間口にする主食になる。それも朝と夕の一日二食、その都度トロトロ煮込むというか暖めるものだから、いっかなブリアラ、玄米と言えども原型をとどめない粥状になってしまう。見た目はともかく、これがまずいわけはない。むろん歯だって必要がないというわけだ。

彼は三，四日置きに薪で沸かした据え風呂に入る。ゆっくり浴槽に浸かっていると、自然に民謡だか何だか判然としない節回しが口から漏れる。そいつをか細い裏声でうなりながら浴槽に膝立ちになって顔と頭を洗い、次いで首、肩から両腕と足先まで洗い流す。

老人になると体のあっちこっちが痒くなってくる。老人性掻痒症というやつだ。風呂から上がると痒いところをポリポリ掻くのだが、これほど気持ちのいいものはない。ひとしきり掻いた後、今度はメンタムを丹念に塗りたくるのである。するとハッカを連想させる清涼な刺激がシーシーと皮膚に染み込む。これまた掻いたときにも増して気持ちがいいのだ。シンシンと静寂だけが支配する夜。庄太郎の幸せな一日はこうして過ぎていく。

二人姉妹

鮎子が1人でいるとき、鏡に向かって自分の顔をじっくり観察するようになったのは小学六年生になったころからである。自分の顔は人並みだろうかそれとも………。「………」には美人に近い方だろうか逆の方だろうか、と揺れる想いがある。

「元子ちゃん可愛いねえ」

三つ上の姉、元子は鮎子が幼いころからこう言われていた。それで鮎子はお姉ちゃんの年齢になったら自分もそう言ってもらえるんだ、と思っていたものだ。けれどそうはならなかった。それで憂鬱になったかといえばそうでもない。姉の元子は誰が見たって可愛い女の子であったから、妹として一目を置いて眺めてきた、と言っていいだろう。

小学六年生は思春期の入り口である。果たして自分は可愛い女の子だろうか。あるいは普通の女の子なのだろうか。鏡を見ても答が出てこない。

そうして彼女は鏡の中の自分の顔のパーツごと品定めを試みたことがある。

顔の輪郭、姉と較べてさして変わりがない。ちょっと額の生え際が上がっている気がしないでもない。それと顎も心持ち張っていそうに見える。目は一見して姉が大きい。けれどそれだって三，四ミリくらいでしかない。定規で五ミリを確かめてみたのだが、姉の目が大きくたっていくら何でも五ミリは超えていない。

「たったの三ミリか四ミリの違いなら大したことないじゃん」

鮎子は鏡の目と定規の目もりを交互に見ながら呟く。眉は自分の方が濃い、というかやや太い。鼻すじは三歳幼い分、自分の方が短くて低いのは当たりまえ。けれど口は姉より大きい。これだって左右五ミリ、両方プラスして一センチもの違いはない、と思う。

可愛い可愛いと言われてきている姉の元子に較べたって大きな違いなどどこにもないではない

か。せいぜい三，四ミリの範囲内のことでしかないのだ。

それで自信がついたかと言えばそうはならない。なのにどうして違うのだ、とかえって分からなくなってしまう。でもまあいいや、と鮎子はさしてこだわらない。

姉元子は中学、高校と美人の誉れを一身に集めて通り過ぎた。鮎子は成長するに連れ、姉の美貌と自分を比較する気持ちを意識しなくなっていった。元子は学校に行くときも外出するときも鏡に向かう時間が長く、鏡の自分に全てを託していた。

衣類ときたら鮎子の何倍もある。おかげで鮎子は姉のお下がりだけでこと足りている。

そうして姉元子は人も羨むジャニーズ系とめでたく結婚した。ところが三十歳を境に印象が激変してしまった。ジャニーズ系の夫は職場を転々とし、挙句行く先々で女性がらみの事件を起こすのだ。

「今度こそ離婚してやる」

姉元子は鮎子夫婦のマンションに子ども連れで駆け込む都度これを言う。元子にはしかし働く能力が欠落している。離婚は願望に過ぎないこと、鮎子はとっくに看破している。

左ギッチョ

戸田長友は運動神経が鈍い。それに左ギッチョである。それでいて運動が嫌いではなかった。高校に入学した春、彼は誘われるままバレーボール部に入った。バレーボールなら左ギッチョでも他の球技より目立たないだろうと思ったのである。

ここのバレーボール部は弱い。公式戦で初戦敗退を続けていて、ここでの先ず一勝が悲願になっているくらいだ。長友の一つ先輩に柴田辰矩がいる。彼は身長百八十二センチで体重が七十七キロ、アタッカーとしては少し重い。加えてさほど運動神経が良くない。

彼は学校内外で番長を張っているわりに律儀にも部活には欠かすことなく出てきている。そんな彼を長友は好感をもって眺めていた。長友にマネージャーへの変更を勧めたのが辰矩でなかったら、彼は二年生に進級する時点で退部していたはずだ。

夏の終わり、長友が遅れて体育館に行くとバレーボール部とバスケ部の十数人が辰矩を取り囲み、真剣な表情で彼の話を聞き入っていた。

「緊張してよオ、焦れば焦るほど立たねえんだ。こすってるうぢに出ちゃったでねえが。それで一発目はあっさり失敗ヨ」

何事かと思ったら真面目くさって初体験の失敗談を披露している。結局バレーボール部は長友が在学中の三年間も公式戦で一勝すらものにすることができずじまいであった。

長友が大学四年生の夏休み、帰省したら辰矩が急性骨髄性白血病で入院していて、それも末期だと衝撃的事実を知らされた。あの辰矩にそんな病魔が取りつくなんて、まるでイメージできないではないか。長友は半信半疑の心地で入院している彼を見舞った。

辰矩はベッドに胡坐をかいて座っていた。体躯は高校生当時とさして変わりがない。白いのは病気のせいというより陽に焼けていないからだろう。

背を向けて座っていた女性が振り向いて長友と目が合った。

見覚えがある。河田夏子という辰矩と同期生であったはずだ。彼女は秀才であったが歩行にクセがあった。軽い言語障害も。軽度の脳性麻痺だと記憶している。夏子が立ち上がって長友を迎え入れたのだが、お腹が大きく膨らんでいる。臨月に近いらしい膨らみであった。

「俺、あと二ヵ月だそうだ。夏子の腹の子は俺の子だ。辰太郎って名前もつけている。俺が死ぬのが先か辰太郎が生まれるのが先か。そんなところだ」

夏子が廊下に出たのを確かめて辰矩が言った。

言ってから軽く咳き込む。焦点のぼけた目が力なく泳いでいる。

「俺が辰太郎のパパになってもいいか。辰矩さんの子ならパパになれるやつは俺しかいない。夏子さんも幸せにしてみせる。俺は本気だ」

永友の口からいきなり言葉が出た。

「バカ野郎お前」

二人は長い時間睨み合った。やがて辰矩の右手がゆっくりと差し延べられてくる。

今はまだ……

三月十三日、娘のエミリは中学校を卒業する。しかしエミリはいない。

娘のいない卒業式に招かれてはいたが、かなえは到底出席する気持ちにはなれなかった。不治の病にとりつかれて亡くなってからまだ半年そこそこしか過ぎていない。エミリの卒業証書は小学校からの親友である蘭香ちゃんが代理で受けて持ってきてくれることになっているが、蘭香ちゃんと会うのさえ辛い。

夕刻近く、蘭香ちゃん母子が玄関に立ったとき、かなえは微笑をもって迎えなければ、と思っていたのに頬が強張ってしまい、用意していた言葉さえ出ないのだ。

「エミリ、高校もずっと一緒だって約束してたのに……。つらいよ。でもエミリの分まで頑張るからね」

エミリの遺影の前、蘭香ちゃんはようやくこれだけを言って泣き伏してしまった。

「晴れの卒業式だというのに悲しい思いをさせてごめんね蘭香ちゃん」

かなえがこう言って二人を送り出すと、彼女はヘナヘナとその場に座り込んでしまった。

彼女は日に何度、折に触れ、あるいは折に触れなくても涙を流してきたことか。

三月になって春の陽光が少しずつ作用してきているらしい。それまで夫や次女で中学一年生の有璃子に頼んでばかりいた買い物にようやく出かけられるまでになってきていた。

がエミリの卒業式の日、薗香ちゃん母子が訪ねて来て以来、またも彼女は買い物に出られなくなってしまい、ようやく気を取り戻したのは四月に入ってからのことである。

けれどまだ気持ちが集中できない、というか疲れるのだ。駐車場の車の出し入れも疲れるし、家までたどり着くまでの運転もひどく疲れる。

ようやく家の前に車を止めたとき、背後で短くクラクションが鳴らされた。

車から出て振り向くと、薗香ちゃん母子が笑みを浮かべて立っていた。

薗香ちゃんが高校の真新しい制服を着ている。明るくて濃い空色のブレザーが眩しい。眩しすぎる。車を挟んで立っている母親の和服も眩しい。

「エミリに入学式の報告をしようと思って。エミリの写真、胸ポケットに入れてました。エミリと一緒に入学するって二人で約束してたから」

その日が高校の入学式であることを、かなえは知っていなかった。

知るも何も、彼女は今だって新聞もテレビも見る気持ちになれないでいるのだ。

『晴れがましい姿、エミリに見せないでちょうだい。私もあの子の前で見たくない』

こんな気持ち、二人はどうして分ってくれないのだろう。

気持ちがグングンと冷え込んでいく。のみならずすさんでさえいくのであった。

「帰ってちょうだい。お願いだから。今はまだ……。今は……」

激情が制御できなくなり、かなえの口がもつれて声が出た。

今はまだ……辛くて切なくって悔しくって……。全てが憎い。

寿司を食べる

小野甫は六十四歳になる。彼は四十歳まで腕のいい家具職人であった。甫は高校を卒業して自動車会社に就職したのだが、子どものころから木材をいじくるのが好きで、中学三年生の夏休みには既製品と見まがう出来栄えのサイドボードを作って皆を驚かせた。

が今時家具製造では食っていけない、と両親に猛反対されたので自動車会社を選んだ。

しかしそこは一日三交代勤務、機械とノルマにこき使われる世界であった。

甫は二年で見切りをつけてUターンしてしまった。好きこそものの上手なれ、のたとえよろしく、彼は創作家具の製造に没頭し、三十歳ころには各種展示会で注目を浴びるようになり、いくつかの賞をものにするようになっていた。

そうしてこれからという矢先、緑内障が見つかり、それが原因になったと思われるのだが、木材の角に眼球を打って網膜剥離を併発してしまった。四十歳のことである。

今は右眼が光覚のみ、左眼が〇・一になっている。甫が鍼灸あんまマッサージの免許を取得し、治療院を開業したのが四十六歳のことであった。

開業当初の来院者は日に三人があればいいほど、ゼロの日も珍しくなかったものだから、高校と中学の子ども二人を抱え、妻紀子のパートがなければ生活保護ギリギリの生活であった。

そうして来院者は今もさして増えてはいない。

が子どもたちが社会人となり、夫婦二人の生活になってから慎しく暮らしていればやっていけるようにはなったと言っていいだろう。むろん余裕などこれっぽっちもない。

甫も妻紀子も、寿司の出前を取って食べることを何よりの楽しみにしていた。二人の誕生日とか結婚記念日、盆正月、プラスちょっとしたいいことがあった日など、数えるなら念に五、六回だし、それもたいていは並である。二人は出前の寿司を摘みながら缶ビールを飲み、甫は寿司のときだけプラスして麦焼酎の水割りコップ一杯を飲む。

「障害者とが母子家庭とが、国から手当てもらっている連中、我々よりよっぽどいい暮らししてるんだよなあ。近所のアパートの母子家庭なんか、この前も寿司取り寄せで食ったらしく、廊下に寿司桶置いであった。俺たち運転手だって生活保護ギリギリだども血税払ってるってえのに。いいご身分だよな奴等」

通院の帰りのタクシーで運転手と不景気の話になっていると、不意に彼が言った。

甫は通院には白杖を持たないで行っているから、運転手は身体障害者だとは気がつかなかったのだろう。

生活に追われている人々の中に、不満のはけ口を自分より弱い立場の人々に向ける人が少なからずいるものだ。彼等は自分たちより貧しい人がいることで自らを慰めている。なのに自分たちでさえめったにありつけない寿司を食べている。それだって我々の血税から出たものだ。これはもう怨念に近い。

あの日以来、甫は出前の寿司を寿司桶でなくて折り詰めにしてもらっている。

そのせいでもないけれど、気分が一向に盛り上がらなくなってしまった。

健康の目的

朝六時半、菊池悦雄はベッドから這い出す。

台所では妻とき子がテレビをつけて朝食の仕度をしている。妻の肩越しに流し台の窓を眺めると、待っていたかのタイミングでかつての同僚、小川達一郎が垣根の向こうの道を通過していく。

彼が俄然ウオーキングを始めるようになったのは五十二歳で再婚した直後のことである。

「お前、十五歳も若い嫁さんもらったもんで張り切ってるんだべ。夜も夜であれだろうし、あんまり無理しなさんな」

ウオーキングは健康にいいとは言え、往復十二キロを二時間そこそこでやってのけるというから、同僚たちの冷やかしには多少の忠告も含まれてはいた。それが退職して十年がすぎたというのにまだ続いている。悦雄は定年で退職した年、川べりの閑静な所に新居を構えた。ここが達一郎がウオーキングするユーターン地点になっていたのである。

達一郎は現役当時から趣味らしいものがまるでない男であった。

カラオケ、スポーツは言うに及ばず、映画や読書も旅行にも無縁、アルコールも体質的に受けつけず、乾杯のビールさえ持て余すのだ。

そんな彼が妻を亡くした翌年、早々と十五歳も年下と再婚をやってのけるとは。悦雄たち同僚には青天の霹靂に匹敵する驚きであったものだ。再婚した女性はめったに外出しないらしい。若くて美人だから彼女の外出を渋っている。同僚たちの間にそんな囁きが交されたのだが、病弱らしいとの噂が後を追うように伝わってもきた。何につけ人付き合いのない彼のこと、噂も盛り上がることなく自然消滅してしまっていた。

悦雄が退職して新居を構えた場所がたまたま達一郎の散歩のユーターン地点であったことでまるっきり無視することもできず、ウオーキングの彼を家の前で待ち構え、ひと言ふた言声をかけることがある。がそれとて年に数回くらいのものだ。

ところが今朝、その彼がいきなりチャイムを鳴らしたのだ。むろん初めてのことである。

「明日から散歩の距離を半分にするもんでな。ここまで来なくなる。やっぱり年だな」

達一郎はにこりともしないで言った。が何か話をしたい雰囲気がある。

悦雄は彼の散歩につき合うことにした。

「女房には心の病気があってな」

達一郎はこう前置きをしてから話し始めた。

妻は家事一切ができない。そんな病気なのだ。達一郎の先妻は慢性の呼吸器疾患であった。呼吸器と精神科の待合室は同じフロアになっていた。それで二人は親しくなった。

「女房に頼まれてな。福祉の世話でようやく生きている彼女の世話をしてやってほしい、とな。それで約束したよ。九十二歳までは頑張るとな。家に帰って食事の仕度だ。なんかなあ、俺の方が生かされているって感じだな。じゃあな、あんたも達者でな」

あいつはすごい男だ。悦雄は小さくなっていく達一郎の後姿を見つめてしみじみ思う。

アイマスク

八月の第一土曜日、朋佳は典也から視覚障害者青年部のレクリエーションに誘われている。この日、彼女は典也に絶交を告げる決意をしてから承諾のメールを送った。

典也が事故に遭遇して視覚の全てを失ったのは三年前、二十三歳のことである。朋佳が愛したのは事故前の典也なのだ。全盲になったから愛せなくなったのではない。事故を境にまるで魂が入れ代わったのではないか、と真剣に考えてしまうほど別人格になってしまったのだ。

「盲学校に入ったらね、専攻科だから高等部を卒業したての十八歳からね、中途失明の四十歳過ぎの社会人までいるんだ。社会人の中には大学卒だって三人もいるんだよ。でもそいつ等、大したことないんだ」

点字の習得も鍼灸の基本中の基本である三百六十もある経穴（ツボ）を覚えるのも、鍼や按摩マッサージなどの実技練習でも自分が一番だ。

典也は朋佳に会う度、こうした自慢を羅列するのだ。事故前は決してこうではなかった。

「そうなんだ」

まるで心の準備もなく一瞬にして失明という重荷を負わされたのだから、心の平衡を保つには自分がいかに優れた人間であるかを誇示しなければならないのかもしれない。悲しみのいくらかでも背負うつもりで彼女は彼の言う全てを受け入れてきている。

だがもう疲れた。そうして苦しい。盲学校クラスメートと交際している、という囁きを耳にしたのは夏休みに入るため彼を寄宿舎に迎えに行った日のこと。つい五日前でしかない。

海浜でのレクリエーション、二人はよく泳いだ。浜から離れて泳いだ所で話そう、と思ったけれど全身で喜びを発散させながら泳いでいる彼を見つめていると、到底口には出せない。そうしてあっ気なく昼になってしまった。午後はアイマスクを装着しての白杖の体験歩行になっていた。五人目、朋佳はアイマスクと白杖を渡され、スタート地点に立たされた。五十メートルほど歩き、左折して十段ある階段を下りて砂浜を二十メートルほど進んでから引き返すコースになっている。

「あっ」

アイマスクを装着した瞬間、朋佳は短く悲鳴をあげた。一歩、二歩三歩と前に進む。けれど怖い。まるっきりの闇。アイマスクを装着するとき前方を確かめて真っ直ぐ進めばいいだけだと思っていたのに岩が前方を塞いでいる、足下が断崖になっている恐怖。

「おねえちゃん、上手上手。そのまま真っ直ぐだからね」

小学生らしい男の子が十数メートル先で手を叩きながら声で誘導してくれている。なんと優しい声だろう。朋佳は胸をつかれた。自分は典也にあの子のような優しい声をかけたことなど一度としてなかった。彼のアイマスクは生涯外せないというのに。

「ボク、ありがとうね」

アイマスクの中、朋佳の目が徐々に潤んでいく。

パラリンピックを目指す

三熊英一が生まれたのは二〇〇〇年、長野冬季オリンピック翌々年のことである。

彼が生まれる前のオリンピックでありながら、夏冬のオリンピックを通じてこのオリンピックほど心に深く刻み込まれているものはない。

英一の父、三熊国男は秋田県を代表するスキージャンプ選手であった。

長野冬季オリンピックをひかえた二年前、国男はオリンピックスキージャンプ強化選手に抜擢されている。だがあと一歩でオリンピックの切符を手にすることができなかった。そうしてこの年、彼は英一の母となる明子と結婚をしている。

妻明子のお腹に宿っているのが男の子であると知ったとき、国男は文字通り飛び上がって喜んだ。冬季オリンピック強化選手まで駒を進めながらついに選手に抜擢されなかった無念さ。これを息子によって成就させるのだ。

挫折しかけていた彼の人生にとって、息子誕生はまさしく希望の星そのものであった。

三熊英一には父国男の記憶はない。彼が二歳の誕生日を迎えて間もなく両親が離婚していて、以来母明子と二つ下の妹さやかの三人で暮らしている。そうして父の消息は母も知っていない。英一は母が秘密にしているのだ、と思っていた一時気がある。だが事実知っていないのだ。

母はあえて知ろうと積極的に動かなかったこともあったろうと思う。

離婚の原因は英一が脳性麻痺を持って生まれ、結果スキージャンプなど不可能であることが決定的になったことによる。父国男が荒れて荒れて荒れまくったあげくの離婚であった。

中学一年、母から初めてこの話を聞いて以来、英一から父を恨む気持ちが消えている。彼の障害は上下肢とも不自由、文字を書くことも歩行も可能ではあるけれど不可能ではない、という範疇を出るものではなかった。むろん言語障害も。

水泳を始めたのは水の中だと体重の負荷がかからない分、関節を動かし易いというリハビリが主な目的であった。なのに泳ぎそのものが周囲が目を見張るほどメキメキと上達したのだ。それは自分が父の血を引き継いでいるから。英一がこれを自覚したのは中学三年生のときの県障害者スポーツ大会で自由形と背泳ぎで二つとも県記録を大幅に更新したときであった。

そうしてこれが地元テレビと新聞で報じられた。

もしかして父も見てくれているのではないか。父が県内に住んでいたら見た可能性が大きい。

「お父さん。僕はこうして元気に頑張っているからね」

テレビや新聞の取材を受けながら英一は心の中で父に語りかけていた。

ならパラリンピックで金メダルを取ることができたら全国はむろん、世界中で報道される。父がどこに住んでいようと見てくれるはずだ。彼の新しい目標が決まったのはこの直後のことである。パラリンピックで父が目指した金メダルを取る。すると父は必ず現れる。

そうしたら父の首に金メダルをかけてあげようと思う。

皮肉の邂逅

この秋は例年になく晴天が続いたせいで、石岡春一の稲刈りは十月二日で終えることができた。先ずは豊作と言っていい。五十六歳の彼は妻の澄子と二人暮らし、農業の合間合間、日雇い土建仕事をしてきているのだが、この年から消防の分団長に推されてしまった。

消防団には二十五歳から籍を置いているものだから、数年来分団長に推されてきていたものの、彼は人前で号令をかける性格ではない。だが年齢的に逃げきれなくなった。

こんな彼にも他の団員より飛び抜けて成績のいいものがある。人捜しだ。認知症の漸増に比例して徘徊者が多くなっている。

石岡春一は自身、火事を消す消防本来の仕事より人捜しが向いている、と思っている。彼には徘徊者の気持ちが分かる、というか彼等に自然と感情移入してしまっているのだ。

「ああ、あいつか」

そこで彼自身が徘徊者になってしまう。むろんどこをどう歩いているかを喪失しているのではない。心が徘徊者の心境になりきってしまっているのである。すると不思議に徘徊者にたどり着くのだ。春一が声をかけると彼等はウロウロと焦点の合わない目を向けてくる。それから少しずつ表情が戻ってくる。それを見届けて二百ミリペットボトル入りのお茶とパンを差し出す。

原田与四郎八十六歳。彼はこれまで五回も徘徊していて、四回は春一が見つけている。

そうして六度目の徘徊をして二日が過ぎた。こうなる前、役場福祉課もケアマネも施設入居を勧めたものの、同居している六十一歳の長男昭太郎が頑なに固辞している。経済的に困難であるのが理由であった。

石岡春一は昭太郎をよく知っている。彼とは土方仕事でしばしば一緒になるのだが話をすることはほとんどない。春一のみならず他の人たちも同様である。仕事上、どうしても彼に話をしなければならないことがあるのだが、そんなときでさえ、彼は必ず文句めいたことを言うのだ。

原田与四郎が六度目の徘徊をしたときも石岡春一が発見した。夕暮れ時、十日ほど続いていた晴天もここにきて冷たい雨を降らせていた。与四郎は川べりの土堤、水際ギリギリの所に座っていて、白髪混じりの頭髪も着衣も濡れるにまかせていた。春一が彼と肩を組むようにして抱え、ようやくのことで車の助手席に座らせ、ペットボトルとパンを差し出すと同時にふんだくり、パン屑をこぼしながらむさぼり食い、お茶にむせるのであった。

家まで届けると、息子昭太郎が父与四郎と春一を交互に睨みつけるように見据え、無言で父の肩を中に引き込むと同時に玄関を勢いよく閉じた。春一は呆然として立ち尽くす。

「フン、腑抜けめが。また戻って来やがって。見つけられる前に河さのめっていげばよがったものを。余計な世話をする方もする方だ」

春一がまだそこにいるのを知ってか知らずでか、昭太郎の罵声が聞こえてくる。

五百円硬貨

午前九時半、小池寛治は車を走らせていた。

二年前までは正社員であったから、幹線と交叉するここの信号でたいてい三回待ちしなければ通り抜けできなかったのが、嘱託になった今の時間帯だと青ならブレーキを踏まなくてもいいくらいスカスカになっている。が今朝は黄信号で停車させられた。

信号待ちの若いとも言えなくなりかけた女性がいる。五十歳に二つ三つ前というところか。なかなか美人じゃないか。無防備に見つめていたらいきなり鋭く咎める視線を向けられ、寛治は視線を歩道の段差に逸らした。ぎこちなく身を固くしてその一点を凝視していたら五百円硬貨らしきものが浮き上がってきた。土埃で汚れているせいで拾われることなかったのだろう。

どうしよう、と逡巡していたら背後でクラクションを鳴らされた。どこか駐車場がないか、探しながら走ると意外にないものだ。結局百五十メートルほど走ってコンビニに置くことができた。会社に遅れるけれどやむを得ない。嘱託だから責任ある仕事から外されていることだし。

それより目先の五百円を確保するのが焦眉の課題である。

五百円で何が買えるか。駐車場に車を置いて戻りながら寛治は考える。靴下がくたびれているから二足組五百円のやつでも買おうか。タバコを止めたら口が淋しいのでアメダマを舐めている。たまにはチョコレートにしたいけれど。常飲しているイモショウチュウ、プラス五百円だと一ランク上を買える。ラーメンでも食べたいが五百円では足りない。

たかだか五百円なのに、いざ決断しようとするとバカみたいに混乱するではないか。

「そうだ、美弥子にシュークリームを買おう」

咄嗟の思いつきが声となって飛び出した。すれ違いかけた小母さんから怪訝な顔を向けられたほどだ。ここ二、三日、妻美弥子の機嫌が悪い。原因は自分にありそうだが心当たりはない。妻が言ってくれるまで一週間から十日はかかる。彼にはこれが堪える。

好物のシュークリームを鼻先に突きつけたら不機嫌は原因もろとも雲散霧消することだろう。なら車を置いてきたコンビニで買えばいい。寛治は決断した。

決断を下したら目指す交差点はすぐ目の前になっていた。

おり良く直進の横断歩道の信号が青に変わってくれた。そこを直進して左に曲がった横断歩道の段差に五百円硬貨が自分に拾われるのを待っているのだ。寛治の心はいやが上にも高まる。たかだか五百円硬貨一枚なのに、と思うゆとりすら今はない。

「あった！」

心の中で快哉を叫んで手を差し伸べようと身を屈めかけた瞬間、不意にママチャリの前輪が割り込んだではないか。

「おやまあ」

わざとらしい小母さんの声。五百円硬貨は彼女の靴であっ気なく取り押さえられた。

悪夢

夫松乃輔に肺癌が見つかった。手術しても長くて五年、と医者から宣告されている。

抗癌剤投与を受けた直後は佐和子が立ち直れるだろうか、と心細い不安に襲われたものの、その都度元気を取り戻して四年が過ぎようとしている。けれど体力が落ちてきているのが彼女には分かる。松乃輔本人が一番に認識しているはずだが決して弱気を吐くことはない。

夫は若いころからグチグチ弱気を吐くことなどしない人間であった。グチグチ弱気を吐くのは佐和子の方で、松乃輔は嫌な顔をすることなく聞いてくれたものだ。佐和子はどちらかと言えば内向き、人と話をすると疲れる。そうして言われたことがいつまでも気になってしまうのだ。

グチグチと夫松乃輔に吐き出すことでどれほど胸のつかえを解消してきたことか。

夫が逝ってしまったら話を聞いてくれる人はいなくなる。三人の子どもたちは東京や埼玉など、遠くに家庭を持って暮らしているのだ。六十四歳の誕生日が過ぎたのはつい二十日前のこと、若くはないけれど老人でもない。この先二十数年は生きると思わなければならないだろう。

夫に癌が告知されてからというもの、彼女は誕生日を迎える都度不安をつのらせてきていた。

そうして夫松乃輔は佐和子が六十六歳の誕生日一ヵ月前に帰らぬ人となった。

夫がいなくなったらどんなに心細くて淋しくなるだろう。病の高進に比例してその思いを強くしてきてはいたけれど、いざいなくなってしまうとこれは耐え難いほどなのだ。ここから立ち直れるだろうか。この先二十数年、心細く寂しさに耐え続けなければならないなんて。

しかし時の流れは確実に寂しさを癒やしてくれるものだ。

亡くなって二年、寂しさは半減し、四年後には四分の一になっている。佐和子は学生当時、絵を描いたり観賞することが好きであった。夫が無趣味であったせいで無意識に封印してきていたのだが、ここにきて県内や遠くは仙台市などで催される展覧会や画廊などに出かけるようになってきている。やがて離れている子どもたちを訪ねては展覧会巡りをするまでになっていった。

「おふくろ、親父がいなくなってかえって元気になったみたいだ。安心したよ」

息子にこう言われるほど元気を回復した自覚は自分にもある。こうして出て歩くのが楽しくなっているのだ。

夫がいたころなら考えられないことだ。そんなある日、佐和子は久しぶりに夫の夢を見た。

「佐和子、俺帰ってきたよ」

玄関をありったけ開け、夫松乃輔が満面の笑みを浮かべて両の手を差しのべている。

「あっ」

佐和子は驚きの声を発すると同時に両掌を夫に向けていやいやをしながら退いた。

そうして自分の発した声で目が覚めた。

晩酌と心中した男

戸田高志は生まれながらの真面目人間であった。彼が喧嘩したとかズルをしたとか、学校に持っていくあれこれを忘れたなど一度としてなかった。むろん宿題も。両親の躾が厳しいからではなく、これはもう生まれながらの性分と言っていいものだ。それでいてとりわけ成績がいいのでもないけれど、とりわけのすぐ下のランクはキープしてきた。

こうした人間が大人になったら何になるか。公務員になる。

公務員になってもとりたてて周囲から耳目を集める何もなく過ごした。出勤も退庁も役所のチャイムどおり、超過勤務もほとんどしない、というかしなければならないほど忙しいとか重要なポストからお呼びがかからなかったままでのことである。それでいて根っから真面目なものだから、所定の仕事が終わっても終業時間まできっかり机に向かって何やら事務仕事をしている。

これくらい真面目だから不祥事を起こす心配などまるっきりない。昔はこれだけで結婚相手が潤沢であったものだ。それで二十六歳に結婚をし、二年後、また二年後、さらに三年後と一男二女をもうけた。むろん家庭内に波風が立つどころか、この家ではそよ風さえ吹かない。

そんな人間だから高志には趣味らしい趣味は何一つない。面白いことに、と言っていいかどうか、極めて当たり前のことではあるのだが、彼の唯一の楽しみは晩酌をたしなむことであった。ビールは飲まない。なぜって冷えたビールは胃腸に良くない。日本酒をガラスのお銚子で二本、なぜにガラスのお銚子かといえば陶器製より少しばかり容量が多いから。これで二本飲む。

律儀にも彼は二十歳の誕生日から徐々に酒に親しみ、一年後にはパターンを定着させてきた。何につけそんな人間なのだ。

ガラスのお銚子二本、それも休肝日なしで四十有余年となればさすがに肝臓に障害が出てしまう。

体調がかんばしくない。高志は気がついている。たぶん肝臓が弱ってきているだろうくらいの知識はある。けれど医者に行く気にはならないし、これだけは妻の忠告にも耳を貸さない。医者に行ったら翌日から晩酌を禁止されること必定なのだ。

「晩酌を飲めなくなったら死んだ方がよっぽど増しだ。これにありつく楽しみが待っているから働いているんだ」

晩酌を唯一の楽しみにしている輩はこれを公言してはばからない。だが高志は決して公言しない。公言する連中に限って病気に取りつかれるとあっさり白旛を上げるのだ。彼は医者にも行かず妻の忠告も退けて晩酌を続けることに決めている。おろかにも彼はこれを貫いたものだから、食道静脈瘤破裂という肝不全お決まりのコースで人生の終焉を迎えてしまった。

「あいつ、年金の満額たった一年もらっただけだったなあ。俺なら死んでも死にきれないよ」

お悔やみと言っていいかどうか、通夜の席、かつての同僚たちがこう囁いていた。

繭子先生のこと

中川有一の小学三年生と四年生を担任してくれたのが小川繭子先生であった。

三十数人いる教職員の中で繭子先生が一番若かったと思う。二十歳そこそこ、性格が明るく真面目、あまり叱らない。児童たちからは年齢の離れたお姉さん的存在でもあった。

有一が宿題を忘れて居残りを言い渡されたことがある。が放課後の掃除が終わったらそのまま帰った。忘れてしまったのだが翌日になっても何も言われなかった。

後年になってつらつら思うのだが、教え方はあんまり上手ではなかった、というか発展途上であった。

「はい、ここに羊羹があります。これを二つに割りますね」

算数の分数、繭子先生は黒板に長方形を描く。これで羊羹なのだ。真ん中で二等分したものをそれぞれまた二等分する。

「四つに割ったうちの一つだから四分の一というの、ね簡単でしょ」

決まって羊羹だから今で言うブーイングが出る。すると繭子先生は舌をペロッと出してテヒヒヒ、と独特な照れ笑いをする。そんなこんなで、体育も音楽もその他の授業も一生懸命でありながら構えるところがなかったものだから皆から慕われていた。

五年生になって担任が変わってしまった新学期初日の朝、繭子先生がお別れの挨拶をするため教室に入ってきたとき、女子たちが一斉に先生を取り巻いてすがりつきながらオイオイ泣いたので繭子先生も一緒になって泣いていた。

有一が中学一年生になった年、繭子先生が結婚をするため退職した。

そうして高校三年生の夏休み、彼は小学校卒業以来、ほぼ六年ぶりで繭子先生と秋田市に向かうバスの中で会った。先生は幼児をおんぶし、もう一人、学齢前の女児の手を引いていた。先生は汗だくで疲れきった表情をしていた。普通の小母さんになってしまっている、と有一は切なく想ったせいで、とうとう挨拶することなくバスを下りてしまった。

三度目、有一が繭子先生と会ったのは還暦年祝いにつなげて執り行われた同級会のことであった。そのときの繭子先生は担任であった昔のはつらつさそのままで年齢を重ねたごとく、快活な若いお婆さんに立ち返っていた。有一にはこれがひどく嬉しかった。繭子先生は学級全員の名前と顔を言い当てた。セピア色の学級写真と名前を一生懸命突き合わせてきたという。

「嬉しいことに、みんな昔の面影を少しずつ残していらっしゃいますね」

そう言う繭子先生にもみんなに増して残っている。一時間ほどして繭子先生がいなくなったと思ったら和服姿で現れた。新舞踊を習っているので披露するという。ラジカセまで持参してきていたのだ。酔いが回っていたものの、さすがにみんなが静粛にして注目する中、先生は真剣な表情で踊り始めたのだが、途中で動きがはたと止まったではないか。

「ごっ、ごめん。緊張したら忘れてしまった。はじめからやり直すね」

繭子先生はそう言って舌をペロッと出してテヒヒヒヒ、と照れ笑いをした。

岐路

人生にはいくつもの岐路がある。

清が初めてここに立たされたのは中学三年生のことである。進学か就職か、これであった。岐路は彼が中学一年生になる前、小学四，五年生あたりから遠望できてはいたものだ。

「中学を出たら東京さ行って一番に給料の高い会社さ就職してヨ、せっせど家さ金送るがらな」

清が小学四年生の秋に長姉が嫁ぎ、五年生の秋には次姉が嫁いだ。中学一年生の秋は三番目の姉が嫁いでいる。

彼は九人兄弟である。長兄、四番目の姉、それに清。清の下に三人の妹がいて、うち五人が学齢期に固まっている。田圃が六反歩しかないのに供出米を持っていかれるから、お盆には飯米を食いつくしていた。農繁期以外、父は出稼ぎ、それでも家計は借金から逃れることができない。嫁を三人出せばカマドがひっくり返る。こう言われていた時代、すでに三人が嫁いでいる。この家のカマドは六反歩とひ弱だ。三人どころか長姉1人だけでひっくり返っていたに等しい。自分が今、中学を卒業する年齢であったら東京に出て、そこで一番に給料の高い会社に就職して家にありったけを送るんだが。あのころ、清は自分がもっと早く生まれてきていたら、と歯ぎしりをして悔しがったものだ。

中学一年もこうして通過した。が二年生で少しグラついた。

昭和三十三年、世の中は神武景気から岩戸景気と引き継がれていて、地方でも進学熱が一気に高まった。クラスの三分の二以上が進学するという。清よりずっと成績の劣る連中まであの高校この高校とかしましい。清は埒外に置かれてしまう。いや、自分から埒の外に抜けていたのだ。何が悔しいたってこれに優る悔しさはない。それでも歯噛みして耐えた。

中学三年生の新学期が始まって一週間しか過ぎていないのに、もう最終進路調査だという。清は就職用の用紙を受け取って名前を記入したのだが、自分の名前をこんなに重苦しい気持ちで書いたことはなかった。県外を丸で囲み、東京方面、とこれは鉛筆書き。希望職種欄には「特にないが一番給料の高い会社」とこれも鉛筆書き。最終進路調査書を提出してからの一学期と二学期、彼は勉強を投げて通した。そうして三学期が始まって間もなく、高校入試申し込みの最終締切日がやってきた。

その朝、清はとうとう母に泣きついてしまった。

「中卒より高卒で就職した方が給料がずっと高い。だから高校に行かせでけれ」

それを皮切りにありったけの御託を並べて。それも涙ながらに。

「清の思ったようにすればええ」

母はそれしか言わなかった。母も清の気持ちが変化していっていることに気がついていたのだと思う。学校ではクラス担任と就職担当教師にこっぴどく叱られた。以来、大小数えきれなくあった岐路、中学三年生のそれに優るものは今に至ってもない。

姑の野菜

「亜以子さん、ジャガイモ掘ってきた。それどトマトも。初めての収穫だから。初物食べれば七十五日長生きするんだがら楽しみ」

「はーい、どうもね」

裏の土間から姑マサ子の声がして、亜以子がキッチンから元気よく答えた。が亜以子は土間に聞こえない声で「弱ったな」と呟く。亜以子は姑マサ子が畑から収穫してくる野菜を二人の子どもたちに食べさせたくないし、夫にもマサ子にだって食べさせたくない。

亜以子は見てしまったのだ。五月末のことである。

朝早く畑に出かけたマサ子が行ったと思ったらすぐ引き返してきた。

「ジャガイモ、他の畑より良ぐ育っているのにマママママ、テントウムシがじっぱりたかって葉っぱ食い荒らしてる。憎いったらまんじ」

マサ子がそう言いながら殺虫剤を調合しようとしていた。亜以子はそれをキッチンの窓越しに眺めていたのだがハッとして息を呑んだ。マサ子は二リットルの噴霧器に水を入れ、殺虫剤の原液を直接チョロチョロと注いでいるではないか。原液容器のキャップは〇・五ミリリットルで計量カップを兼ねている。二百ミリリットル容器ならキャップ一杯の希釈で丁度なはずであること、亜以子は昨年、説明書をマサ子に読んで聞かせている。

「母さん、そんないい加減な使い方ダメですよ。その噴霧器ならキャップ一杯で丁度いいんだから。去年説明書読んで上げたんじゃないですか」

マサ子から返事はなかった。体を強張らせているのが分る。自分の言い方が悪かった。亜以子は瞬時に後悔する。『いい加減な入れ方』『ダメですよ』『読んであげた』とか。嫁にこんな言い方をされると姑マサ子が意固地になること、彼女はすでに知っていたのに失敗してしまった。

それで思い当たる。ホウレンソウもコマツナもキャベツ、ナスも。マサ子が畑から持ち帰る野菜たちは申し合わせたように葉っぱが大きくて青々している。むろん虫食いはどこにもない。マサ子は化学肥料と農薬を計量することなくふんだんに使っていたのだ。

悪いことにというべきか、マサ子には畑仕事だけは誰にも負けない、という自負がある。なのに嫁からきつい言葉でなじられたのだ。あのときは十日以上言葉をかけてくれなかった。これに限ったことではないが、夫に言えば事態は一層悪くなる。前例ならいくらでもあるのだ。

あの日以来、亜以子はマサ子にも夫にも気づかれないよう、スーパーから買ってきた野菜とすり替えて調理してきているものの、これは精神的にかなり苦しくなってきている。

「亜以子さんこのトマト、今朝オレが畑から取ってきたのでねえな。前々からおかしいど思ってあったども、今度こそはっきり分った。どうしたわげだげ?」

朝の食卓、とうとうその日がやってきてしまった。亜以子は決然として顔を上げる。

居場所があれば

納谷和江は八十五歳の誕生日を目前に高齢者介護施設に入所している。

夫は彼女が七十四歳の年に亡くなり、長男と長女は東京と名古屋市にそれぞれ所帯を持っていて、夫の七回忌に里帰りしてから帰っていない。

和江にはこれといった持病はない。

ないとは言え、血圧やコレステロールなどの薬は医者から処方されているし、眠れない、風邪をひいた便秘だなど、しばしばというほどでもないけれど医者の世話にはなっている。

施設に入所したキッカケは彼女が睡眠薬自殺未遂事件を起こしてしまったからである。眠れなかったのは事実で、医者も初めは軽い睡眠導入剤を処方していたのだが、二時間そこそこで覚醒すると言うので、効果が持続する薬に変えてくれた。飲み忘れか意図的であったか、半年を過ぎたころにはかなりの量が溜まってしまっていた。これが呼び水になってしまった。

和江は淋しかったのだ。孤立していたと言ってもいい。周囲に話し相手になってくれる同年輩たちがいなくなって久しい。炊事や洗濯もどうにかこなしているから要支援に該当するほどでもないと言われた。それで訪問介護も受けることができない。

回覧板、電気や水道の検針も郵便受け、料金は銀行振り込み、それだから玄関に人が立つことは十日に一度あるかないかくらいのものだ。四日も五日も人と話をしないことが普通になっている。

スーパーまでは百数十メートルだから、シルバーカーにたごじがってどうにか歩いて往復できる。たまにはここで挨拶を交す人と出会うこともあるけれど。

和江は毎朝仏壇に水とご飯をお供えしている。

「お父さん、ご先祖様。どうかオレを早ぐお迎えにきてたもれ。お願いしますーっ」

和江はもう何年も前から念仏の合間合間に必ずこれを唱えている。

けれど一向にお迎えが来てくれないのだ。そこに睡眠薬が溜まっているのに気がついた。

「それならいっそ、オレの方から向こうさ行ぐごどにするべ、って思ったもんで」

和江が運ばれた病院で言ったことである。医者は鬱病と軽い認知症と診断した。施設に入所したところで知らない人ばかりだし、やることは何もない。

一人暮らしをしていたときは炊事や洗濯、掃除機かけなどやっていたのだが、ここではそれもない。

「お父さん、ご先祖様。どうがオレを早ぐお迎えにきてたもれ。お願いしますーっ」

施設でも和江は西を向いては手を合わせ、東を向いては手を合わせてこればかりを願っていた。

だがここにきて様子に変化がみられるようになってきた。

和江の表情に活気みたいなものが漂ってきているのだ。職員たちがこれに気がついたのである。

施設に九十五歳のマツノという認知症で車椅子の人が入所して間もなく、和江が彼女に話しかけながら髪に櫛をかけている。車椅子を押して食道まで連れて行き、食べた後、口の周りをテッシュペーパーで拭いてあげている。そんなときの二人はとても穏やかだ。

ザ・宝くじ

湊信子は農協職員である。

二年前まで夫紀作も一緒の職場であったのだが、夫は六月の早朝、水田畦の草刈機を操作していて脳梗塞で倒れ、右半身不随となってしまった。今は病院の送り迎えも信子に頼らなければならない。二人の娘がいるが、長女は昨年嫁ぎ、次女は仙台市の会社で働いている。

八十七歳と八十二歳の舅姑、それに夫の世話で信子の毎日は多忙を極めている。信子にはこれといった趣味はない。外仕事も虫や蛇、カエルまで嫌いなものだから庭いじりすらできない。

ただ一つ、ささやかな夢となっているのは宝くじである。彼女はドリームジャンボ宝くじを毎回欠かさず十枚を買っている。けれどドリームを現実化してくれることなく通りすぎていくばかり、たった一回、一万円を手にしたことがあるだけだ。

信子と机を並べている同僚で日沼泰一郎がいる。

彼は四十七歳、二人の息子が大学生、長女が高校二年生とこちらは経済的に四苦八苦の真只中にいるものだから、仕事の手が空くと信子に困窮を吐露することしばしばである。

「信子さんは宝くじ買うゆとりがあるから羨ましい。俺なんか明日の一千万円より今日の千円が大切なんだから」

信子が宝くじを買っていることを泰一郎は知っていて、ドリームジャンボが発売になったことがテレビなどで報じられる度にこう言っている。

それがある日、信子が昼休みに外出しようとしたら「宝くじ売っていたら五枚だけ買ってきてくれ」、と千円札一枚を差し出すのだ。信子は驚いた。が彼女は一ヵ月ほどしたらドリームジャンボが発売になるからそれまで待ったら、と言ってもきかない。

「もし当たったら信子さんに半分やるから買ってきてくれよ」

どうした風の吹き回しか、泰一郎は今発売中のものを今買うことにこだわっている。それで信子もお相伴して五枚だけ買った。抽選日を信子は心にも留めていなかったのだが、そういえば、と気がついて新聞を遡って調べたら一週間前に載っていた。彼女には末等の二百円一枚が当たっていただけだ。が連番で買った泰一郎の方に五百万円が当たっているではないか。

信子はこれには飛び上がって驚いた。泰一郎が何も言っていないところをみると、やはり彼も抽選日を忘れているのかもしれない。

「えーっ、ホントか。俺すっかり忘れていた。忘れてしまっていたよ俺」

信子のケイタイに泰一郎が驚いた声で言った。

が五百万円もの大金が当ったわりに驚きが少し以上に足りない、というかギコチない。

「そうか。あのとき彼はもし自分に当たったら半分くれる、と言っていた。それでか」

信子にはそれを口実に彼から半分の二百五十万円をもらう気持ちなど毛頭ない。祝福してやりたいだけだ。明日出勤したら素直にこれを伝えたい。が彼はどう受け止めてくれるだろう。

それを考えると祝福してやりたい気持ちが次第に憂鬱なものに変わっていく。

味噌味ソフトクリーム

ゴールデンウイークの真ん中、五月五日に八森海岸までサイクリングをしないか、と了平からのメールを受けたとき、紀明は二分ほど躊躇してから承諾の返事を送った。

メンバーはエミリと可南子、登希の女子三人を加えた五人だという。了平は女子たちから承諾を取りつけた上で自分にメールしたのだ。

二人の関係は常にそうなっていること、紀明は中学生のころから少しばかりこだわりを引きずってきている。自分と了平を比較するなら学業、スポーツはむろん、マスクだって彼に劣る。彼に劣るのは紀明だけでない。中学生当時は三つの比較で了平の上を行く男子はいなかったのだから。が高校生になると彼の存在はそうとも言えなくなっている。

N高校は偏差値が高い進学校なのだ。どこの中学校でも了平に該当する生徒はいて、彼等はN

高校に集まってくることになる。エミリと可南子は中学でも一緒であったが登希は違う。了平が彼女に接近したのか彼女が先なのか、エミリも可南子も知らないと言っていた。けれど彼女等三人はたちまち仲良しになっている。

紀明もしかし、彼女等三人を好きになっている。三人のうち誰を一番に好きか、彼女等のどこに魅かれているのか。彼自身、具体的に指摘できないから困る。そうしてなお困るのは女子三人組が好きなのは了平であることだ。けれどやはりこのグループでの行動はいつだって楽しい。

その日は晴天に恵まれた。今は葉桜、快晴になったものだから片道一時間半近いサイクリングには少し暑い。女子三人組は申し合わせていたのだろう、いずれもショートパンツに半袖のTシャツ、ツバつき帽子まで揃えている。

対向車も追い越す車も、一様に視線を注ぎながら通過していく。「シャッホー」と奇声を発して追い越していくバイクのバックミラーにエミリが高く手を振ると他の二人も真似ている。

八森海岸には二時間ほどで到着した。女子三人組の顔が輝いて見えるのはハツラツさの上にうっすら汗をかいているせいか。誰の発案というでもなく、五人の足は申し合わせたようにソフトクリームの幟旗に引き寄せられていく。品数が十数種類ある中に味噌味がある。

紀明は初めて知った。それで迷うことなくこれに決めた。

「あーっ、紀明ったらうまそうに食べてるじゃん。味見させてちょうだい」

エミリが手を差し出してくる。紀明はこれほど驚いたことがない。味噌味ソフトクリームの小山になっている半ば以上を食べているのだ。

エミリは無心に手を差し出している。紀明はギコチなく差し出す。

「あーっ、これっておいしーい。取り替えっこしようよ紀明」

他の三人があっ気にとられて見ている中、エミリが紀明の掌に自分の食べかけを握らせてくる。彼はエミリの食べかけのソフトクリームをありったけ舌を出してペロリと舐めた。

三人組でエミリを一番好きだ、と強く確認しながら。

想定通りの人生

本間朋実が肺腺癌を宣告されたのは六十八歳のことである。癌には早くから気をつけてきていた。とりわけ肺癌はその筆頭であったと言っていい。タバコはだから成人式を終えても一切口にくわえることがなかったし、授動喫煙なる熟語が今のように一般化しない前から避けられるだけ避けてきたものだ。なのに肺癌だというではないか。これほど不本意なことはない。

予期しなかった肺腺癌を宣告されたことで朋実は今、ここまでの半生をしみじみと振り返っている。結論から言うと、さしていいこともなければさして悪いこともない、想定通りの人生であったと思う。彼が自分の将来を初めて想定したのは実に中学二年生のことである。

朋実の成績は普通よりやや上、百人ほどいる学年で十番以内に入ることがなく、それでいて三十番以下になることもない、そんな存在であったし、これは高校でも同じであった。将来自分は何になるか。かなえられるなら公務員にでも。だがここは以外とハードルが高い。どうも経済的理由から大学進学を断念した連中がここを選ぶらしいのだ。

刑務所など護衛官、自衛隊、海上保安庁なら合格するだろうがここは敬遠する。残るのは警察官と消防署員、それで消防署員にした。夢のない少年であったか、しっかりと現実を見通すことができた少年であったか、ここは評価の分かれるところではある。

驚くなかれ、将来への想定はこれだけではない。結婚は二十七歳で嫁さんは看護師であること。子どもは二人、うち一人は大学まで進ませる。土地を買って新居を構えるのは三十三歳、ローンは十五年、とこれは少し厳しいが一人を大学に入学させる前に終わらせなければならない。自分は消防署長にはならない。下手に署長になったら部下の責任まで負わされかねないから、とこれだって中学三年生には想定していた。

定年後の余生は七十歳プラスマイナス五年まで生きる、かなえられるならコロリと逝きたい。朋実は一年先、三年先、五年先とその都度微調整をしながら想定を実現させてきた。むろん健康も。とりわけ肺癌や胃癌、大腸癌など不断の注意を怠らなければ避けられる割合が高い三つにはそれぞれ対策を練ってきた。自分に巣くった肺腺癌、今さらくだまいたところで事態は変わらない。なら先を想定することだ。朋実は腹を固める。

確率的にいうなら治らない。第一の選択は手術だ。手術をしてから体力の回復を待って抗癌剤投与を繰り返す。これがパターンのようだ。手術にも増して抗癌剤の副作用は半端でないダメージを受ける。それも七回八回と薬を替えながら繰り返し繰り返し、体力が消耗しきるのを待って癌は一気に勢いを盛り返す。これでもせいぜい十年持ちこたえるか。

こうして永らえるより何もしないで四年を生きる。これに決めた。そうしてそうなった。

「俺は想定通りの人生を歩んできた。これほど幸せなことはない」

朋実の臨終の言葉がこれであった。死に顔は微笑を湛えていたという。

父になる

高也が焼き鳥屋とか居酒屋などに出かけるのは金曜日と土曜日に限ってのことである。平日とか日曜日なら翌朝にアルコール検知に引っかかる懸念があるからだ。

当世、二日酔の自覚すらないのに風船を膨らますあれをやらされたら微量のアルコール残量でも酒気帯び運転にされかねない。高校の講師という、いつ首を切られても文句の言えない立場が必要以上に彼を臆病にしている。

彼が泰子を知ったのは行きつけの焼き鳥屋のカウンター席で隣り合って座ってからのことである。泰子から話しかけてきたのだ。笑顔がチャーミング、言葉がはきはきと切れがよくて気持ちがいい。高也は真面目過ぎて社交性に欠ける。それにも増して風貌にはめっきり自信がないのだ。

四十一歳にもなって、いまだ一度も恋人を作れないでいるのもこのせいである。

それだから泰子の接近は彼を舞い上がらせた。

「私、何回か恋愛に失敗してるけど、それでも良かったら高也さんと結婚したい。二十八歳だし赤ちゃんも欲しい。高也さんが私でも良ければなんだけどさ」

泰子がこう言ったのは初めて会ってから三ヵ月ほど、四度目の夜を共にしたときのことである。急テンポの展開の全ては彼女のリードによるものだ。結婚を諦めかけていた高也は一も二もなくこれに飛びついた。

一年後、泰子は三千二百グラムの女児を生んだ。予め、なつみと名づけられていた新生児に泰子が膨らみきった乳を含ませている光景を初めて見たとき、高也はこれ以上ない幸福で満たされた。

「パパにもだっこされたいって言ってるよ」

泰子が満面の笑みでなつみを抱かせてくれる。

人間の赤ちゃんってこんなにも小さくてひ弱なものなのか。これを守り育てなければならない。泰子もだ。高也は肝に銘じた。出産から六日後、泰子は退院して実家に帰った。実家には泰子が年齢を重ねるとこうなるだろう、と思わせるほど彼女によく似た母親が一人で暮らしている。

泰子の言動が豹変したのはこれを境にしてのことであった。高也はほとんど一日おきに泰子の実家を訪ねるのだが、回を重ねる毎に泰子と母親の態度がよそよそしたものになっていくのである。彼を虜にした泰子のあの笑顔、それがどうしてこうも意地悪な表情になるのか。

高也は戸惑うばかりである。のみならず母親もそうなのだ。

「あんまりしげしげ来ないでよ。恥ずかしいじゃないの。世間体が悪いじゃん」

これにはさすがの高也もあきれた。夫婦じゃないか。彼女も母親も口達者である。こんな屁理屈でも高也がひと言反論すると二人は速射砲のごとくまくし立てるのだ。

泰子は自分の子ども欲しさだけで結婚したのだ。高也が気がつくのにさして時間は要しなかった。彼は泰子の求めに応じ、裁判所での離婚調停で彼女等の条件をそのまま受け入れた。がこの先ずっと泰子はなつみを育て上げることはできないだろう。

二人をとことん見守り通す。この先の人生はそのためにある。高也は切なく決意する。

惨劇の予知

初めて自転車に乗れるようになるのはたいてい小学一年生になるころだろうか。その記憶は井上晴道が四十二歳になる今でも鮮明に残っている。補助車を取り、両足をペダルに乗せて一回転すら漕がないうち、背骨がクネクネとくねってすぐ片足をついてしまったものだ。

それから二メートル五メートルとペダルを回転させることができるようになる。

こうなると側溝に落ちないように、電柱にぶっつからないように、とそればかりに全神経を集中させていた。ぶっつかるぞぶっつかるぞ、と心の中で予知しながら、なのにハンドルを切らず、ブレーキすらかけないでぶっつかりにいく。そうして「うん、やっぱりぶっつかった」、と妙に納得するのだ。こうした心理を惨劇の予知と言うそうだ。晴道は新聞のコラムで知った。

コラム氏は癌を患っている。告知された当初、彼は罹患している癌に関する知識を徹頭徹尾頭に叩き込んだ。

手術後の経過はむろん、予後が死であることとも。そうして事態は予知通りに進行していく。

「うん。想定どおりの進行だ」

コラム氏は節目節目に納得して受け入れるのだ。そしてふと気がついた。これって惨劇の予知というやつではないのか。子どもであった昔、初めて自転車を覚えたとき、電柱にぶっつかるぞぶっつかるぞ、と予知しながらハンドルも切らずブレーキもかけずぶっつかりにいく。そして「やっぱりぶっつかった」と妙に納得していた。

癌になった今またそっくり追体験しているあの心境。予知したとおり癌は進行していき、やがて終末をむかえる。だがどうもおかしい。これではまるで自ら癌を導いているのではないのか。しかも納得済みで。これは病気を受け入れて達観している心境とは別物だ。

子どもであった昔、惨劇の予知を乗り越えた向こうには溢れるほどの希望があった。自転車を覚えたらあそこにも行くぞ、あそこよりもっと先にだって行ってみせるぞ。

なのに今は惨劇の予知を無為に辿るだけ、子どものころあった溢れるばかりの希望のひとかけらさえ持ち合わせていないではないか。予知できる終末までの時間、これに優る貴重なものはないというのに。やりたいこと、やらねばならぬことがある。これをやることだ。すると何かに繋がる。あるいは託せる。これは希望だ。コラム氏はこう結んでいた。

晴道もまた小学一年生の春、側溝に落ちたり電柱にぶっつかったりして自転車を覚えた。コラム氏が言うように、自転車を覚えたらあそこにも行ってやる。あの向こうにだって、と溢れるばかりの夢があった。なのに大人になってからこの年齢まで漫然と生きてきている。それも結婚すらしないまま。いつとはなしに身の丈に合わせて描いてきた自画像をなぞるようにだ。

「これって惨劇の予知そのものではないのか」

晴道は新聞から顔を上げて呆然と独りごちる。

天網恢恢疎にして漏らさず

桜井牧子が朝の散歩を始めたのは五十歳の誕生日を期してのことである。以来三十三年、よほどの荒天でもない限り欠かしたことはない。八十三歳の今日までこれといった大病をすることなく過ごしているのは散歩のおかげだと思っている。

夫和一郎は彼女よりひとつ上の八十四歳である。

この三月、夫は運転免許更新の手続きをしたものの、視力で引っかかってしまった、とこれは表向きの弁明。事実は認知症検査で引っかかってしまったことによる。こうなったら散歩を続けて健康でいないと、と牧子は決意を新たにしている。実際のところ、八十三歳の誕生日が過ぎてからはいつやめてもいい気持ちになっていたのであった。

六月、散歩道沿いの畑はホウレン草など葉物野菜が青々としたウネを作っているし、サヤエンドウも手柴に蔓を絡ませてたわわに実を下げている。中には食べきれないとみえて育ちすぎ、黄色に変色しているものさえある。もったいないではないか。

牧子は手を伸ばして取って帰りたい欲望を押さえながらうらめし気に通り過ぎるだけであった。

「ご自由にお持ち帰りください」

ある朝、ホウレン草のウネの先頭にこう書いた小さな立て札が突き立てられていた。

「これはありがたい」

牧子の口から自然に声が漏れる。こんなに沢山あるのだからちょっとばかり失敬していこうか、とそこを通る都度心がザワつくものの、さすがに手を出すことができなかったのだ。

こうして立て札を掲げてくれるとおおっぴらに抜き取っていくことができる。牧子は一日置きに三回だか四回だったか、ホウレン草をいただいて帰った。

ホウレン草が終わって数日後、立て札はサヤエンドウのウネに移っていた。

牧子はこれも一日置きに四回いただいた。その次はキュウリもいただいたしそのまた次はモロヘイヤもいただいた。するといただくことに慣れてしまう。あれも食べたいしこれも欲しい。けれど立て札が一向に移動してくれない。ならいっそ自分で移動すればいい。

その朝、いつもより早く家を出た牧子はかねてから目をつけていた真っ赤に照り輝いているトマトに立て札を移動させ、ソフトボールほどの大きさのものを二個いただいた。これも一日置きに三回であった。次に目を引きつけたのはトウモロコシである。がこれは持ち主が違う隣の畑のものだ。牧子は少しばかり躊躇してから立て札を移動させる。

こうなるともはや感覚が鈍磨してしまい、ついでにとばかりエダマメもいただいてしまった。

「天網恢恢疎にして漏らさず」

翌朝、牧子が散歩に出ようとしたら玄関前にこう書かれた立て札が突き刺さっていた。

「何だべこれ」

彼女には判読できない。帰り、彼女の手には十本ほどのオクラが入っているポリ袋が歩調に合わせ、美味しそうに揺れていた。

妥協の産物

浪岡キミエが五十嵐秀光と結婚をしたのは三十二歳のことである。

そうして離婚したのが四十歳ちょうどのことだ。

「離婚してもいいよ」

一度目、キミエが夫の秀光にこう言ったのは三十六歳になっても妊娠の兆候がなく、二人で受けた検診の結果が出た夜のことであった。

「バカなこと言うなよ。そのために検査したんじゃねえんだ」

秀光は彼女がこれまで聞いたことがないほど荒々しい口調で言った。

あれはキミエを叱りつけたのではなく、子どもができないことが確定した苛立ちによるものだ、と彼女は思ったものだ。三十代半ばが過ぎて以来、舅姑のせっつき方が尋常でなくなっていったのもあったけれど、彼自身も焦ってきているのをキミエは感じ取っていた。

「離婚してもいいよ」

三年後、夫の愛人が妊娠したと知った今になって二度目を言っている。

秀光は父が社長をしている従業員十八人の土建会社の専務である。彼が会社の事務職員の亜紀と深い仲になった。亜紀は二十四歳、高校の商業科を卒業してすぐこの会社に就職している。カラオケが大好きで快活、身長が百六十八センチもある、とこれは秀光が酔って帰った夜、酒の勢いでついポロリと自慢気に言ってしまったことだ。

「そんなこと私に自慢してどうなるの」

キミエはさすがにあきれ、せせら笑って言った。

「おまえが妬くほどの女ではねえよ」

わざわざつけ足りまでして軽薄の上塗りまでしている。

妻が妬くほどでもない女に惚れた夫はどれほどなのか。これを境に僅かばかりあった夫への未練が雲散霧消した。亜紀が妊娠して五ヵ月目になった時点で二人は正式に離婚した。

「幸せな家庭を作ってちょうだいね。子ども、三人くらいがいいかな。彼女若いから」

秀光を軽くしてやるつもりで明るく言ったのに、意外にも背を向けてしまった。今になって済まないと思ってのことなのか茫漠とした不安なのか。たぶん両方だろう。

キミエは両親と三人での生活に慣れると、秀光との結婚生活が破綻したことについてつらつら考えるようになっていた。

三十歳、結婚をしようか独身を貫こうかと逡巡していたとき秀光が現れた。人間が素直そう、生まれながらに保障されている生活基盤。これで理想と妥協した。離婚はだから、夫に愛人ができたのでもなければ子どもができなかったことでもない。

深く愛してもいなく、深く愛せる展望も定かでないまま、自分にはこれくらいの男性が限界かな、ここが潮時かな、独身でいるよりやっぱり結婚する方がいいかも、と妥協した。

その答が四十歳ちょうどで出たことに尽きる。

二つが欲しいーっ

森川亮介が髭を剃るのは朝六時十五分である。長女璃理子が後ろに立って見つめている顔を洗面台の鏡で発見したのが一週間前のこと、口をあっちに曲げこっちに曲げ、するとどうしたわけか曲げた側の目までこれに連動して瞑るのだ。片目を瞑ったり、カミソリを動かしながらせわしなく変化する様子が四歳の璃理子には面白いらしい。

これが三日、五日と続くに連れ、亮介にサービス心が湧いてくるのは自然の成り行きというものだ。オーバーに歪めたりウインクしたりアカンベーをしたり。璃理子の笑いはその都度爆発する。だがそこは子どものことである。毎日から一日が欠け、数日続いたと思ったら三日欠けた。

そうして今朝、亮介が璃理子のことなどすっかり忘れて無心になって髭を剃っていたら背後でクスクス笑う声がする。それで大げさに口をひん曲げたり、陸に上がったフグよろしくホッペタを膨らみきるまで膨らませたり。璃理子が笑うと亮介は鏡の中の璃理子に気を取られ、つい安全カミソリを横に引いてしまった。横一線、ホッペタに赤い糸を引いたように血が滲んでくる。

「璃理子見たまえ、これぞ出血大サービスだ」

出血大サービスなど四歳の璃理子に分るはずなどないのだが、それでも璃理子は指を差して笑いこげている。うっすらとだが出血してはいるものの、大したことではない、と父のおどけ顔が伝えているのをちゃんと察しているのだ。

前の日の夕食のことである。

亮介は妻香世子と諍いをした。諍いの入り口は毎日配達してもらっている牛乳をスーパーから買おうかどうかについてであった。もともとスーパーであったのが香世子が宅配業者の訪問を受けたとき、ヨーグルトから豆乳までただでいただいて断りきれないからと契約したものだ。

「だってー」

香世子が素直に「うん」と言うことはほとんどない。「だってー」と言われる度、亮介は何回に一回か虫の居所が悪いと諍いに発展する。その日も虫の居所が悪かった。それもかなり大きな虫であるらしく、翌朝になっても虫は居所を変えないで居座っていた。

その朝髭をあたっていると背後で璃理子がクスクス笑っている。が彼は半ば憮然として続ける。にもかかわらず璃理子は一段と明るく笑うのだ。

亮介はそれで気がついた。璃理子は母香世子があっちに行けばあっち、こっちに戻ればこっち、とつきまといながらしきりと話しかけていた。一人っ子の璃理子は父と母の間で神経を使っている。無邪気を取り戻してやらなければならない。亮介はツーンと胸をつかれる想いをした。

「璃理子おまえ、妹と弟、どっちが欲しい?」

彼は鏡の理理子に真顔で問うた。

「どっちもー　二つが欲しいー　それとお姉ちゃんもおにいちゃんも欲しーい!」

ゲンをかつぐと

何をやってもツキが回ってこない、とぼやく人がいる。たいていそんなものだ。

ツキが回ってきたとかこないとかゲンがいいとか悪いとか。こんなことに一喜一憂している連中は相応の努力を怠っているに他ならない点で共通する。野村克也の中学生からの親友で鈴木悦郎がいる。悦郎ときたら中学生当時からツキが回ってきたとか、こいつはゲンがいいなど、彼の身にまつわるあらゆる出来事をこれに委ねては一喜一憂していたものだ。

彼はテストの全てにヤマをかけていた。外れるとツキが悪いしドンピシャだとツキがいい。テストはコーリン鉛筆に限る、と言っていたのに今度はトンボだ、とこれは夢のお告げ。まるっきり外れるが、時としてドンピシャが出る。これがたまらないのだ。

クラス中でただ一人、彼だけがテストを楽しみにしている。それで成績はビリに近かった。

野村克也は悦郎とはほとんど真逆。ツキとかゲンをあてにしていないのだが、にもかかわらず二人の仲が大人になった今でも友人でいるのは悦郎の天真爛漫さに慰やされているせいである。

「ヤクルトで監督をしていた当時の野村克也がよ、勝ち続けている間ずーとパンツを取り替えないでいたそうだ。俺もやってみだどもよ、てんで効果ながったな。お前ならいいよ。何たってあいづど同姓同名なんだがらよー」

そんな古い話を悦郎が真顔で言った。

彼、野村克也と同姓同名なことで得をしてきたか損をしてきたか。初対面で名前を覚えられたのは得でもあったけれど、覚えてもらいたくない場面だってある。世間の見るところ、プロ野球の方ではないこちらの野村克也は真面目だけが取りえの人間である。

彼に遅まきながら相思相愛の恋人ができたのは二十九歳のことであった。これを大切に育てなければならない。失敗でもしたら二度とチャンスはないのだ。そうした誠意が彼女のハートを射止め、交際して五ヵ月ほどで唇を重ね合うところまでコマを進めることができた。

悦郎が野村克也監督のパンツの話をしたのはおりしもそのころのことである。

そうか。几帳面にメモとデータを入念に分析して勝利を重ねてきたにもかかわらず、あの野村克也ですらゲンをかついでいたとは。

それが勝ち続けている間中パンツを取り替えないことだとは。

「俺もやってみるが」

こちらの野村克也が無意識に声を出して一人言を呟いたのはそれほどまでこの恋にかけていたからに他ならない。それが功を奏した。彼にもついに満願成就が達せられる日がやってきたのだ。アパートに彼女を招じ入れた三度目の夜、もつれ合いながらベッドに横たわってベルトに手をかけたとたん、彼の興奮は一挙に萎えてしまった。パンツは二ヵ月も前から取り替えないでいるのだ。今ではジーパンを脱ぐと自分ですら呼吸を止めなければならない。

三択から選んだの

十月に入ったとたん冷たい雨が降っている。

西高東低の気圧配置のせいだ。早くも冬将軍が下調べのための斥候でも遣わしたのだろうか。斥候は一日で引き上げてくれて明日は移動性高気圧になってくれるそうだ。けれどこれからはひと雨ごとに寒さが加わってくると覚悟しなければならない。

「カーディガンはあるけど、薄手のチョッキもあればいいな」

朝の食卓、田村喜八は向かい合って箸を動かしながらテレビの朝ドラに半ば気を取られている妻のミヨに言ったが反応はない。朝ドラがまだ終わっていなかったことに、彼は言ってから気がついた。こんな底の浅いドラマをよくもまあ飽きもしないで毎朝欠かさず見ているものだ。のみならず昼の再放送でまた見ていることがある。何十年来手を変え品を変え、作る方も作る方ながら、見る方も見る方だ。が喜八はこんなこと口にはしない。

「チョッキでねぐってベストって言うの、今は。雨上がったら夕食の買い物がてらイオンさ行ってみるべんしね。あそごの三階売り場にあるど思うよ」

朝ドラが終わるとミヨが言った。イオンの駐車場は急勾配の螺旋をグルグル回った三階にある。妻はあれが苦手なものだから何かと理由をつけて夫喜八を連れ出しにかかる。三階の衣料品売り場は女性物から始まるレイアウトになっている。

ミヨの足はそれでノロノロとなってしまうのだが喜八はもはや慣れっこになっている。

「済みませんね、ちょっと見ていただけないかしら。これとこれ、どちらがいいでしょうねえ。さっきから決断つかなくってね」

しばしばミヨは話かけられることがある。こんなときの彼女のアドバイスは的確だ。

「初めに目についた品を手にして、もう一つに目移りがして『こっちもいいけどこっちもなあ』みたいになったら、初めに手にした方がよろしいのでは」

すると相手はあっさりと決断するのだ。

「奥さんこの肉、どっちにしたらええんだべねえ。弱ったなあ」

また食品売り場で声をかけられた。高齢者で一人暮らしでもしているらしい風体の男性が背後を通りかけたミヨに振り向いて問うてきたのである。

「何作って食べるつもりなんだげ?」

男がブツブツ説明しているのにミヨは迷惑がらずに頷き、ついでに野菜のアドバイスまでしている。喜八の見るところ、妻以外こうして話しかけられる客はいない。のみならず彼が舌を巻くほど即座かつ的確なアドバイスをするのだ。

買い物を終えて帰宅の車、喜八は助手席のミヨにふと尋ねた。

「おまえは俺ど結婚するに当だってどっちにしようが迷った人いながったんだが?」

「いであったよそりゃあ。三択から選んだの。こうしているどごみれば正解であったってごどだよね」

駐在さん

玄関でチャイムが鳴った。年に三、四度宗教の勧誘に来る二人連れだろうか。心当たりはそれくらいのものだ。大山巌は飲みかけの湯飲みをテーブルに置いて玄関に向かう。

「ハイどうぞ」

「失礼します！」

元気溌剌な返事がしてドアが勢いよく開かれた。

若いお巡りさんではないか。彼は一歩中に入って巌を見据え、サッと形良い敬礼をした。釣られて巌も敬礼を返したのだがこちらはそうはいかない。五本の指先がかじかんだように曲がっている。人事異動でここを管轄する駐在所勤務になった。それで各戸訪問をしているという。

「やあ、まだ六月だというのに暑いですなあ」

高橋と名乗ってから彼はそう言って制帽を脱いだ。巌は驚いた。若いと見えていたのに頭部に毛がほとんど生えていないではないか。失礼ながらジッと凝視してしまっている。がこれで思い出したことがある。もはや六十年ほど前のことだ。大山巌が県北の山奥の集落にある営林署の担当区事務所に勤務していたころ、ここを管轄している駐在所のお巡りさんも高橋という人であった。高橋は四十三歳だというのに頭部にはほとんど毛が生えていなかったのである。

巌は彼ほどの破天荒なお巡りさんを後にも先にも知らない。点在する集落を巡回してはドブロクを飲む。それも百二十五ccのオートバイを運転してのことだ。

税務署吏員が密造酒の摘発のため集落の家宅捜査に入ることが年に一、二度ある。そんなとき高橋巡査がバイクで先回りし、大声で叫びまわるのだ。するとドブロクを密造している人たちは急いで家に錠をかけ、他の家とか山の畑に身を隠すのである。

高橋は巡回のおりしばしば巌の勤務する担当区事務所に立ち寄るのだが、そんなときの彼は決まって酔っていた。すると勤務中であれ巌も酒を出す。むろんこれは清酒である。

「高橋巡査、バイクの練習させでけろや」

担当区事務所の隣の青年が外からこう叫ぶと、高橋はすぐに貸してやる。当時、バイクは駐在所のほか担当区事務所にある九十ccの二台しかなかった。

青年は尻に女の子を乗せて小一時間ばかり走り回ってから上気した顔で引き返してくるのだ。

「高橋さんってあんた。もしかして俺が六十年も昔の若げがった当時、県北の山奥にあった営林署担当区事務所にいだ当時の高橋善之助巡査の孫ではねえべな」

玄関に突っ立っている若い高橋巡査の顔が瞬時に輝いた。

「いやあ、まさかこんな所で爺さんをご存知の方とお会いするなんて。これが決めてになったんですね」

彼はそう言ってツルリと頭を撫でた。

おめでたい男

村田一郎は五年前に妻を亡くしてから一人で暮らしている。

四十七戸ある集落の男性で八十七歳の自分より年長の男性は二人しかいない。独居老人が七世帯もあるのに男は一郎だけである。独居老人なる四文字熟語、いったいどんな奴が使い始めたのか。一郎はつくづく嫌な言葉だと思っている。

十二月早々に大きな寒波がやってきたと思ったら根雪になってしまった。間もなく正月がやってくる、と思っていたらたちまちやってきてしまった。

「去年は二月に養助の家の愛子が入院先の病院で亡ぐなったのが最初であったよな。八十八歳のはずだ。七月さ入ったとたんいぎなり二人逝ってしまったなあ。庄太郎が八十一歳であったども、一人だば久治のカガア、なんて名前だったたっけ。五十八歳だってあったども。乳癌であったってご俺、死んでがら分かった。それがら十月だっけ十一月さ入ってがらだっけ重治が死んだの。あれは八十九歳であったはずだ」

元旦だというのに一郎はつい昨日暮れたての真新しい去年、集落で亡くなった人たちをなぞっているのであった。なのにやっとのことで亡くなった四人を並べ立てることができている。

これが一昨年となると、亡くなったのは三人であることだけは覚えていても名前までたどり着くのがおぼつかなくなっている。

「今年あだりだばハア……。んだなあ、弥七だな。ハルだっけ、施設さ入ってる良太郎の婆さん、あれも九十一で鼻がら管入れでるってごどだがら。尚造ハア、徘徊してあったども、今は寝だきりになってるし……。この三人は来年の正月までもだねえがもな」

年の初め、めでたい元旦だというのに村田一郎は真逆もいいところ、集落の誰それの生き死になおも心を馳せているのだ。

それでも昨夜の大晦日には仏壇に二段重ねの丸餅にミカンを載せ、松とユズリ葉も供えたし、お神酒も供えていつもより大きいローソクを灯して新しい年を迎えてはいる。

「一郎さんいるがー。明けましておめでとうさん」

すじ向かいの半田市蔵がチャイムを鳴らすことなく玄関をあけて入って来る。二、三日間隔を置いてやって来るのだが、午前に来て午後にまた来ることもある。

八十五歳の市蔵は三つ下の妻と六十三歳の息子と三人で暮らしている。

「おめえ、ガホラーッどしたツラして買い物袋ぶら下げでヨタヨタって帰ってくるって、俺のせがれが言ってだぞ。気イつけろよな。おめえ死ねば俺困るがらよ」

おとそ機嫌の市蔵が火燵に足を入れるなり言った。自分もだが彼もまたこの年齢になれば正月のめでたさより生き死にが先に立ってしまっている。

言われて気がついた。自分の生き死にだって何年も前から勘定に入れておかなければならなかったことを、彼はここまでとんと忘れてきている。市蔵もその手合いらしい。なら二人ともめでたい男ではないか。そこで一郎は苦笑する。笑い初めというやつだ。

身が二つになる

「仮の話なんだけどね、仮になんだけど有紀弥さん。仮に有紀弥さんが奥さんと結婚する前に私を知っていたら私と結婚してた？」

「もちろんさあ。そうなっているに決まってるよ。俺も最近同じこと思ってた」

これが有紀弥と一夜を共にする踏ん切りをつけてくれた。ひろみ二十九歳、処女を大切に守ってきたわけではなかったけれど彼女には初体験であった。妻子ある男性をこんなにも深く愛してしまうなんて。彼を知る一年前なら思いもしないことであった。

愛するとはこんなにも切ないものなのか。

有紀弥を受け入れてからというもの、ひろみは日を重ねるごとに、というより時計の針が進むに比例して全身の細胞と心までが入れ替わっていく自分におののきすら覚えるのであった。

性の快楽ほど強烈なものはない。それはもはや苦痛と紙一重、どころか死とさえ紙一重に近いかもしれぬ。事実、頂点を漂っているとき「死ぬ」と迸らせることすらあるのだから。けれどおののきを感じるのはこれとは別物らしい。快楽は真理を探求することを阻む。

ひろみが岐路に立たされたのは坩堝に身を投じて僅か一年足らずのことであった。妊娠が確定したのである。二人の間で妊娠が話題になったことはない。逡巡しているうち一ヵ月が過ぎた。一ヵ月の逡巡が過ぎてようやく真理が肉体の快楽を数歩引き離した。

「有紀弥さん、私妊娠している」

「えっ」

告げた瞬間、有紀弥の目が見たことのない他人のものに豹変した。

口元までが徐々に歪んでいく。これで終わりになるんだ。ひろみは直感した。一ヵ月の逡巡は心の奥でこれを恐れていたから。

「それって俺の責任か」

有紀弥が別人の変貌を完結させ、歪んだ唇が動いて言葉を吐き出す。

愛し合っていたはずの二人の関係が責任の問題なのだと。快楽の坩堝に翻弄されながら、しかしその度に心の奥まった所に潜んでいたあのおののきはこれであったのだ。

「これは私の責任です。ですから私の責任で産みます」

愛を交わしているときの頭と体が支離滅裂とばかり快楽の坩堝に翻弄されていた果ての仮死的忘我。あれは新しい命が降臨する前の祝祭。性の祝祭は神が子どもを生むことができる女性に特別に与えたもうたものか。男である有紀弥は介添え者の存在にすぎない。

妊娠が安定期に入ったころからひろみはそう思うようになっていた。

祖母は妊娠を「身が二つになる」と言っていた。身が二つになるとしたらそれは紛れもなく自分の分身に他ならない。有紀弥と決別して以来、あれほどひろみを翻弄していた性の快楽を、今ではまるでつき物が落ちたかのごとく、もはや思い起こすことすらなくなっている。

ピンピンコロリの功罪

朝七時、斉藤和一はニュースを見ながら朝食を食べ、終わって煎茶を入れて飲み終えるのが七時半、後片付けに腰を上げるのが七時四十五分前後である。

これは酷寒の今も真夏も変わることがない。後片付けに腰を上げたのを見ていたかのタイミングでルルルルと電話が鳴った。あれこれの勧誘電話にしては時間が早いしそれ以外心当たりはない。

「はいモシモシ」

「ああ和一。俺康雄だ。今朝起ぎだらな、カガアのやつ死んでるんだ」

「ええっ。ホントがそれ。眠ってるんでねえのが。ちゃんと確かめだのがおまえ」

出し抜けに言われて和一は驚いた。早とちりだろうきっと。高坂康雄、二人は同じ集落で小学校から高校まで一緒であった。彼の妻は八十歳ちょうど、これといった持病がないはずだ。八十四歳の康雄は狭心症持ちだから、ポックリ逝くとしたら彼の方だ。

「朝、目エ覚めでな、しばらぐしてもカガアの寝息ちっとも聞こえでこねえもんでな、呼んでも返事さねえし、それで半分起ぎ上がって布団揺すってみだども起ぎる気配しねえし。顔さ手エ当でがってみだらしゃっこぐなってしまってるんだ。これがらあっちこっちさ電話するどごだ」

「それじゃやっぱり死んでるんだ。間違いねえんだな。しっかりひいや。俺も後で行ぐ」

それからふた言三言言葉を交わし、和一の方から受話器を置いた。それにしても今の電話、どうも不自然ではないか。妻が死んでいるというのに康雄はまるで取り乱している様子がなかった。これからあっちこっちに電話すると言っていたから、彼が真っ先に自分に知らせてくれたのはなぜだ。これもよく分からない。

和一の妻葉子が亡くなったのは一年半前のこと。足かけ三年の闘病生活を彼は隣町に嫁いでいる娘と二人で乗り切った。一年半が過ぎた今、漸く自分を取り戻しつつある。なのに康雄は葬儀も淡々と自然体でやり過ごした。和一は感服するしかない。

葬儀が終わった二日後、和一は康雄を訪ねたのだが、彼が奇妙なことを言った。

「和一よう。夢ってこんなに長ぐ続ぐもんだが。いい加減覚めでけねば俺ア参ってしまう。あんなにピンピンしてだカガアが朝になったらコロッと死んでる夢なんてよ、その時点で覚めでければ笑い話だどもよ。長々ど葬式済ませでまでも夢がら覚めねえなんて、こうなればもうハア悪夢だよこれは。俺まだ寝でるんだったらよ、布団の上さ馬乗りになって俺の頭ガンガン叩いでけろや。もう沢山だ」

二人が向かい合っている仏間は石油ストーブで暖かく、ご飯から水、お茶も供えられ、お香の煙も灯明もゆらゆらと立ち上っていて供養にぬかりない。なのに康雄はまだ妻の死をうつつのこととして受け入れまいと夢にすがりついている。

ピンピンコロリ、これは残された者にとって残酷だ、と和一は彼を見ていてしみじみと思う。

トイレットペーパーの効用

高橋みや子七十七歳。夜中いっぱい耳が病んでほとんど眠れなかった。

風邪をひいて藤村内科医院から一週間分の薬の処方を受け、四日目で治ったと思っていたら今度は耳だ。風邪が引き金になったのだろう。またも臨時の出費がかさんでしまうが仕方ない。

近藤耳鼻咽喉科はつい二ヵ月ほど前に開業したばかり、車なら二十分ほどか。

そこに行ってみようと思う。受け付けが八時半だというので十五分前に着いた。なのに待合室は学齢期前の幼児と母親たちによって占領されている。みや子は帰りに予定していたトイレを先に済ますことにした。

「ああこれはいいねえ。巻きが堅くって重いし、何かいい匂い」

彼女は用を足すためにに入ったのではなく、トイレットペーパーをせしめるためだ。予備が五つも置いてある。こんな所はめったにない。一つを手提げバックに入れる。

一時間半ほど待ったあげく、診察は五，六分で済んだ。中耳から喉に通じている管が炎症を起こして塞がっているとか。やはり風邪の後遺症だという。それで藤村内科医院から処方された風邪薬を飲み続けるように、ということでここでの薬は処方されなかった。

帰りがけ、トイレットペーパーが五つも置いてあったことが心残りになり、また立ち寄って一つをせしめた。そこを出てから市の図書館で単行本一冊を借りた。けれど読むのが目的ではない。トイレットペーパーはここでは一個しかせしめることができない。

それからスーパーとホームセンターに入ったものの買い物はしない。それで五個になった。

これが始まったのが五年前、彼女七十二歳、七十八歳の夫春一がアルツハイマー病を発症し、デイケアサービス施設に通所してからのことである。初めは一個せしめるのにさえビクついたものだが、このビクつきが先々への不安を紛れさせてくれるのであった。

今では世の中の不条理へのささやかな抵抗気取りになっている。

夫春一は農業のかたわら土方仕事とか山林の下刈などで日銭を稼いでいたせいで国民年金しかかけていなかったし、みや子もパート仕事だけであったからこちらも同様である。

それで蓄えは無きに等しい。

今年の夏、トタン屋根が赤く錆びついていると言われてペンキを塗った。それに十一万円かかった。去年はボイラーが壊れ、買い換えて十三万円かかった。月に三千円そこそこのガソリン代もいたわしい。誰か早く水で走る車を発明してくれないものか。

その車、七年前に中古で買った軽トラもいよいよ寿命になりつつある。

あれこれ先々を心配すると頭がクラクラしてくる。みや子はその日せしめたトイレットペーパー五つを持ち、長男が使っていた二階の四畳半の部屋に向かう。ドアを開けると目を塞ぐ高さでトイレットペーパーが積まれているではないか。

「ワーイ。こんなに溜まっちゃったー」

彼女の心は至福で満たされ、歓声を上げながらトイレットペーパーを積み上げていく。

初夢

美代子は花の咲き乱れている草原を歩いていた。花は彼女の前方、緩い傾斜で横たわっている丘の稜線まで続いている。天気はまばゆいほど明るい。青空には綿を千切ったような白い雲があっちにぽっかりこっちにぽっかりと浮いている。それに心地よい風も。

丘の稜線に男女二人が立っているのが見えた。

伯母夫婦であると、美代子にははじめから分かっていた。意識して二人に会いに来たのではない。ずっと会っていないのにさして懐かしいという感慨もない。昔は訪ねたり訪ねてきてくれたりで、月に一、二度は顔を合わせていた。その延長の感覚なのだ。

二人がかなり大きく見えるまで接近したとき、伯母が突然両手を高々と上げ、何事かを叫んでいる。けれど美代子に声は届かない。

彼女は少し歩を早めた。すると今度は伯母だけでなく彼女の夫も高々と両手を上げ、二人して手を大きく振りながら叫ぶのだ。それでも美代子にはやはり声は届かなかった。それでまた少し歩を早めたものの、途中で立ち止まった。

二人とも険しい表情をしているのが分かったのだ。

叫んでいる声が届かないことを知ったのか、上に上げていた両手で伯母が先に大きく×を示すように交差させ、次いで夫も同じ仕草をした。

「来るんじゃない。早く帰れ」

今度は耳元で叫ばれたように大きく聞こえた。あっちまで行ってはいけないんだな。

美代子は何の疑問すら持つことなくそう思った。それで引き返した。せっかく二人に会えたのにどうして。そんな詮索の心もまるで湧かない。

夢から覚めたとき、一月二日の朝であることに気がついた。すると今のは初夢か。昨日の元日は隣町に嫁いでいる娘が一人で来て夕刻前に帰った。それでふだんどおり九時を過ぎたところで眠りについた。

それにしても不思議だ。あれは臨死体験者が言うところの光景ではないか。自分には死にいたる重大な病はない、なのにどうしてあんな夢を見たのだろう。それも一月二日の初夢の朝に。

数分も考えて思い当たる節をみつけた。二年前に夫を亡くし、年があらたまれば八十歳の節目を越す。苦しまないで死ねるならいつお迎えがきてもいい。と思うようになったのが師走に入って寒さが身にしみてきたころからであった。

さっきの初夢がそのせいだとしたら、少なくともこの一年は向こうに行ってはならないらしい。

それにしてもなぜ伯母夫婦であったのだろう。亡夫でもなければ両親でもなかった。なぜ、と夢のあれこれを考えたところで納得のいったためしはないし、元来夢とはそんなものだ。けれど人はそれを考える。とりわけ老人になるとこだわる。

「ああ分かった分かった」

美代子は声に出して呟いた。その日が来たときのお迎えには両親や亡夫、伯母夫婦も揃って来てくれるはずだ。

何年先か分からないけれど、そんな初夢を待とうと思う。

II

インベーダーゲーム

（一）

「祐斗（ゆうと）君！」

ジャングルジムで遊んでいると背後できみえ先生の鋭い声が飛んできたので祐斗はギクリとして動きを固定した。祐斗は先生のこんなに怖い顔を見たことがない。

「祐斗君、叔父さんがお迎えにきているから早く帰りなさい。このままでいいから」

そう言うなり、きみえ先生は下り立った祐斗の腕をぎっちりと握って小走りにかけ出したので、祐斗の足はもつれて転びそうになってしまった。

「祐斗乗れ。後で連絡しますから」

お母さんの弟の叔父が待ち構えていて、そう言うなり祐斗を助手席に乗せてすぐ発進させた。

バックミラーの中、きみえ先生がアッという間に小さくなっていく。

「祐斗。お父さんがな、交通事故に遭って病院に運ばれだ。いいが祐斗、どんなごどあってもしっかりしてろよ。おまえは男の子だがらな。いいな、祐斗」

「……うん」

広い道に出たところでスピードを上げながら叔父さんが前を向いたまま低い声で言った。祐斗にはどう返事を返していいか分からない。お父さんの身に大きな事件が起きたらしい。叔父さんはそれっきり、病院に到着するまで言葉をかけることはなかった。

「男の子だがらな祐斗、しっかりしてれよ」

病院の玄関に入ると叔父さんはさっきと同じことを言った。病室の前に立ったとき、中からドアが開いて医者と看護師二人が出てきて、三人は軽く叔父さんに頭を下げ、その姿勢で祐斗にも短く目を宛てて出て行った。

病室にはお父さんのベッドだけがあって、お母さんとその姉の伯母さん、祐斗を連れて来た叔父さんの奥さん、それに祐斗の知らない人たち数人が立っていて、振り向いた一人が祐斗を誘うように横に動いた。お父さんの顔には白布がかけられていて、お母さんが祐斗の向こう側に俯いて立っていた。祐斗は白布のかけられたお父さんとその横のお母さんの顔を交互に見た。お母さんの顔はいつもとまるで違っていて、祐斗はどうしていいか分からなかった。

「祐斗。お父さんだ。よーく見でおげよな」

叔父さんがそう言って白布をゆっくりと持ち上げた。お父さんは身動きしないで眠っているように祐斗には見えた。

「お父さん死んだの?」

祐斗はお母さんでなく叔父さんを見上げて問うた。

「会社の仕事の途中で車にはねられでな。救急車でこごさ運ばれだどぎはもう……」

叔父さんが言うと、お母さんが「ううう一っ」と唸りながら顔を覆った。

「お父さん本当に死んでいるの？　だって何ともないよ」

お父さんの顔は眠っているときとちっとも変わっていない。祐斗は今度もお母さんでなく叔父さんを見上げて問うた。けれど周囲の様子がそうではないことを伝えている。叔父さんが横を向いて「ムムーっ」と声を漏らした。ドアが開いて人が入ってきた。それからまた入ってきた。

その日から祐斗の身の回りが一気に騒がしくなって騒がしい日が何日も続き、祐斗が保育園に行くようになったのはお父さんが亡くなってから十日も過ぎてからのことであった。お母さんには兄さんと姉がいる。伯母さんはお父さんが亡くなってから一ヵ月ほど祐斗の家に泊まっていたけれど、伯母さんがいなくなるとたんに家の中が淋しくなってしまった。お母さんは祐斗に優しいものの、伯母さんのように快活で明るくはないのだ。間もなくお母さんは近所のスーパーで働くようになった。パートという言葉を祐斗はこのとき初めて知った。

祐斗が保育園を卒園して間もなく、二人は市営アパートに引っ越しをした。それまではお父さんの社宅であったのでどうしても出なければならなかったのだ。市営アパートは前の家より狭くて不便であった。お父さんが亡くなってしまったこと、祐斗は引っ越して初めてそのことを身にしみて受け入れたのであった。

（二）

夏休みに入っても祐斗は学校のグラウンドに通っていた。

四年生になったら野球クラブに入れさせられたのだ。児童数が少ないからである。祐斗にはこれが嫌いでならなかった。もともと運動が苦手であるのだ。

その日は午後からお母さんと出かけなければならない。それも目的がはっきりと告げられていないので祐斗には気が重かった。それでも練習が終わると祐斗は汗みずくのまま自転車を思いっきり踏み続けて大急ぎで帰った。練習が長引いたからである。

家に着くとお母さんと伯母さんがすでに着替えをして待ち受けていた。小一時間ほど遅れている、とお母さんが珍しくなじる口調で言った。それで祐斗はトーストを牛乳で飲込み、大急ぎで用意されてある服に着替えなければならなかった。

国道バイパス添いにある喫茶カフェ『モモ』。祐斗が初めて入る所である。窓際の席に座っていた男性が三人が入っていくと立ち上がった。この人の他にお客はもうひと組あった。伯母さんが男性の横に座り、向かい合う形で祐斗とお母さんが座った。お母さんと伯母さんは男性を前から知っているのだろう、三人の大人たちはすぐに親しそうに会話を始めた。三人にコーヒーが運ばれ、祐斗の前にはアイスクリームの乗ったソーダ水が置かれた。伯母さんがしきりと祐斗のことを男性に話していて、祐斗にも話を向けてくる。それが祐斗には不思議に思えた。

「半田さんねえ祐ちゃん、市役所の課長さんやってるの。中学も高校も野球選手だったんですってよ。こんな人、祐ちゃんのお父様になってお勉強みてくれるといいね。小学校も高学年にもなったらお母さんや私なんかもう教えてあげられなくなってしまうものね」

(何を言っているんだろうこの人。男の人にしきりとおべっか使ってる。お父さんの他にお父

さんになれる人などいるわけがないじゃないか）

『モモ』には一時間足らずいたのだろうか。祐斗にはひどく長い時間に思われた。

「お母さんは半田さんと用事があるからね。祐ちゃんは私とお家に帰るの」

前からそんなことになっていたらしい。

祐斗は『モモ』に連れられてきたときから意味もなく不愉快な気持ちになっていたのだが、ここにきて一層その気持ちが強くなってしまった。その日祐斗は遅くなっても一人で商店街の外れにあるインベーダーゲームをしていた。ちっとも楽しくないのにである。

「祐斗」

インベーダーゲームのデジタル音が飛び交っている中、いきなり耳元でお母さんの声がしたので祐斗は飛び上がるほど驚いた。お母さんの顔は怒っているではないか。

「お母さんなんか大嫌いだ！　お母さんなんか大大大嫌いだから！」

外に出た瞬間、祐斗はありったけの声を張り上げて叫ぶと同時にパッと駆け出した。当の祐斗にもそれは思いがけない行動であった。背後でお母さんの声はしなかった。祐斗は駆けるに駆け続けた。どこをどう走ったかまるで分からないままであった。疲れ果てて膝に手をついてゼイゼイと荒い息を吐いていたら先方から走ってきた車が急停車したので祐斗は追いかけられるかと思って急いで走り出し、小道を右に曲がり、なおも前にも増して早く駆け続けた。

車がようやくすれ違うことができるかできないかほどの狭い道であった。しばらく走り続けていたら前方から車のライトが近づいてくる。祐斗はまた右に曲がった。そこは農道らしい。道に草が生えている。草はすでに夜露に濡れていた。祐斗は走るのをやめてゆっくりと歩いた。靴もズボンの裾も夜露でびっしょりと濡れた。見上げるとまん丸い月が頭の真上にあった。

祐斗はお父さんに会いたかった。事故で亡くなった前の日の夕、祐斗はお父さんと一緒に自転車に乗る練習をしていた。明日は絶対に乗りこなせる、とお父さんが言っていたのに。それを思い出すと祐斗は声を出して泣いた。泣き出すと止まらなくなり、祐斗は思いっきり声を張り上げて泣き続けた。誰に聞かれる心配もないのだ。

お父さんが亡くなって以来、こんなに声を張り上げて泣いたのはそのときが初めてであった。声を張り上げて泣けば泣くほど祐斗の寂しさは大きくなるばかりであった。

(三)

長男の太郎がゲーム機で遊んでいる。太郎にピッタリとくっ着いて五歳の妹ユリが真剣な顔で覗き込んでいる。四年生になったら買ってもいいかな、と祐斗が太郎の誕生日プレゼントの話になったとき、つい漏らしてしまったのがいけなかった。これが太郎の祖母の耳に入ることとなった。ゲーム機は太郎の祖母の誕生日プレゼントである。その日太郎がいじくっていたゲーム機から、昔祐斗が通ったインベーダーゲームを彷彿とさせるデジタル音が流れてきていたのであった。

(母の半生は果たしてこれで良かったのか。あのとき自分が母の半生を大きく捻じ曲げてしまったのではなかったのか)

これを祐斗は折にふれて自分に問うてきた。小学四年生のあの夜、インベーダーゲームのデジタル音が激しく錯綜していた。あれ以来、祐斗と母の間には深い溝ができてしまった。二人きりの生活、なのに祐斗も母もどちらかと言えば内向的であった。そうして祐斗は内向をひたすら勉強に向かわせた。それで中学も高校も上位三本の指に数えられる座を確保して通過した。

大学進学は経済的に頭から諦めていたのだが、学校や叔父など周囲の熱心な支援で就学奨励制度をフルに生かして入学することができたのである。

祐斗は学生生活の余暇をほとんど家庭教師のアルバイトで稼ぎまくったと言っていい。それだから母からの仕送りはたぶん、高校生当時の出費より少なかったかもしれない。

一生結婚はしない。これをはっきりと決断したのは高校生になってからのことだ。

怖かったのである。大学生活でも同様であったから、高校大学を通じて恋人なるものには一切無関心で通したし、苦痛にすら思わなかったものだ。

なのに結婚をしたのはなぜか。祐斗には小学一年生のころから今日までずっと年賀状を交換している女性がいる。保育園年長組を担任してくれていたきみえ先生である。きみえ先生には娘が二人いて、妹の可南子が祐斗の妻になっているのであった。

可南子は不思議な娘です。小さいころから「可南子、祐斗君のお嫁さんになるんだから」と言ってました。その可南子も今年二十七歳になりました。

三十五歳の正月、きみえ先生から届いた年賀状にこの端書を見たとき、祐斗は責任めいたものを感じた。自分が知らないところにいるにしてもそのように思い込ませているのだ。

一度会ってみようと思ったのは責任感からであったと言える。

可南子と初めて会ったとき、祐斗は瞬時に一つの光景を鮮やかによみがえらせた。父の葬式の日、きみえ先生は焼香を済ませると真っ直ぐに祐斗の前まで来て立ち止まり、両の手を祐斗の背中に回したかと思うと強い力で抱きしめてくれた。すると、きみえ先生のお腹がピクピクと小刻みに動いているのがくっつけている顔全体に伝わってきた。

頭にはポタポタと涙が滴り落ちてくる。祐斗はこのとき、お父さんが死んでから初めて泣いた。可南子と初めて会ったあの日、彼女ははにかんだように微笑んでいたというのに、あのときのきみえ先生の泣き顔が重なってしまったのだ。

「結婚してもいいですか」

初対面の第一声がこれであった。

こんなプロポーズは自分くらいのものだろう。祐斗は今でもそう思っている。なのに可南子もまた「はい。ぜひ」と言ったのであった。これも可南子くらいのものだろう。

昨年春、祐斗夫婦は家を新築した。七十五歳になる母のためにキッチンとそれに続くダイニングルーム、寝室、トイレも作った。ちゃんとした二世代建築とまではいかないけれど、高気密でオール電化だから冬の寒さには強い味方である。

ときどき可南子の母、きみえ先生が遊びに来てくれている。

「お婆ちゃんがね、『祐斗のおかげで、いつあの世からお迎えが来てもまたお父さんと一緒になることができる。今はその日が来ることを楽しみにしているくらい』とおっしゃったんだってよ」

きみえ先生が母のところを訪ねての帰り、可南子にそれを告げたのだという。祐斗は全身から力が抜けていくのを感じた。こんなに安堵したことはない。

こっから舞い

（一）

母が何かモゴモゴと独り言を言っている。よくあることだ。今朝は私が起こしにいく前、ひとりで起きてきたからよほど体調がいいのだろう。着替えもちゃんとできていたし、洗面器に湯を満たしてやるだけでこれもひとりで洗顔をしてくれた。そうしてご飯もちゃんと食べた。こんな日は私が息子で名前を須輝（すてる）ということまでちゃんと応えてくれるはずだ。

八時を過ぎたばかり、十五分もすると訪問ヘルパーが来てくれて歯磨など口腔ケアをしてくれ、食器洗いその他厨房のまわりをきれいに片付けてから母の寝室の掃除などをして帰る。毎朝三十分、夕刻の三十分には別のヘルパーさんが訪問し、この人は母の下着を取り替えてくれたり、清拭などをして帰る。尿漏れのパンパースを使用しているものの、今朝のように体調のいいときはひとりでトイレに行ってくれるから助かる。

この四月から週一回の入浴サービスが認められている。

今朝、母は起きてきたときから何やら機嫌が良かった。言葉はききとりにくいものの、何か歌らしきものを歌っている。たぶん楽しい歌だろう、表情が柔らかい。そうして両の手をヒラヒラと揺り動かしている。踊っているつもりなのだろうか。

私はついにんまりとしてしまう。どうやら母はさっきからおなじ歌を繰り返しているようだ。言葉をうまく聞き取れないものの、節回しとまではいかない抑揚とヒラヒラ動かしている両の手、これの繰り返しになっていると思われるのだ。

「何か歌ってるんだが母さん。朝がらご機嫌だなあ」

私は番茶を母の前に置きながら言った。

「ああー、んだよ。ご機嫌だものー」

母はにんまりとした表情のままいくらか抑揚を取り戻して言い、また歌い続けるのであった。

「こらとーざいなとーざいなー。こっからまいはとーざいな。こらとーざいなとーざいなー。こっからまいはみーさいな。こらみーさいなみーさいなー。こっからまいはみーさいなー」

私は唖然としてしまった。「こっから舞」。秋田が発祥らしいこの歌、たぶんデンパに乗せることのできない卑俗で卑猥な歌と言っていい。私も数回、酒席で聞いた覚えはあるものの、文句まではわからない。けれどインパクトのあるものだ。母はさっきからこれを繰り返していたのだ。

番茶を啜り、私が声をかけたのが合いの手をいれる効果を果たしたのだろうか。今度ははっきりそれと聞き取ることができる。母はいつどこで覚えたものだろう。

私は母とはまるで違う別人を前にしている錯覚に足をすくわれる想いがした。

「こらとーざいなーとーざいなー。こっからまいはとーざいなーとーざいなー。こら天岩戸のむかしがらー。こっからまいはみーさいなみーさいなー。こっからまいはみーさいなー。こらあまのいわとのむがしがらー。こらこっからまいはみーさいなー。みーさいなみーさいなー。こっからまいはみーさいなー」

歌っているうち、うろ覚えが少しづつ繋がってきたらしい。文句が増えている。仰天して見つめていると母の表情がひどく淫らで卑猥になっていることに気がついた。

さっきと表情が変わったわけではない。歌の正体を知ってしまった私の脳がそうさせたものだ。ヒラヒラと動かしている両の手までそのように見えてきてしまう。

（二）

「こらみーさいーなみーさいなー。こっからまいはみーさいなー。こっからまいはみーさいなー。こらあめのいわとのむかしがらー。もののはじまりこっからでー。ひとのはじまりこっからだー。こらみーさいなーみーさいなー。ひとのはじまりこっからだー。こっからだーこっからだー。もののはじまりこっからでー。ひとのはじまりこっからだー」

また少し歌の文句がよみがえったようだ。これに合わせてヒラヒラと動かしていた両の手の動作が変わった。肘掛け椅子に座り、軽く開いている股間に両手を持っていってから前方に広げるように差し出したところでヒラヒラと動かすのであった。

ここに至ってひどく淫らで卑猥なものになりきってしまっている。そう言えば昔、酒席でこれを歌ったひとはその場に立ち上がって股を開き、腰を前につきだしたりゆらしたりしながら股間に添えた両の手をパーッと前方に開いて差し出す動作を繰り返していたことを思い出す。

今朝起きたときから機嫌がよく、楽しそうに歌っていた原動力、もしかしたら閉ざされていた性の解放によるものであったのかもしれぬ、と私は複雑な気持ちで納得する。

母藤岡アキノ九十二歳。私は六十三歳になる。七十五歳、七十四歳、七十二歳と年の離れた三姉妹がいる。姉たちと私のあいだに母は男の子を一人流産し、もう一人の男の子を生んで間もなく亡くしている。父は私が三歳の年、胃癌だと診断されて一ヵ月後にあっ気なく亡くなった。母三十六歳のことである。

私の名前は須輝と書いて「すてる」と読む。この名の由来を聞くと三人の子どもたちも、十歳を超えた二人の孫たちも笑う。彼等より下にいる三人の孫たちもやがて笑うようになるだろう。幼かった昔は三人の姉たちにも事あるごとにからかわれていたし、小学校でも中学校でもからかわれた。からかわれて育った、と言っていいくらいだ。

由来とはこうである。男の子が授からないことを心配した母の母、私にとっての祖母なのだが、彼女が今でいう霊媒師に占ってもらったところ、今度男の子が生まれたら一度捨てて成長するまで他人に育ててもらわなければならない。でなければ名前に「すてる」と読める字をあてがわなければならない、と告げられた。そこで須輝と書いて「すてる」と読ませることとなった。

秋田弁なら「捨てる」を「してる」と訛らせる。私はこの地では「してる」で呼び習わされることとなった。

家は父が亡くなるまで水田が二町歩（二ヘクタール）ほどあったが、母はこれを切り売りしながら四人の子どもたちを育てた。

三人の姉たちが高校を卒業することができたし、長姉と私は大学まで出ている。私はともかく、長姉が大学まで進むなど、ひと町に1人いるかいないかの時代であった。父は役場に勤めていたため、水田は主に通い若勢（わがじぇ）がやってくれていた。

父が亡くなってすぐ、母が役場勤務をするようになった。子どもたちが成長するにつれ母の役場勤めだけではやりくりが困難になっていったのだろう。水田は通い若勢ほか数人に少しずつ切り売りしていったのだが、私が大学を卒業するころには五百坪あった家の敷地までが百数十坪に減ってしまっていたものだ。二人まで大学に入れ、相次いで娘三人を嫁がせなければならなかったのだ。

「娘三人を嫁に出せば家が潰れる」

そう言われていたものだ。私が結婚をするにあたって、妻となる美子もその両親も母との同居に快く承知してくれたのに、母一人だけが頑に応じようとはしなかった。

その当時の女性として稀有なほど精神が強靭であったと言える。

（三）

私が退職する三年ほど前、母の認知症が始まったようだ。ようだというのは私にそれを認めたくないという願望があったせいに他ならない。

そうして六十一歳で退職を迎えたとき、直ちに母との同居を選ぶこととなった。五十六歳の妻は仕事を継続している。家が近いから別居している感覚は私にはない。

父はかつての地主の次男で役場に勤めていた。男まえがよくて温厚でもあったから多くの集落から尊敬を集めていて、いずれは町長にとまで言われていた人物であった。

母もまたそうした父にふさわしい賢くて聡明な女性であった。母をあれこれと陰で言う人は私の知る限り一人もいない。小学校から中学校を卒業するまで、ＰＴＡなどで母が学校に来てくれるのが私には自慢であったものだ。

今は死語になっている貞淑という言葉、これを母にあてがうことに一片の躊躇すら無い。むろん母に限らず、この時代の女性たちは色恋沙汰など起こしたら駆け落ちする以外の選択肢はなかったものだ。あの母がどこでどうして「こっから舞」なるものを覚えたのだろう。この卑俗かつ卑猥な歌や踊り。遠い昔の母が酒宴の席でこれを耳と目にしたとして、おりに触れて思い起こしていたものだろうか。

そんなことはない。たぶん母は顔を背けて不快な場の通り過ぎるのに耐えていたに相違ない。ないけれど生を司る脳細胞のいくつかに本人すら自覚することなくインプットされていたかもしれぬ。老衰に追い討ちをかける認知症が発生したことで、貞淑や節度、自尊心、恥じらい。それ等を司っていた脳細胞たちが衰退していく過程で、まるでミミズが地上に這い出てくるように「こっから舞」がおもてにでてきたのではないのか。

それでも母は玄関のチャイムが鳴らされた瞬間歌うのをやめる。制御細胞は私と来客を見分ける役割をどうにか果たしてくれているらしい。だが客が帰るとまたも「こっから舞」を歌い、踊りの手つきをやり始めるのだ。母の表情はもはや誰が見ても淫らで卑猥なものになりきっている。私は母をじっと見続けていた。気がつくと私は微笑んでいた。母は今、性の束縛から完璧に解放されて自由になったのだ。三十六歳で夫を失い、その後の半生は旧来からの道徳と衆人監視にがんじがらめにされ、どんなにか神経をすり減らしてきたのだろう。

微笑んで見つめていたはずなのに、いつの間にか私の目から涙がこぼれ落ちようとしていた。

「母はじきに死ぬ」

毎朝、雨天の日以外は十数分そこそこだが散歩を欠かさないでいる。

その朝、シルバーカーにたごじがってゆるゆると進む母の後ろにしたがって歩いているとき、不意にその想いが胸を突き上げてきた。心臓も呼吸器も消化器官も排泄機能を司っていた脳細胞たちも性細胞同様、もはやギリギリのところまで消滅しかけてしまっている。彼等を補強あるいは制御する役割を果たしてきた脳細胞たちもまた役割を果たせないところまで衰退してしまった。最後まで残っていた数個の性を司る脳細胞が「こっから舞」でフィナーレを飾ったように、やがて全ての臓器が最後のフィナーレを展開することだろう。

九十二歳、天寿を全うするとはつまりこういうことなのだ。ある朝、私が目を覚ましたら母は冷たくなっていた。そんな自然な死に方であるだろう。そうしたら私は母の一生をいい人生であった、と締めくくることができるか。

タイムカプセル

（一）

今日で三月が終わる。午後一時、外は快晴であった。新太郎はインスタントラーメンを作って丼に移してから今朝食べて残っているキャベツとピーマン、ニンジンの炒め物をぶち込んでから箸でグルグルとかき混ぜ、丼を持ち上げて空気と汁とラーメンをいっしょくたにズルズルと派手な音をさせ、ものの三分もしないで食べ終えてしまった。卒業式が終わって二週間が過ぎた。昼に一人で、この手のラーメンを食べたのは七，八回になるか。

「アミに会いに行こうか」

新太郎は卒業式を終えた日からフッと考えるようになっている。アミは一日遅れで小学校での卒業式を終えている。四月からはアミが中学生になって自分は高校生になる。中学生の制服を着た妹を見たいと思う。

その日、新太郎は正月以来初めて妹のアミに電話をした。「元気でいるか」と言ったら「うん、元気だよ」と抑揚のない声で言う。新太郎は「お母さんは」とは言わなかったし、アミも「お父さんどうしてる」はむろん、「お兄ちゃんは」さえ訊き返すこともしなかった。「卒業式どうだった」と言ったら「クラスの女の子たち皆泣いてた」と言った。

アミだけが泣かなかったのだろう。母も参列したとは思うけれどそのことは言わなかった。

「タイムカプセル埋めた」、とアミの方から教えてくれたので新太郎は少しばかり心がほぐれるのを感じた。そう言えば新太郎たちも小学校を卒業するときタイムカプセルを埋めている。

タイムカプセルのことで二言三言交わしてから彼の方から受話器を置く。沈黙が長くなると後味が悪くなるのだ。

肉親でも時間の経過に比例して感情も薄れていくものらしい。

新太郎は中学三年生になったあたりからそう思うようになっている。そう思うようになってはいたけれど、自分だけは一向にそうなりきれないでいるとも思う。

それでまた考え込む。アミだって自分や父のことを思っているに違いない。

けれどそれを表面に出してはいけない。出せば自分を保てなくなってしまうし、壊れた家庭がさらに壊れてしまう。彼もそう思っている。逡巡の果てに受話器を持ち上げてもアミからの返事は想定した通りでしかない。いや、タイムカプセルを自分から話してくれた。これほどのことではあるけれどめったにないのだ。

母は自分の卒業式を知っているはずだから電話があるかもしれない、と期待も僅かだがあったのだがかなえられなかった。いつものことではあるのだが。みんな我慢しているのだろうか。

新太郎は考える。考えが長くなるにつれ、アミに会いに行こうかと思っていた心まで次第に萎えていってしまう。これもいつものことである。

昼を食べて外に出たら晴天は続いていて風も凪いでいる。新太郎が自転車を走らせようとサドルを跨ぎかけた瞬間、居間の電話が鳴ったので急ぎ引き返した。

「お兄ちゃん、お母さん今日もパチンコに行ってる」

「モシモシ」と言うなりアミの抑揚のない声が言った。新太郎はさっき、自分の方から受話器を置いてしまったことを後悔した。アミは言いたいことがあったのだ。

「お母さんが今日もって、いつからパチンコに行くようになってるの」

「知らない。………でもずっと前からみたい」

そっちもか、と新太郎は心の中で溜息をつく。

父が家に女性を連れて来ているのを知ったのは一昨日のことだ。

「俺、そっちに行こうか」

「お兄ちゃんが来たってしょうがないよ」

アミがまた抑揚のない声で言った。妹は五年生、六年生と成長していくにつれて諦念感を育てきている。あるいはバリアを築いてきているのかも。新太郎は切なくなる。

（二）

タイムカプセルに何を入れるか。冬休みが明けると次第にこれがクラスの中で話題の中心になっていった。作文と絵は必ず入れることになっている。作文は二十歳になった自分宛に書くのだという。絵は自由であった。それともう一つ、思い出の品を入れるそうだ。これ等三つにアミはまるで興味など覚えなかったから話の中に入っていくことができなかった。

タイムカプセルに限らず、彼女はクラスメートたちが何につけ必要以上にはしゃいで夢中になって喋りまくっている中に自分から入っていくことがなかったのではあるけれど。それでも絵も描いたし作文も書いた。絵は教室の風景を描いた。黒板があって教卓があり、黒板の右端には絵を完成させた月日、二月十四日・小雪ときどき曇り、とある。並んでいるどの机の上にも何も載っていない。真ん中よりやや後ろの席、後姿で座っているのは自分である。

大人になっている自分に向けてどんな作文を書くか。アミには何も思い浮かべることができなかった。というよりそもそも書く意欲が湧かないのだ。じきに中学生だというのにまだケーキ屋さんとか美容師さんとかネコや犬の美容院、宇宙飛行士など、子どもじみたことを書く人もいる。アミはお金を沢山もらえる仕事をしたい。お嫁さんにはならないで一人で自由に生活したいと思っている。けれどこんなこと書けないに決まっている。それで看護師さんになりたいと書いた。

思い出の品に何を入れるか。今一番大切にしている物を入れるのがいいらしい。お兄ちゃんの新太郎が中学三年生の修学旅行の土産にくれたウサギのキーホルダーがある。一番大切にしているものはこれだけだ。だからこれは入れることはできない。するとあとは思いつかない。

三種類を入れた袋を回収するまでにまだ日数がある。それまで決めればいい。決まらなければ中味の入っている筆入れをそっくり入れればいいことだ。

お母さんがパチンコをやっていることを知ったのはつい最近のことであった。彼女はお母さんと二人で六畳間を寝室として使っている。押入れに布団などを収納して閉めようとしたらうまくいかない。見ると敷居の溝にビー玉みたいなのが二個挟まっている。手に取ってみるとガラスではなくて重い。鉄の玉のようだ。

彼女はそれをトレーナーのポケットに入れ、学校へ行くために着替えるとき服のポケットに入れた。

授業中、何とはなしにそれを弄んでいたのだがポトリと床に落としてしまった。

鉄の玉はコーンと皆が気がつく大きな音をたてた。算数の時間、板所していた担任の藤枝先生が振り向いた。先生は私語や物音に神経質なところがある。

「アミさん」

藤枝先生が聞き質す前だというのに後ろの席の虔朗が言った。

こんなとき、真っ先に槍玉に上げられるものだから予防線を張ったのだ。

「アミさん、落としたもの見せなさい」

藤枝先生が言ったので、彼女はそれを拾い上げてから親指と人差指の先端に挟んで前方にかざした。

「パチンコの玉じゃないかアミ。どこから持ってきた」

「家に落ちてました」

「家に……」

藤枝先生が当惑したような表情で言葉を飲込んだ。

「そうか、これがパチンコの玉なんだ」

アミは下校の途中ポケットの中にある二つの玉を掌で弄びながら反芻していた。そういえば前にも見つけた記憶がある。パチンコはギャンブルだ。そうしてこれはガラの良くない大人がするものらしい。お母さんは酒も飲むしタバコもやっている。アミは酒を飲んだりタバコの煙を吐き出しているお母さんを見るのが嫌だ。ここにまたパチンコが加わってしまった。

タイムカプセルに思い出の品を入れる日、アミは筆入れにパチンコの玉三つを入れた。

一つはその後、母のバッグから百円硬貨を二枚取ろうとして見つけた。

(三)

大人って嫌だ。新太郎は中学一年生当時すでにそう規定するようになっていたのだが、高校生になってからは一層その思いを強くさせている。

不幸なことに、思わせる元凶が両親であった。とりわけ一緒に暮らしている父。いったい父のどこに魅力があって女が引っつくのだろう。顔は一通り整っているとは思う。自分を父親似だと言われることがある。小学生当時なら褒め言葉として嬉しくさえ思っていた。高校生の今なら言った相手を殴りたくなる。表情に覇気みたいなものがない。ないばかりか、肝心なところでヘラヘラと笑う。四十三歳なのにまだ若者ぶった茶髪のままでいる。

父は月に一、二度、夜遅く女連れで帰宅するようになっていた。

女は新太郎が学校に行ってから起きてくるので彼は顔を合わせることなく済んでいた。なのにその日は合わせてしまった。七月一日水曜日、学校創立記念日のことであった。父が女を連れてくるのは深夜十二時前後のことである。長距離バスのシフトに組み込まれているのでそれが明けると二日続きの休みになることがある。女を連れてくるのはそんなときに限られている。

朝の八時過ぎ、新太郎は熟睡から覚醒した。平日、自分の学校だけが休みで他の学校も会社も休みでない日、何か得をした心地良さがあるものだ。彼は久しぶりに気分が華やいでいくのを覚えた。外は車の行き交う音がして、カラスの鳴き声がしている。階段を音が出ないよう細心の神経を集中させて下りる。女が泊まった朝はどうしてもこうなってしまうのがいまいましい。インスタントコーヒーでも飲もうかと思い、湯を沸かしかけていたらスリッパを派手にバタつかせて来る音がする。父のものではない。そう思った瞬間、キッチンのドアが勢いよく開けられた。

「あっ!」

女が短く悲鳴とも取れる声を発し、新太郎が振り向くと同時に開いた口を掌で塞いだ。赤といっていい毛髪、それがバサバサに乱れている。シュミーズというのだっけあの下着。そいつの右肩ヒモが肘までずり落ちている。女は口を塞いだままドアを閉めもしないで寝室に引き返した。顔も肩も丸く、小太りと言えない太った女であった。

「クソみたいに汚い女。親父にくっついてくる女だものな」

新太郎はコーヒーを飲む気持ちを喪失させてしまった。

彼は一、二分ほどボーっと放心して突っ立っていたが、やがて外に出ると自転車に跨った。

高校を卒業するまでの我慢だ。前から決めている思いを倍増させて心の中で呟く。高校だけは出なければならない。その先は就職する。それも建設業と決めている。そうして重機他ありとあらゆる免許や資格を取りまくるのだ。

中学二年生のときから決めていることだ。あのころ読んだ父が持ち帰った週刊誌、手取り月収六十万円も稼いでいる三十代男性の成功例としてそれが載っていた。

自分が高校を卒業するとき妹のアミは高校に入学する。

アミの入学式前、二人は一緒のアパートで生活し始めるのだ。父が持ち帰ったあの週刊誌を読んだ日、新太郎はそこまで夢を膨らませていたのだが、高校生になった今は夢でなく決意になっている。それも時間の経緯に比例して堅固になっていくばかりであった。とりわけ今朝、あの汚い女に遭遇してから。父は女以上に汚い。だが今は耐えなければならない。

アミに会いに行こう。あてもなく自転車を漕いでいて不意に思い立った。自転車なら一時間以上かかるけれど急ぐことはない。

アミが学校を終える放課後に合わせるなら時間はあり余るほどだ。

「俺が高校を卒業したらアミと二人でアパートで暮らそう」

アミにこれを伝えようと思う。どう受け止めるか分からない。分かないが徐々に気持ちを整えていって欲しいしそうさせなければならない。

十時前だというのに太陽が正面の高い位置にある。

新太郎は汗をかいていたにもかかわらず、一向に暑さを感じなかった。

バレンタインデー

（一）

バレンタインデーというイベントがある。

女性の側から好意を寄せている男性にこの日だけはおおっぴらに打ち明けてもいい。チョコレートを添えて。サトハが小学六年生であった昨年まではならそんなことなどクラスで話題になった記憶がないというのに、中学一年生になったら状況が一変していた。これが小学生と中学生の違いなのだ。がそれだけでもないらしい。テレビなどは正月が明けたころから盛んにチョコレートをかざしてこれを喧伝していたから。皆が煽られたことがむしろ大きいのかもしれない。

誰に、どんなフレーズを添えて、どんなチョコレートを、どんな形で渡すのか。冬休みが明けた教室だけでなく、女子のクラスメートはあっちでもこっちでも数人が輪になったり二人だけであったりしながら、飽きることなくこの話題をしゃべりまくっていたものだ。サトハもむろんその中にいた。当日渡したのは三人で同じクラスが一人、二人は別のクラスの男子生徒であった。別のクラスの二人はたぶん、一人で十枚かそれ以上のチョコレートを受け取ることだろう。

サトハは皆の空気に沿ったのだけれど、やはり二人から「ありがとう」と声をかけてくれることを期待していたことを認めなければならない。

同じクラスの今日一が本命であったかと問われれば返答に困る。女子生徒たちの間で彼の名をあげたのはいなかった。むろん穴を狙ったわけでもない。今日一とは小学五、六年生でクラスが一緒で中学一年でもまた同じになった。だからサトハは彼について他の誰より知り尽くしている。彼には内向的なところがある。授業中知っていることでも大多数が手を上げないと上げないのだ。体育は苦手。だからあんまり目立たないけれどテストの成績はクラスで五本以内をキープしている。サトハもそんな性格でそんな成績であったからよく分る。

もっとも彼女の場合、五本の中に組み込まれるのは希ではあったけれど。

「あげようかな」

ふにゅっとそう思っただけ。けれど心の中の一画でホカホカしてくるのを自覚していたことも認めなければならない。それで朝一番、彼の机の中にすべり込ませた。

「今日一君。中学でも同じクラスになれて嬉しいよ。これからもよろしくね」

サトハはこのフレーズの下に自分の名前を添えた。別クラスの二人にはこんなものではない。あからさまであっけらかん。チョコレートに蜜を塗りたくったような甘いフレーズなのだ。これはイベント、だからそれでいい。他の女子生徒たち右倣えするとこうなってしまう。

その朝、机を開けた今日一の表情をサトハは鮮明に覚えている。

「あっ」

今日一の無声音が聞こえた、ような気がしたけれど声など発していなかったかもしれぬ。

「何でサトハなんだ」

振り向いた今日一の顔がそう言っている。怒っているのだ。あるいは激しい落胆であったかも。今日一が教室に入ってきたときからサトハは彼の一挙手一投足に神経を集中させていた。机の中に手を差し込んだ瞬間、鼓動が胸を突き上げた。両の目の瞳孔を貫いた今日一の思いもよらない表情に彼女の息が止まった。

なのに胸は一層激しく突き上げてくる。苦しくて顔が紅潮していくのが分った。

クラスが同じでない二人の男子生徒はその日のうち、廊下で顔を合わせたとき「ありがとう」と言ってくれたのに、今日一は次の日になっても言わないばかりか目を合わそうとさえしないではないか。

彼には意中の人でなくてサトハであったことがショックであったのだ。彼の態度をそう受け止めなければならない。自分だって初恋の相手ではないし、とりたてて好きだとも思っていない。負け惜しみでそう思おうとしているのではない。そうしてバレンタインデーは嫌だと思う。

（二）

思春期の心は傷がつきやすい。一方、回復力もまた早い。中学一年生のときサトハはバレンタインデーで心に傷を受けた。一年後、彼女の傷はほとんど治癒していたと言っていいだろう。今日一とクラスが分かれたのも幸いしたのは確かだがそれだけでもない。もともと初恋などと呼べる感情すら育っていなかったのだから傷と言うには少しばかり大袈裟であったのだ。けれどやはりバレンタインデーをどうやり過ごせばいいのか。その日が近づくに連れて些か心が重くなっていく。やはり昨年の出来事が尾を引いているのを認めなければならない。

ところがバレンタインデーの話題が持ち上がっても昨年とは様変わりしているではないか。サトハはこれには戸惑った。昨年の今ごろならあの人にもこの人にも、とばかりワイワイガヤガヤと盛り上がっていたというのにそれが無くなっているのだ。

たぶんだがそれぞれに意中の人、初恋と言っていい相手が現れたのかもしれぬ。

ただ、サトハにはそれ等の全てが相思相愛まで育っているとは思えない。まだローティーンなのだ。彼女には片思いと呼べる相手すらいない。むろん好意を寄せる相手はいないわけではない。同級生にも先輩にもそう思わせる異性はいる。しかしそれだけのこと、片思いの前に諦めがある。

それでもクラスの女子たちはバレンタインデーが近づくにつれ、チョコレートにまつわる話題がそこここで交わされるようになっていった。あの店でこんなチョコを見つけたとか妹と二人で手作りに挑戦しているなど、肝腎の手渡す相手についてサトハは耳にすることがほとんどなかった。

サトハがチョコレートを買ったのは当日の二日前のことである。女子の中の何人かはバレンタインデーボイコットを公然と宣言していたが、彼女等を別にするならサトハが最後であったろう。一個五百円プラス消費税。去年はこれより安いのを三つ買ったが今年は一つである。

去年は渡す相手が三人とも明確にいたが今年は定まっていない。

バレンタインデーの前日になってもサトハはチョコレートを渡す相手を定めきれずにいた。

彼女を除くクラスの女子全てはとっくにターゲットを見極め、明日を夢想しているに相違ない。それでサトハは焦った。チョコなんか買うのでなかった。チョコに脅迫されている。その朝、クラスの女子生徒たちは一様に満ち足りた表情をしている、ようにサトハには見えてしまう。どんな関係かはともかく、皆は意中の人に渡し終えたのだ。

彼女はチョコレートを鞄から出したものの机の中にある。

「誰にあげようかなー」

気がついたらサトハは立ち上がってそう言っていた。しかもチョコレートをほっぺたにペタペタと当てながらにんまりと微笑んで。朝のホームルームが始まって担任が入ってくる前の時間、騒然としていた教室が一斉にサトハを振り向き、一瞬にしてシーンとしてしまった。

「シラーッ」

背後で男子の無声音がする。それに続く笑い声は起こらず、騒然は戻る気配がない中、サトハは微笑みの表情をそのまま硬直させて立ちつくしていた。シラケたままの教室は担任が入ってくるまで続いた。サトハはいつ自分が座ったのかまるで分からなかった。

その日の授業をどう終えたか、サトハの記憶は喪失している。

が帰りの道の記憶は鮮明に残っている。学校を出て五分そこそこで本道を逸れるのだが、通学路として歩道の除雪までしっかりと確保されているのはここまでのこと。そこから外れた道は車道の右際を歩くのだが、車の走行はめっきり少ない。

道路わき、帯状に寄せられて積まれている除雪された雪がどんよりとした灰色になっている。

サトハは前後に車が見えないのを確認し、急いで鞄からチョコレートを取り出すと雪塊に差し込んだ。そうして雪を両手でかき寄せ、チョコレートを完全に見えないようにした。

「これで終わった」

サトハはそう思った。

（三）

「バレンタインデー、収穫あった？」

夕餉のテーブルを整えながら妻の志穂がふと気がついた口調で問う。

「五粒」

「五粒」

今日一が答えるとそれより一オクターブ高く志穂が復唱する。その朝、今日一が出勤した机の上に丸いチョコレートが五つ、ティッシュペーパーの上に置かれていた。見回すと二十四人いる事務室の机の上全てに置かれていて、数人が湯飲みを手にして啄ばんでいる。女子職員五人によるものだ。丸いチョコレートは彼女等の机にも置かれている。去年も一昨年もそうであった。

「そう言えば去年は六粒でなかった？」

志穂が思いついたように問うてくる。女子職員が一人減らされた。そのせいである。今朝、今日一は妻志穂から箱入りチョコレートを手渡された。「妻より愛を込めて」とハートの中に書き込まれていた。去年はどんなコメントであったか思い出せない。そうして中学一年生の娘さゆりから初めてチョコレートを手渡された。コメントは包みには見当らず、出勤してリボン結びを解いた中にもなかったが、彼はほっかりと父親心が温もっていくのを感じた。

昼休み、今日一はさゆりからもらったタバコの箱ほどの大きさの封を切った。レアチョコらしい。キャラメルほどの大きさを口に入れたらほんのりとした苦味があって後から甘味が追ってくる。子どもだと思っていたのに、ふっと淋しさらしきものがよぎる。

それで彼は一つだけ食べてあとは事務机の一番下の引出しに入れてしまった。

そういえば中学一年生のあの日、今日一は同級生のサトハからチョコレートを貰った。あのころ、女子生徒たちは一ヵ月以上も前からバレンタインデーをしゃべりまくっていた記憶がある。表面には出さないけれど男子生徒たちだって密かに期待していたのは確かであった。けれど今日一に限って言うならそれはなかったことだ。

クラスの男子で貰う確立の高いのは三人の野球部。奴等は他のクラスからだって貰いかねない。成績が良くて体育の時間に活躍している彼も。吹奏楽部には女子が多いからトランペットの彼も、などと今日一は指折って数えてみる。クラスの半分かそれ以上はチョコレートを貰いそうだ。けれど自分は埒外である。これは間違いない。今日一はそう思っていた。

そう思っていながらもしかして思いがけない誰かから一つくらい貰うかもしれない、とゴマ粒一つより小さな期待がある。

ゴマ粒より小さなのを拡大鏡で覗くとはぎ枝の明るくて聡明な顔がくっきりと浮き出てくる。彼女と目が合うだけで硬直する。「お早う」以外の言葉を交わしたことさえない。

一教科でいいからテストで彼女の上を取りたい。家で予習復習に取りかかる前、彼は毎日の如くはぎ枝の名を何十回となく書いてから始めたものだ。

その朝、今日一は期待をして机の中に手を入れたわけではない。朝一番の癖なのだ。なのに箱がある。まさかと思って見たらリボン結びのチョコレートの箱ではないか。

「サトハ？　サトハか。何でサトハなんだ」

今日一は激しく動揺して落胆した。そうして無意識にキッと勢いよくサトハを見据えてしまった。

「そうか、俺にはせいぜいサトハなんだよな」

サトハにどう声をかければいいのか。会ったら「ありがとう」くらいは言わなければならないだろう。けれど彼女は遠くから顔を強張らせて視線を避けている。

結局彼は中学一年のあのとき以来、ギリチョコでないチョコレートを貰うことなく青春を通過した。サトハからのものだって果たしてどっちであったたか。

妻志穂からは毎年ブランティー入りチョコレートを貰っている。結婚した年、「どんなチョコがいいの」と訊かれたので大人ならこれだろうな、と思って答えた。それが続いている。

今年、初めて娘から貰ったチョコレートは会社の机の中にある。帰ったら妻からのものを一つか二つ食べてあとは娘にやった。サトハのことはそれっきり思い出すことがなかった。

雨降って地固まる

（一）

五月も末、小坂博和は秋田市の住宅新築現場で配線工事をしていたのだが、同業者仲間で無二の親友でもある安田祐八から急遽応援を求められ、能代市まで車を走らせなければならなくなった。時計を見たら三時五十分を指している。高速を走っても四時まで着くかどうかギリギリのところだ。どうしても今日中に仕上げなければならない現場だという。話しぶりから察して八時ごろまで照明の下での仕事になると思わなければならない。帰宅は十時前後になるか。

博和は車を走らせる前、妻の繭美にその旨のメールをしようとしたら電源が切れているか伝播の届かない位置にいる、と返ってきた。妻は弱電会社で事務をしているのだが、パートのまま四年目に入っている。

同じ会社にこれだけ長く働いているのは珍しい。一人親方の自営業である博和は電源を切っておくことはない。同業仲間からのこの手の応援は相互扶助みたいなものと言える。

道路両脇の水田はほぼ田植えが終わっている。昨日、一昨日が五月最後の土日であった。晴天が続いていたせいで博和も二日間で田植えを完了させた。

月曜日のこの日、それで少しばかり疲労感がある。なるべくなら五時で秋田市の現場を切り上げたかったのだが逆になってしまった。これが安田祐八でなかったら断っていたかもしれない。

「あっ」

博和の口から無意識に声が漏れた。対向車の助手席に妻の繭美が乗っていた。見間違えではない。この時間、上り車線の車は太陽に真向かう位置だから眩しい。

逆に下り車線を走っている博和からは鮮明に見える。双方とも高速を走っているのだから瞬間の交叉ではあるけれど妻を見間違うはずはない。

とすると運転していたのは工場長の石川剛ということになる。博和は彼の名前をしっているだけで顔を見ても分らない。石川剛の名前は妻繭美によってしょっちゅうと言っていいほど聞かされている。彼女の勤めている会社の工場長だから当然のことではある。

正月休み明け、同僚たちの新年会で博和は安田祐八に強く警告された。二人とも酒に強い。そうして二人は最初に飲んだ場所に居座って二次会やはしごに決して付き合おうとしない。それで皆から「煮しめ大根」と揶揄されている。鍋底に最後まで残ってグスグスと煮しめられている大根のことだ。二人は煮しめ大根よろしく最後まで残る。要するに気が合うの一語に尽きる。

「博和おまえ、女房の繭美のやつが工場長どいい仲になってるご知ってるんだが」

二人きりになってなお飲み交わしていると祐八が怒声を浴びせるように言った。いくら泥酔いしていてもこんな言い方をする奴ではない。

切り出しにくい話だから、強いて乱暴口調でいいまくらなければならないのだろう。

「ああ知ってるども。んでもあれはよぐある噂だ。だがら俺は聞き流してる。下手にムキになれば火に油になるがらよ。これって美人の女房を持った勲章だど思ってればそのうち消えるもんだ」

「博和のバガヤロウ。とっくの昔に油に火がついでしまってるんだ。お前だって気がついでるんだべ。下手に騒げば女房の方が出で行ぐがら、それが怖いんだべ。それで俺は今まで黙っていだども、もう限界だ。はっきり言う。分かれろ、離婚しろ。お前がら離婚届げぶっつけでやれ。最初で最後の忠告だ。俺は帰る」

安田祐八はそういうなり、意外なほどしっかりした足取りで帰ってしまった。彼に言われるずっと前から察知していたことだ。グズグズと先に延ばしてきてしまった。白昼、二人は夫婦気取りで車を走らせていた。臆面もなくとはこのことだ。そうさせた責任は自分にある。

「離婚したいならしてもいいよ」

繭美を攻めたらあっさりこう言ってのけるのは必定だ。それで困るのは繭美なのだが。

博和はそうした彼女の行く末を見たくない。

（二）

小坂博和が繭美と結婚をしたのは二十九歳、繭美が二十六歳のときであった。伯母の友人が持ってきてくれたものである。

博和は繭美の二枚のスナップ写真であっ気なく悩殺されてしまった。

「コッ、こんな女性が俺の嫁さんになってくれる？　マッ、まさか」

彼は不覚にも心の中での呟きでさえ吃ってしまったほど、藺美はこの上ない魅惑的容貌、胸の谷間がくっきり、プロポーションの整った肢体をしている。

何しろ、二枚のうちの一枚がタンクトップでショートパンツなのだ。

「私の友人の娘さんと同級生だそうで、その娘さんがアルバムから引っこ抜いてきたんだって。まあね、正式な見合い写真ではないけれど、かえってこっちが自然体でいいと思うよ」

伯母が弁解する口調で言った。正式な見合い写真ではないとは言え、若者同士ならともかく、伯母の年齢ではさすがに軽薄ではある。

悩殺から覚醒して彼はすぐ思った。あんな女優みたいな女性が電工の職人である自分と結婚してくれることはあり得ないに決まっている。伯母の娘が友人である藺美の同意を得ないまま面白半分にアルバムから引き抜いたに相違ない。うっかり乗ったら格好の笑いものにされかねない。

ところが話はトントン拍子に進んでしまった。

博和には異存がない。けれど先方に異存がないことに彼は不思議を感じなければならなかった。

振り返って思うのはこのことである。あの当時もう一歩、もう少し深い交際をしていればよかったのだと。いや、それは今になって言えること。

正式な見合い抜きの初対面、実物を目の当たりにし、見つめられて豊満な唇から漏れいずるととろけるようなハスキー声。またしても悩殺されてしまった。

まさか博和は二十九歳のこのときまで童貞であったわけではない。酔いに任せ、親友の安田祐八と連れ立ってソープランドに踏み込んだのが二度、ラブホテルも二度、これは彼と別口。それだけである。自慢して口外できるものではないし問われて答えるのも恥ずかしい。恥ずかしいと言わなければならない所以は真剣な恋愛感情を燃え上がらせた上での交わりを経験することができなかったことによる。

博和の前に好きな女性が現れなかったというのではない。次々現れたくらいだ。悲しいことにそれ等全てが彼の片思いであって、女性の側から言い寄られた経験がなかったのである。新婚旅行はお定まりのハワイコース、博和は藹美の肉体に溺れた。何度も何度も溺れさせられる都度、彼は藹美への不安を大きくさせなければならなかった。

そうしてこれはこれからも自分を苦しめることになるだろう。

結婚をして一年がそれでもどうにか無事に過ぎて女児が授かり、一年を置いて男児が授かった。この間、かつての交際相手からケイタイがかかってきたのではないか、とおもわせることが二、三度あった。嫉妬あるいは邪推かもしれぬ。妻の藹美は妊娠しているのだ、と博和は強いて自分に言い聞かせるものの、心の奥では疑心暗鬼を増幅させていた。

ゴキブリが一匹見つかると、実はすでに何十匹も生息しているのだというではないか。

子どもが二人になったので博和は両親との同居生活から独立して新居を持った。

バブルがあったからできたことである。隙間だらけの古い家でゴキブリが繁殖するのならともかく、かえって新居で繁殖したのは皮肉であった。

「そろそろ男狂いがら足を洗え。世間がら笑れでいるごど、お前の耳さも入ってるべ。俺にだって限界ってえものがある」

　これというのも、自分は男として藹美を満足させてやれないのが原因なのだ、という劣等感があるものの、何回かはこれを言っている。けれど無視されてきた。

　ふがいないことに彼は妻藹美を抱く度許してやりたくなってしまうのだ。

「もっともっとーっ。もっともっとーっ」

　獣じみたドーマ声、無限の快楽をむさぼりつくそうとしている妻、応えきれない自分をふがいない思う。藹美にはこれしかなくて、自分だけでは満たされないなら仕方がないではないか。

　これだけが夫婦関係ではないのだから。

　そう思ってここまで耐えてきた。だがもう五十を一つ過ぎたし、藹美だってあと二つで五十の大台に乗る。安田祐八ならずとも決断しなければならない。

（三）

　博和が安田祐八から応援を頼まれ、目的を果たして帰宅したのは彼が予想したとおり夜の十時のことであった。

　妻の藹美は食事を終え、入浴まですませてパジャマ姿でテレビのリモコンを操っていた。

「私も月末の締め切り事務で七時半まで残業してた。風呂に入って座ったばかり」

「そうだべ。こんなごど何回もあったたな」

　残業もあったし休日出勤もあった。弱電部品会社だから女性従業員も多いから女子会もしばしば。今になって無性に腹立たしい。能代市に向かって高速を走らせていたのは七時間ほど前のことだ。ついさっきといってもいい。月末の締め切り事務で残業していたとはよく言ったものだ。

「話がある」

博和は食事も摂らず風呂にも入らないで食卓の椅子に座り、長椅子にだらしなく座っている繭美に内心の苛立ちとは逆ののんびりとした口調で言った。

「………？」

繭美がほんの少し、問いかけそうな表情をむけてすぐまたテレビの画面に向き直る。

「俺さっき能代市に向かう高速でお前が乗っている車とすれ違った。工場長の石川剛ってあれか」

これを皮切りに、博和は淡々とした口調のまま小一時間妻の繭美に心のありったけを吐露した。

「それで離婚する。なるべく早ぐこごを出て行ってけれ」

「分かった。そうする」

一呼吸を置いて博和が言うと、繭美もひと呼吸おいてやはり淡々として言った。

彼女が部屋を出た後、博和はいつものように瓶ビールの栓を抜き、いつものように自分でコップに注いで飲んだ。

翌日、博和は離婚届用紙を役場から貰ってきて署名捺印したものを繭美に渡した。

三日後、彼が仕事から帰ると繭美の姿は無かった。家具は空っぽ、主だった衣類はきれいさっぱり残っていない。そうして二日後の夜、東京で生活している長女の美以奈と長男の和也から相次いでケイタイがかかってきた。繭美が知らせたのだろう。

「心配するな。そのうちに……」

博和は美以奈にも和也にもこう言って電話を切った。そのうちに帰ってくるから、と言って安心させたかったのだけれど、言えばその夜のうちに繭美に伝えられかねない。あれと一緒に暮らしてくれる奇特な人間などいない。あれが一人で暮らせるはずなどない。娘の身以奈だって迷惑だろうし、実家の兄夫婦にも嫌われている。

気の毒な女だと思う。長くて半年を持ちこたえることができるかどうか。

繭美が帰ったのはお盆の直前、八月十日のことであった。二ヵ月足らずの家出といったところか。もっと頑張ってくれればよかったのに。これだけでは苦労がたりない。日数的にはそうだけれど、見た目はまるで別人になっている。化粧気がなく髪もボサボサ。汗と垢の発酵臭がする。

「ごめんなさい。私が悪かった。助けてちょうだい」

繭美がテーブルに手をついて泣いている。不意に博和の喉が詰まった。

繭美に返す声が出ない。それで頭を撫でてやった。

繭美は役場に離婚届を出さないでいたのだが、博和はこれとて予想していたことだ。

こうして妻繭美の不倫は完全に終止符を打つこととなった。

雨降って地固まると言うけれど、これほどの長雨は博和でないと持ちこたえられなかったろう。

「博和よ、お前の奥さん、最近何かこう、落ち着いで人間が変わったみだいだなあ。何かあったのか」

「さあな、だってじきに五十歳だよ。ようやく分別がついできたんだべ」

安田祐八は繭美の家出騒動を知っていない。

アタックNo.1

（一）

「小林コーチ……ですよね」

ショッピングモールの駐車場の車に乗りかけようとしたら数メートル先で声をかけられた。女性に見覚えはない。H女子高校バレーボール部のコーチをしていたのは十数年も前のことだ。としたら当時の部員かもしれない。女性の傍には中学生らしい子どもが立っていてこちらを見つめている。子どもと女性を交互に見て思い出した。

「ミナミさん？　もしかして」

「はい。西村ミナミです、コーチ」

思い出してくれて嬉しい。満面の笑顔がそう告げている。昔から素直な子であったが少しも変わっていない。が小林夏子には彼女は他の誰よりも会いたくない気持ちがある。ミナミが一歩を踏み出そうとしたとき二人の間に割って入るように車が走ってくれた。

夏子はその隙に車のドアを開けて運転席に座ってしまった。

「ちょっと急ぎの用があるから。またいつかね」

ミナミが一瞬きょとんとした表情を観せたが、すぐ笑顔に戻ると背筋をピンと張って直立し、腰を折りながら両脇に揃えていた掌を膝頭に滑らせるように移動させて深いお辞儀をした。部活が終わってコーチの前に横並びして解散するとき、夏子が指導したお辞儀作法である。

横浜市の生活を切り上げて帰郷したのが一月の末、母の看病のためであった。まさかあっ気なく三ヵ月ほどで逝ってしまうとは思ってもいなかった。今は六月の末、ようやく外出をする気持ちになって初めてショッピングモールに来たらいきなり不愉快な気持ちにさせられてしまった。

ミナミなど、とうの昔から思い起こすことはまるでなかったではないか。

横に娘が立っていなければ記憶を呼び戻すことができなかったのはそのためであった。

「ミナミ、あんたどうしてバレーボール部に入ってきたの」

小林夏子は気分がむしゃくしゃしたり不安定になると放課後のH女子高校バレーボール部の練習に出向き、ミナミを引っ張り出してはレシーブで打ちのめしていたものだ。

この子は絶対レギュラーになることはない。ミナミが入部してきたその日、夏子はまるであっさりと見抜いた。アスリートには持って生まれた素質が不可欠である。体を動かしたりボールを追うのが楽しい。これは運動好きの範疇のことであって、これだけではいくら練習しても一定程度以上の上達は望めない。ミナミはそれに該当する。それで夏子は彼女を直接指導することがなかった。初めから埒外に置いていたのである。

「ミナミ！」

夏子がミナミを引っ張り出してレシーブのボールをぶっつけるようになったのは冬休みのころからであった。それもレギュラー選手すらうちかえすことが困難なほどの強くて鋭い撃ち方なのだ。ボールが打ち込まれる度、ミナミは前につんのめり横に跳ね返され、背後に倒される。そうして膝やすねには紫の痣や擦り傷ができるばかりか、ボールはようやく立ち上がった彼女の顔面にも叩き込まれるものだから、目の縁や頬骨あたりが紫色に脹れ、数日ひかないことさえあった。

夏子の指導は厳しい。陰で「鬼コーチ」と囁かれていたことを彼女は知っていた。

ミナミへの激しいレシーブはシゴキの領域を超えたいじめではないのか。皆はそう認識しているというのに、とうのミナミはまるで気がついていない。

夏子は月に一、二度気分が不安定になるのだが、気がついたらさしてそうなっていないときでもミナミを引っ張り出すようになってしまい、ついには疲労困憊したミナミがフラフラ立ち上がると逆にむしゃくしゃが増悪するようにまでなっていた。

「ミナミが入部して来なければ自分はここまでいびつな性格にならなくて済んだろうに」

十数年を経た邂逅であったにもかかわらず、夏子に今またムラムラと往時の感情が蘇ってくるのであった。

（二）

小林夏子が小学校三年生のころ、『アタック№1』というバレーボールを扱ったテレビアニメがあった。高校生になってバレーボール部に入ったのはこれに触発されてのことである。中学校にバレーボール部がなかったことは彼女にとって無念至極であったのだが、これがかえって情熱を増幅させて蓄積することとなり、まさに満を持しての入部であった。

夏子は一年生で高校総体のレギュラーの座を獲得したのだが、これにはいくつか幸運が重なっている。H女子高校バレーボール部は高校総体で一勝を挙げることが主目的になっているほど連戦連敗に甘んじていなければならない弱小チームであった。

夏子が入学した年、赴任してきた青年教師がバレーボール部の監督に就任したのだが、これが従来の練習を一新させた。夏子の身長は百七十センチメートルあって、攻撃でもブロックでも先輩をしのぐ大活躍をした。青年監督と夏子の情熱が車の両輪となったことで他の部員も燃えた。この年の高校総体では三回戦まで進むことができ、秋の新人戦では準決勝まで勝ち上った。

部活動は強くなればなるほど強くなっていく条件が整うものだ。練習試合が申し込まれ、招待試合が舞い込むし、予算も付与される。中学で活躍した優秀選手も集まって来る。社会人からのコーチも。H女子高校では考えられなかった遠征試合まで実現するのだ。

夏子にとって最後の高校総体では念願の決勝戦に進むことができたのだがフルセットの接戦で惜敗した。戦いが終わったとき、夏子を除く部員の全てがくず折れるように膝をついて泣いた。

「ここで泣いたら自分に敗ける」

夏子は歯を食いしばって耐えた。

高校を卒業した彼女は横浜市にある繊維メーカーとしては中堅の会社に就職し、そこで実業団のクラブバレーボール部に入ることができた。このとき彼女の身長は百七十四センチメートルになっていたが、実業団チームの中ではとりたてて目立つほどでもなかったし選手層も厚い。

夏子はついにレギュラー選手の座を得ることができないまま、補欠として途中からコートに入るのが精一杯であった。それも得点が競り合っている場合でなくて真逆、勝敗がはっきりした段階でのことでしかないのだ。

小林夏子は三十二歳で横浜市での生活にピリオドを打って帰郷した。彼女にとって横浜は辛くて悔しくて無念でしかなかった。のみならず、青春の真っ只中でありながら異性との関わりを作れなかったこともある。同僚たちの開けっぴろげな恋愛話の外にいて、自分からバレーボールを取ったら何も残らない。これ一本で行く。自己弁明であっても辛さは薄れるものではない。

帰郷して間もなく、市体育館のパートとしての処遇ではあったもののインストラクターとして働くことができた。前後して母校であるH女子高校バレーボール部コーチとして招聘されたのであった。が彼女は四十二歳の年、再び横浜市に舞い戻ってしまった。原因は幾つかある。実業団バレーに身を置いていたという周囲の評価が一人歩きしていた。ついに正選手としてコートに断つことができなかった彼女にこれが辛くないわけはない。H女子高校バレーボール部をかつて夏子が活躍していたレベルに引き上げることができなかったばかりか、「先ず一勝を」目標から外せなかったのも堪えた。

しかし最大の原因は他にある。結婚のことだ。地方の人の口と耳は独身女性を格好の餌食にする習癖がある。夏子もチクチクと探りを入れられる。

横浜市ならさして気にしなくて済んだ百七十四センチはここでは目立つ。彼女には自分を女性らしい柔和さに欠けているという自覚がある。怒り肩で胸も薄いし目が細い。異性が接近してくれないばかりか、この年齢に至ってなお処女であり続けている原因の全てをここに転嫁していた。

部活動は高校総体で敗退した時点で三年生が退く。西村ミナミもそれで退いた。

夏子は狼狽した。四十歳あたりから鬱屈が高進してきていたのに解消の手段を失ったも同然である。町を捨てざるを得ない原因にこれは大きく作用している。

（三）

小林夏子は横浜市に舞い戻っても以前働いていた繊維会社に再就職することは初めから考えていなかった。スポーツ選手としての社員はリタイヤして会社本来の職場に復帰しても、彼等彼女等は不当なまでに見下される。優遇されてボール遊びだけしていた人がまともな仕事などできるものか、ということだ。夏子はそれを知っていた。

そうなるととりたてて技能も才覚も無い彼女のできることはない。あるのは誰でもできるパート仕事だけであった。彼女はパート仲間でも派遣先の職場でも半ば孤立していた。本来ならこんな人たちとこんな所で働く人間ではない。ビシッとスーツを着て机の並んでいるフロアの一角に自分の机がある。あるいはまたユニフォームを着て工場の中を巡視しながら歩いている。実業団バレーボールから声がかからなかったら進学して体育教師をしていたかもしれない。

夏子は職場と仕事を変えながらそれでも十数年、横浜市でのアパート生活を続けてきた。

心を許しあっておしゃべりをしながら食事をする友人もいない、文字通りの独り暮らしであった。肉体的にはともかく、彼女の精神は疲労困憊していたと言っていいだろう。おり良くと言えば語弊があるが、母が脳溢血で倒れて夏子に救いを求めてきたのは、むしろ彼女に取って救いになった。

あっ気なく母が逝って、夏子はまた独りになった。夏子の父は彼女がまだ幼かった頃癌で亡くなっている。この家に財産と呼べるものがあるとすれば、四十年ほど前母が建てた二十二坪の家と四十坪あるかどうかの敷地だけでしかない。夏子の預金通帳には百万円そこそこの残高しか記されていない。油断すれば金は羽が生えたように飛んでいく。

帰郷したとき彼女の通帳には二百万円ほどの残高が記されていた。

都会とは違ってここでは車が無いと動きがとれない。それで運転免許を取って中古の軽乗用車を購入した。車はローンなのだが、どうしても頭金を入れなければならないという。それで百万円そこそこしか残らなかったということだ。都会に較べて生活費は安い。けれどパートの時給はどこでも最低賃金そのものではないか。先を考えると心細くなる。

ショッピングモールで西村ミナミとバッタリ会ったように、孫を連れた同級生たちにも会ったりする。夏子には笑顔が作れない。すると相手の笑顔も消滅し、懐かしいはずなのに会話が弾まなくなってしまう。西村ミナミと二度目に会ったのは大型スーパーの食堂であった。

十一月の末、冷たい雨が降っていて、これはもしかしたら夜には初雪に変わっているかもしれないという寒い日のことである。

「小林コーチ」

夏子が無心にラーメンを啜っていると頭の上から声をかけられたのだが、ミナミであると、夏子には瞬時に分かった。

「コーチに厳しく鍛えられていなければ私なんか軟体動物のままでいたと思いますよ。今になってありがたさがしみじみ分かるようになりましたね。私ったら小学校も中学校もドジで泣き虫で有名だった。それで選手になるためでなくって精神を鍛えてもらうために入部したんだけど、小林コーチがいなければ今の私はなかったです」

ミナミが横に座って言った。

「私もね、この子はちょっとやそっとのシゴキではどうにもならないと思ってた。厳しいとは思ったけど、今この子を鍛えないと、と思って心を鬼にしてたの。こっちも辛かったけど」

夏子が箸を置いてからしんみりとした口調で言った。

言い終わった瞬間、彼女はふっと淋しくなった。あんなに弱いと思っていたミナミを前に、六十歳を目前にしている自分がまだ虚栄を張っているではないか。夏子の頭が徐々にどんぶりの上にうなだれていく。すると両の目頭が熱くなってきた。

「ミナミさん、これからときどき会ってくれない？　お願い」

夏子はこのとき、自分がひどく素直な感情に満たされていくのが分かった。

憤死

（一）

西塚征吾は中学を出てすぐ能代市にある指物師に弟子入りさせられた。彼の父鉄太郎は馬車曳きをしていて、山から丸太を運び出す仕事を主にしていたのだが、頼まれれば秋には供出米も運んだし新築のための角材などの建材から嫁入り道具まで運んでいた。だがそれは征吾が中学生になったころ、すでに自動車に乗っ取られ、急速に衰退していくこととなった。

父鉄太郎は気性が荒くて酒飲み、征吾は幼い頃から父に殴られて育ったと言っていい。そんな性格でなければ馬とも同業者とも渡り合っていけなかったのかもしれない。加えて父はこの地方で言う馬力大会のための競走馬を飼っていた。これほど金のかかる道楽はない。

家が常に貧乏であったのはこのせいである。わけても八人の兄弟姉妹なのだ。

征吾が中学を卒業するころは終戦の混乱もようやく終焉して景気が急上昇していくようになっていたのだが、彼の家は取り残された。彼は進学を切望していたものの五人の姉や兄の誰一人進学することがかなえられなかったし、彼も言う前に諦めるしかなかった。

「俺の見るどご征吾は手先が器用だ。これがらは家がジャンジャン建づ時代になる。大工もええが指物師になれ」

鉄太郎が一喝する口調で言った。異を唱えればゲンコツが飛んでくる。挙句通ったためしがない。父方の叔父が指物師をしているのだが彼には後を継ぐ息子がいなかった。

自分に目をつけていることを征吾は周囲の雰囲気から気がついていた。

征吾が四年の内弟子修行ののち、一年の年季奉公を終えて一人前の職人になったのは二十一歳のことである。修行中、彼は職人世界の鬱屈した閉鎖性に辟易としていて、叔父の後を継ぐ意思など弟子入りして一年足らずで吹っ飛んでいた。

独立して自分の思うとおりの仕事をしたい。彼はこの思いを募らせることで修業に耐えた。

その期間を終えると修業を名目に親方の元を離れて最初は仙台、それから新潟、東京と渡り職人のようにしていたのだが、こうしている間に父が急死したことで彼は束縛から解放された。

指物師の仕事が急速に狭められ、変貌を余儀なくされていく光景を目の当たりにしたのもこのころからであった。

箪笥長持ちに象徴される嫁入り道具は無用の長物視されるようになっていくし、窓や戸障子までアルミサッシによって席巻されるのは時間の問題でしかなかった。住宅もアパートも畳の部屋が目に見えて減っていく。戸障子までがドアに取って替わる。

やがてマンションが現れるとこれが顕著になった。

「ドアに特化した工場を作る」

次々と建設される豪壮なマンションからアパート、瀟洒な戸建て住宅など、内覧会を見て回っていたとき、突如として征吾の頭にこれが閃いたのであった。工場で量産されるドアの大半はアルミと化粧板、それにガラスによってできている。が豪壮なマンションや戸建住宅ではナラなどの木材で作られている。中には北欧から輸入したものまである。ここでなら職人の技術が求められるのではないか。納入価格で勝負するとなると都会より地方が有利になる。

それで征吾は郷里に帰ってきた。会社を立ち上げるためである。

征吾のもくろみが成功したのは父鉄太郎の一徹かつ激昂型の血を引き継いでいることが幸いした、と彼は思っている。これが無かったら内弟子の鬱屈も乗りきれなかったかもしれない。

「いつかきっとひと旗揚げてやる」

これで耐えたのであった。その時が来たのだ。

（二）

征吾の会社が軌道に乗るには設立後十年ほどを待たなければならなかった。彼はドアの実物や設計図などを携えて都市の工務店、建築会社などを直接訪れるのだが、技量と情熱は人後に落ちないものの口下手が足を引っ張って契約にこぎつけるのは至難の連続であった。

曙光が見えてきたのは五年も経過したころからのことである。

それから一年ごとに勢いがついていった。

職人は自分独り、あとはパート、注文が重なったときだけ仲間に応援を求めていたのが五年、六年と仕事量が漸増していき、十年目には塗装工も含め職人五人、運転手やパートも含めた従業員は十五人になり、大小の電動工具も徐々に充実させていった。

征吾の四、五十代は仕事に追いまくられていたと言っても過言ではない。注文の電話やファックスが入る度やれやれと思い、それ以上に納期の催促や遅れる弁明に頭を悩ませなければならなかった。なのにこの時期ほど遊んだことも無かったことだ。

父鉄太郎が斜陽化の一途を辿る馬車曳き家業をしながら馬力大会に血道をあげて金をつぎ込んだ挙句、取り巻き連中に振る舞い酒をしていたあのころ、女をめぐる暴力沙汰まであった破天荒なまでのエネルギー。自分もまたその血を引き継いでいると、征吾は酒を飲んで女を抱く度に父に自分を重ねていることに気がつく。

オーナーたちは征吾を留め置くため、ハワイや東南アジアなど年に一、二度の海外旅行に連れ出したり、会議とか視察を名目に東京や京都とかの招待もやはり年に一、二度は設けられた。ハワイでは一夜に三人の女をあてがわれたことがある。それも人種が異なる組み合わせ。たぶんセットで回されているのだろう。同じことが京都でもあった。

征吾はつくづく思う。オーナー等に足下を見透かされて腑抜けにされ、自身を卑下しながらも仕事に追いまくられ、挑むように追いまくっていく。これは彼等の罠。そうして疲労困憊。それから抜けるために自分から罠を誘導するていたらく。人間の男ほどバカな動物はいない。

狂乱のバブルがあったことなど思い出すことすら無くなって久しいころ、征吾はオーナーの工務店主から自宅を新築するための注文を受けた。三百平方メートルを超える大邸宅の全てのドアを引き受けてくれと言うのである。それも予算の制約はつけないというのであった。

これが自分の仕事の集大成になる。征吾はそう思って引き受けた。九月の誕生日を迎えれば七十二歳になるのだ。

注文を受け、彼は半年を費して受注分の納入を終えてからこれに専念した。

師走に入って間もなく、征吾は腰を悪くしてしまった。この仕事は腰痛から免れることは不可能であると言っていい。病院に行ったり鍼治療やマッサージに通ったりして騙し騙しやってきていたのだが、これまでとは違う症状であった。もはや年齢的に酷使に耐えられなくなっていたところに精魂を傾けすぎた。

医者は手術を勧めた。一ヵ月ほどの入院で済むというので彼は応じることにした。

それなら二月早々には復帰できる。だがそうはならなかった。左足の痺れ感が手術前より半減したものの解消には程遠いばかりでなく、立ち上がると左足に体を支えている感覚がおぼつかなくなっている。一ヵ月のリハビリでも改善されないではないか。医者は再手術を勧めた。

「椎間板の軟部組織も線維輪も取り除いたのですがね、脊柱管に骨化が形成されていたようです。これさえ取り除いたら。部位も特定できております」

医者は写真をかざして懇切丁寧の説明を装っている。職人風情の征吾如きに分かろうはずなどない。深刻且つ真面目くさった医者の心の内を征吾は見抜いている。ごちゃごちゃとしゃべりまくらなくてもいい。要するに見落としがあったのだ。それで治らなかったとしたらもう一度やってもらおうじゃないか。征吾は腹の中で毒づいているが上っ面は神妙に聞き入っている。医者には誰だってそうなるものだ。急転直下していく彼の不幸はここから始まった。

（三）

征吾の再手術はまたしても失敗した。

早く仕事に復帰しないと発注元であるオーナーの新築の進捗を妨げてしまう。いや、現に妨げてしまっているのだ。痛い思いをしてノルマ以上のリハビリを自分に科したにもかかわらず、逆に痺れが増悪したばかりか右足の踏ん張りが利かなくなってしまい、補装具無しでの歩行がほぼ困難になってしまった。医者は三度目の手術をしなければならないという。

「もし何だったら大学病院に紹介状を書いてもいいですよ」

医者は今回もまるっきり理解不能の弁明の後付け加えた。そうなったらいつ入院の予約が取れるのか。待たされた挙句周到な検査に振り回されるだろう。

我慢してここで手術を受けるしかない。征吾は腹をくくった。そうして三度目も失敗した。

医者にも面子というものがあるはずだから、彼等とて確信のない手術をするはずがない。そう思って承諾した彼の考えは甘かった。これまでの症状に大小便の排泄機能の麻痺まで加わったではないか。大学病院に転院すべきだった。遅きに失したとはこのことである。

「ステンレス板で固定しているのですがね。ボルトの一本が脊柱管に到達しています。それによって壊死した神経は元に戻りません。再手術しても後遺症は残ってしまいます」

今度こそ大学病院に転院したのだが、担当医によって冷酷に宣告された。四度目の手術は大学病院で行われたものの、こうなるともはやリハビリの意欲すら湧かなくなってしまう。

「不具者にされでしまった」

入院中も退院してからも征吾の頭の中はこれで満たされていて、会う人ごとに開口一番これを言った。七十三歳になっていた彼には「不具者」という用語が今では差別用語になっている知識など持ち合わせてはいない。周囲の誰彼から何をどう言われようと事実を受け入れることができず、イライラとして途方にくれるばかりであった。

「死んでもいいかな」

次にこの想いが彼の頭を満たすようになった。いいことも悪いこともこれまでみんなやってきている。未練を断ち切るため会社も整理した。生き恥を晒し続けるばかりか、クソ小便までタレ流しではないか。こんななさけないことはない。回復の見込みはゼロなら首でも吊る方が増しだ。妻だって負担から解放してやらなければならない。

だがそれだと東京で所帯を持っている息子や娘夫婦と孫たちにまで生涯にわたって心の傷を負わせてしまう。プライドをかなぐり捨てて福祉の世話になってでも生きていくしかないか。日に何度、彼はこの思いを行ったり来たりさせていたことか。

そうした中にいながらも彼は考えた。検査や投薬のために大学病院まで行くのは本人より妻の負担が大きい。それで元の病院に通院するように計らってもらった。

忌々しいのだが背に腹は変えられないのである。

「神経の通っている管を破ってボルトが食い込んでいるなんて。大学病院でも頭を捻ってだな。こんな不具者にされでしまって。こっちの病院の責任はどうなるんだべ」

これだけは言っておかないと腹の虫が収まらない。

「いやあ、少なくとも退院時は確認できておりませんでしたよ。退院後転倒したとか、外力が加わったとか………」

征吾の頭にサッと血が上った。せめて謝罪を匂わすひと言が欲しかった。

一時は責任を取って補償を求めるまで考えたことがある。が医療裁判で勝利することは不可能であること、彼であっても知っている。

「あっ、あっ、あんたのせいでおっ、おっ、俺は」

彼の興奮はほとんど一瞬にして頂点に達した。立ち上がろうとしたのはなぜであったか。けれど腰を浮き上がらせることができない。無念さにギリギリッと奥歯を噛み締めた瞬間、彼の頭の奥でグスッと鈍くて思い音がした。

すると目の前に霞みがかかったようになり、急速に暗くなっていった。

同時に一切の音が途絶え、闇と静寂を自覚したのは束の間、征吾は医者の膝にゆっくりと倒れていった。

Ⅲ

とき子

（一）

六月があと一週間で終わる。それでカレンダーを剥いで七月にした。

私には妙な癖があって、月の残りがあと一週間というところで剥ぎ取ってしまうのだ。先を急いでいるわけでもないのに。

初夏によくあることだが真夏並みに暑くなりそうな気配がする。それで午前十時を過ぎたあたりから治療室の裏のドアを開けて風を招じ入れる。

と駐車場に車が入ってくる音がした。この時間、予約は入っていない。

隣接する理髪店の客かもしれない、がドアを開閉した音は理髪店の駐車場の位置よりこちら側に寄っているように聴いてしまうのは期待感に由来するものか。

「すみませーん、空いておりますか。予約してないですけど、駐車場に車無かったものですから」

一直線に届いた声で私はやれやれ、と心の中で安堵する。

今日は夕方五時に一人しか予約が入っていなかった。これで二人になる。一日三人入ってくれないと家賃や交通費、光熱費などを賄うことができない。四人目から純収益になるというわけだ。

「空いてます。表から入って下さい」

束の間、安堵の気持ちを先走らせてしまったせいでひと呼吸置いて返事をしてしまった。

三十代か四十代の女性だと思われる。私はドアが風でバタつかないように、結わえつけてあるヒモの輪にノブをくぐらせて治療室に戻った。

「どうぞ」

安物のソファ、センターテーブルの三点セットが置かれているだけの待合室ともいえない所に女性が持ち物を置いた音を確認して声をかける。

治療室とはカーテンで仕切られているだけだから音は素通りする。

「どんな具合ですか」

初来院者に私は先ずこの問いを発する。次いで医者にかかっている病気があるか、飲んでいる薬はなどを問う。医学用語で言うなら主訴と既往症に該当することになる。

それから職業。事務か立ち仕事か、工場勤務、営業など外歩き、農業、主婦業、年金生活など大雑把に把握するだけでいい。年齢はそれとなく。名前は治療が終わってからにしている。

「疲れているけど眠れなくって。そのせいか体がだるくって、頭がいつも痛いというか重いというか。食欲もないので朝はたいてい食べてないです。昼もパンとか、コーヒーで無理して飲込むのがやっと。夜も子どもに食べさせながらおかずをつまんでいるうちに食べたくなくなってしまって。子どもが残したのを食べるだけとか。四歳なんですけど」

それじゃあ一日、食事らしい食事はしてないじゃないか。そう思うが口には出さない。

「何か、薬は飲んでいますか」

「抗鬱剤と安定剤、睡眠剤も」

「薬の名前、知っていますか」

「パキシル、メイラックス、ハルシオン。お薬手帳にあった。このところずっと同じ処方なので覚えてしまいました」

女性はさっき自分が挙げた順で言った。鬱病に通常処方されているものだと思う。私の妻は不安神経症だが、安静期を保っているときはこれ等三種類を服用している。が症状が高進すると強いものに変えられるものだから、この三つが処方されているとき私の気持ちは少し安堵することができる。女性の雰囲気から察して不安神経症でもないようだ。

仕事は十日ほど前からブランチ「風の松原」という弁当屋さんで、店頭販売もしているが中心は職場などへの配達が中心だという。その前三ヵ月ほどは無職、その前一ヵ月足らずスーパーで見習いの雑用をしていて、見習いが終了しないうちに辞めてしまった。その前は一ヵ月のブランクがあって道路工事現場の旗振りをやっていたがここは二週間足らずであった。

そこまで聞くと安定期を維持しているとまではいえないようだ。

がここまで記憶を辿れるところをみると鬱病とも決め難くなる。そう思わせるもう一つの要因は発語が明晰なことだ。鬱病や不安神経症、統合失調症など精神科から処方された薬を服用している人で、この女性のように明晰な発語をする人は私には初めてのことだ。

「あのう……料金の方は……」

一応の検討をつけてから治療台にうつ伏せになるよう指示すると、女性はおずおずと問うてきた。一時間半ほどをかけて全身マッサージをして三千円。

希望すれば鍼を併用するが料金の上積みはない。

「ええーっ。一時間半もマッサージしてくれて三千円でいいんですか。安くないですかそれだけじゃあ」

これを告げると女性はまるで抗議でもするような口調で言った。

彼女は三千円で済むことに真実ホッとしたのだと思う。三千円はこの地域の同業者の市況調査めいたことをして決めたものではなく、コンスタントに五人平均の来院者を見込んでのものである。

誕生日を迎えると四十八歳になるという春。

私は盲学校を卒業すると同時に開業している。その年の正月明けから通行料のさして多くない、が中心街から見通せる位置にある貸し店舗に渡りをつけ、内装を施して機材を整え、卒業と同時に開業したのである。以来治療方針というべきものがあるとすれば、盲学校で教わった基本をおろそかにしないことに徹している。これで二十年やってきた。

この季節、若い女性だとタンクトップとかノースリーブ、背中が空きすぎるものを着ているので気を遣わなければならない。施術の際、私は必ず日本手ぬぐいを使用している。

タンクトップであれスカートであれ、だから直接素肌に手を触れることはないし、素肌の露出していない肌着でもよほど年配の女性以外にはやはり日本手ぬぐいを使用している。

「目が全く見えないのでよろしく」

治療に入る前、私は必ずこれを言うことにしている。ほとんどの全盲は両眼を閉じているものだが、私は全盲になって二十年も経過しているのに両眼とも開いたままなのだ。

それはたぶん、私に全盲になっているという自覚が欠落しているせいかと思う。

「そうなんですか」

女性はさして驚くでもない口調で言った。私が全盲であることを知っているのかもしれない。

そんな相槌でも打つような言い方であった。

背中に日本手ぬぐいを縦に置いてから掌で脊柱をなぞる。

「骨の並びがとてもいい。食べていないわりに筋肉もしっかりしています。学生だったころ何かスポーツやってだとか」

「バスケをちょっと。小学校はミニバスケで中学校でも一応バスケやってたけど、三年生のころはほとんど顔出さなかったな。それから後は全然やってないですから、筋肉なんかとっくに落ちているはずです」

「皆さんそう言うんだども、結構名残はあるもんですよ」

正確にいうなら十数年もスポーツから離れていると筋肉が落ちるのは当然のことである。がスポーツとは無縁で過ごしてきた人との区別は明瞭に分かるものだ。変化した肉質そのものは痩せても元に戻らないからである。

ここまでの簡単なやりとりで客の性格とか人格、教養などの概要が把握できる。うつ伏せにして背骨をなぞるとさらにはっきり分る。精神的に弛緩している人は背骨の並びがえてして悪い。生活に乱れがなくて自律心を保っている人のそれは整然と並んでいて気持ちがいい。

付言すれば、神経質な人には痩せが多いし、性格のおおらかな人は太り気味が多い。

脊椎をレントゲン写真で撮ると頸椎と胸椎上部で緩く反り返り、十二個の胸椎は緩く後弯し、この下部と腰椎で少し反り返っていて、緩くS字状になっているのだが、こうした理想的な形の人はめったにいない。この女性はめったにいない一人に該当する。脊椎の両端を通称ビーナスラインという脊柱起立筋が走っているのだが、これも溝が深くきっちりと触感できる。

長さ二メートルの治療台にうつ伏せになった頭と揃えられた足の爪先の位置からすると、身長は百六十五センチ前後だろうか。

「どこか特に苦しいところがありますか」

「首も肩も、背中も腰も。全部です。頭に力が入らなくって。考えようとしただけで混乱するというか、よく説明できないけど」

左を下に横臥させ、手拭いで後頭部から頸椎、肩まで覆ってから手順通り手掌揉捏で右後頭部から入っていく。手を動かしながら私はぽつぽつと話しかける。揉む強さはこれくらいでどうか。マッサージは全く初めてなのか。治療に来たのは最近特に苦しさが増大したからなのか。それと思われる原因はあるか。

その他様子をうかがいながら。プライベートと取られそうなところで言い渋る人にはそれ以上踏み込まないし、そんな客はそれ以外でもこちらから話しかけることを控える。

女性の発語はしっかりしている。鬱病とか精神疾患を患っているかどうか、首をかしげたくなってしまう。とはいうものの発語がしっかりしているというより、一語一語が鼓膜に突き刺さるような尖がりを感じる。それに温もりにも欠ける。

一昨年、こんなことなどつらつら質問しながら施術していたらいきなり怒鳴られたことがあった。

「うるせいな！　医者じゃねえんだろうが。こっちはただマッサージしてもらいたくてやってきたんだ。ごちゃごちゃ言わねえでちゃんと揉め」

最初、頭に手をやったらスキンヘッドであったし、玄関を入ってきたときからうさんくさそうな印象があったのだが、年齢的に若くない。ヤーさんOBらしい。

三十数分後、右半身を終え、左の肩甲間部を終えたあたりから気分が和らいできた雰囲気なのでそれとなく確認したらやはりその手合いであった。

十数日を置いて二度目に来院したとき、彼は始める前からリラックスしていた。威嚇する必要もなく、威厳を保つ必要もないと自覚したものだろう。年齢は五十二歳であること、何の抵抗なく告げてくれた。そこで社会勉強のつもりでそれとなく聞き質していく。

背中に入墨をしているか、と問うたらしているという。それは何か、と重ねて問うた。昇り竜だと。竜なら私の守り本尊だと亡母が言っていた。せっかくだから拝ませていただきたい。あんた、めくらだろうが、と一蹴。そうしてまだ未完成だとも。それはどこかと問うたら、目が入ってなくて玉も持っていない、とここは少しバツがわるそうに告白。それじゃあ「玉竜赤まむしドリンク」に劣るじゃないか。私はあきれた。

たぶんだが彫り物師ははじめからそのつもりでこの男に墨を入れたのかもしれない。画竜点睛を欠いたうえ、玉まで持たされない竜を背中に背負わされた男は一生笑いものにされる。

そのためだ。だがここではそれでも通用する。

「大潟村の『潟の湯温泉』に入ってだらよ、スキンヘッドで背中さ入墨した男が入ってきたもんで、俺そそくさと出てきてしまった。田舎でもあんなヤクザいるんだなあ」

こう言った客がいた。

スキンヘッドと入墨に度肝を抜かれ、観察する余裕などなかったのだろう。

どうしてスキンヘッドにしたのかと問うたら、前はニグロにしてたけど月に二回も床屋に行かなければならない。金が続かなくなった。ニグロとは何かと重ねて問うたらパンチパーマのことだと。話をしているとどうも空気が漏れている感じがする。これも問うた。シャブやっていたらこうなった。今は五本しか残っていない、とこれは問われる前に教えてくれる。小指が二つとも揃っていること、施術しながらそれとなく確認した。

この男、今は型枠大工の職人で叔父貴の下で働いている。叔父貴はこの男より体格が滅法大きくて短気。酒を飲むとスキンヘッドすら手に負えない。一度だが背中と頭の手前、勇気を鼓舞して立ち向かったものの、叔父貴が男のパンチパーマに出刃包丁の峰で一撃を食らわした。

それでつむじとこめかみの間を十二針も縫うはめになった。

「頭の傷、若いとき相当ハデな出入りをしていた名残だんべ」

「いやなに……」

男は少し躊躇してから告白してくれたのである。傷跡はパンチパーマでは隠れていたものの、スキンヘッドの今がかえって凄みを利かせている。この男、忘れたころにやって来るのだが、年老いた母を連れてくることがある。ピーピーしていること明白ながら支払いの気風はいい。

男が母にかける言葉は素直すぎるくらい優しい。男に返す母の言葉もまた優しい。

女性に話を戻す。全身がだるいとか頭がどうのと言いながら彼女はよくしゃべった。三十分ほどをかけて右半身を終え、三十分をかけて左半身を終えた時点で彼女の出自のほとんど、家族構成はむろん、配偶者を含めた血縁関係から来し方のあらましまで、私が「ほほう」とか「そうでしたか」ほどの合いの手をいれるだけでとんとん拍子に展開していくのであった。

躁鬱病を今は何といっていたか。神経衰弱とか精神分裂症など、差別表現に当たるものは次々と言い直されてきているのはいいとして、躁鬱病まで双極性障碍などと言い改められると、病名によって症状を端的に表現している役割まで欠落させてしまいかねない。

女性は鬱の中に躁がひょっこり顔を出させているのだろうか。そうではないと思う。だとしたら、発語は興奮して弾みっぱなしになっているはずなのにそれはない。

（二）

女性の名前は桜木とき子、三十六歳。フルネームで名乗ってくれる女性は珍しいのに、彼女は年齢まで告げてくれた。生まれは米代川向かいの通称浜町通り。父親は知らない。

「私と姉とは父が違う。誰なのか、母さえ知らないんだから。おまえの父は誰それで、姉の方は誰それだ、って教えてくれる人もいたけど、それも人によって違ってたな」

母は一度も結婚していないし特定の男性もいないのに二人の姉妹を生んだ。常時不特定と関係があったということだろう、つまりは。

姉たえ子三十九歳。一昨年までは能代市内のスナックやカラオケハウスなどを渡り歩いていたが、今は仙台市にいる。どんな仕事なのか知らないし、知りたいとも思わない。

桜木とき子を育てたのは祖父母で、祖父は雇いの漁師をしていたが、収入は不安定であったから漁期の合間には土方に雇われたりしていた。六十三歳で脳梗塞を患ってしまい、左半身に軽い麻痺が残ってしまった。祖母は病身で、とき子が三十歳で結婚する前年に死亡している。

それで姉妹とも中学を出てすぐ働くしかなかった。祖母の葬儀には母も姉も参列せず、祖父ととき子、姪のともか、集落のお婆さんたち数人が参列するだけの淋しいものであった。

東京に出たとき子はレストランの下働きをしたものの賃金が安く、それでいくらかでも多くもらえるコンビニやスーパーに移ったりしていた。が祖父への仕送りは一，二万円が関の山。

それで年齢を偽ってスナックでも働くようになった。昼夜の二又ではさすがに体がもたない。それで夜の仕事に専念するようになった。そうして徐々に金高の方へ金高の方へとなびいていき、風俗めいた所、それからは本格的風俗産業まで行き着いてしまった。がこの間、母娘三人は同じ東京に生活していながら、とき子は一度も母とも姉とも接触していない。

「コンビニでパートしてたんだけど最初はね。祖母が退院したかと思えばすぐ入院の繰り返しだったから、上京してすぐ祖父からお金を催促されるし。祖父って人がいいだけが取り柄、あとなんにもない人。金がないのに不思議にも酒だけは飲んでたな。世の中で一番安い焼酎を番茶割りして飲んでいたんだけどね。それで誘われるままに嫌な仕事に足を踏み入れたってわけ。祖父母は母も姉もどこでどう暮らしているか知らなかったんじゃないの、最後まで」

風俗産業まで落ちてからの詳細は話そうとしなかったし、私も質すことはなかった。そんな仕事を点々と変えながらエスカレートさせていた二十代の終わり、とき子は同郷の青年桜木謙吾と交際するようになった。

「秋田の人ってこと、それも能代市周辺出身らしいこと、すぐ分かったな。私が中学しか出てないことも母や姉たちのことも、これまでのこと、彼にちゃんと話したよ私。それでもいいと言ってくれた。外で会うようになって半年もしてなかったのにね、プロポーズされたの。泣いたなああのときは。あのころが一番幸せだった、今思えばだけど」

それで結婚した。結婚は東京で済ませたのだが披露宴らしいものはまるでせず、肉親も友人も招くことなく婚姻届を出した日の夜、二人だけで祝った。

このとき、とき子はかなりまとまった残高が記されている通帳を持っていた。

二人は心機一転を期して帰郷し、夫の謙吾は地元の運送会社に正社員として入社することができた。彼は東京でも運送会社に勤めていたから、首都圏の地理に精通しているのが買われた。

とき子はスーパーにパートとして採用されてレジ係についたものの、間もなく体調不良を訴えるようになった。以後数ヵ月、買い物とか二人で外食する以外ほとんどアパートから出ることはなかった。鬱病の始まりであったかプラス妊娠によるつわりが悪く作用したものか。

アパート暮らしを始めた直後だからまだ体調を悪くしていなかったとき、二人は初めて謙吾の実家を訪ねた。謙吾は婚姻届を済ませてすぐ、実家に報告はしていたし、帰郷してアパートが決まって間もなくそのことも知らせたのだが、いずれも事後のことであったものだから、家族は不快をあらわにしていた。謙吾が結婚の電話をした夜、電話口に出た母と姉が交互に謙吾をなじったばかりか、おめでとうの片言隻語すら口にすることなく終わってしまった。

とき子は受話器から漏れる罵声を謙吾の耳元でこれを聞いている。

昭和の大合併によって能代市に取り込まれた旧檜村。そのどん詰まりにある檜沢集落。今は七軒しか残っていない。茅葺屋根も一軒残っているも、屋根には萱とかヨモギ、潅木さえ生えているのに今も住んでいる人がいる。とき子はこれには驚いた。その隣が謙吾の実家であった。

「可愛い！　まるでグラビアから抜けてきたみたい」

車の音を聞きつけて家の前に飛び出してきた謙吾の姉の菜穂子が、挨拶抜きで感嘆の声を発したのにはとき子も驚くより先に戸惑った。両親も含め、三人は謙吾がこんなにも美しい人と結婚しているとは露ほどにも思っていなかったばかりか、性質の悪い女に騙されて一緒になったものと決め込んでいた、と母が臆面もなく吐露したのにも驚く。

謙吾はイケメンでもなければ才覚にも恵まれていない、風采の上がらない男そのものなのだ。両親は農業高校を卒業して東京に行くのを認めはしたけれど、いずれ数年で帰郷させ、農業の傍ら、製材所とか土建屋で賃稼ぎでもさせようと思っていた。上京して数年、彼は盆正月のいずれかに一度は帰省していたのだがパッタリと途絶えてしまった。帰省の度にそろそろこっちに落ち着いて嫁探しをするよう、せっつかれるのに嫌気がさしたためであった。

それが突如結婚したと告げられ、間もなく帰郷するという。

ならば両親と実家で共に暮らすとばかり思っていたのに相談なしにアパートに入ってしまった。それで引っ越しを知らせても両親はむろん、姉菜穂子も顔を出すことがなかった。とりわけホームセンターに勤めている菜穂子は二人のアパートが通勤路にあったというのにである。

それでとき子は初めての訪問は針のむしろに座らせられるものと覚悟して車から降り立ったものの、姉菜穂子が発した頓狂ともいえる声で迎えられたのにはこちらが頓狂な戸惑いを覚えたものだ。

「ママママ、謙吾がこんな美人さんと結婚してたなんて！」

客間に通されてのあらたまった挨拶の前、謙吾の母が言ったものだ。両親と姉の三人、一様に度肝を抜かれてしまっているに相違ない。

だがそれはやはり一過性でしかなかった。二人が客間に座って十分そこそこ、謙吾の母と姉に矢継ぎ早の質問攻めに遭い、まるであっという間に丸裸にされてしまったに等しい。

「あんたに聞いでるんじゃないがら！」

謙吾が弁護めいたことを言おうともたついているといきなり姉がピシャリと封じてしまうのだ。

彼は父に酷似している。風貌はむろん性格まで。存在感すらそうであるのだ。父が口を差し挟もうと、ひと口言うだけで母か姉菜穂子のどちらかが無視して話をおっかぶせてしまう。

それで父も謙吾もいきおい黙りこくってしまう。

「おめみでな田舎ワラシ、親の言うごども聞がねえで東京さ出るがらホラ、別嬪キヅネに騙されで」

「子どもまで作らせでしまってハア。今さら身動ぎできねぐさせられでしまったホラ」

母と姉たちからここまで言われても謙吾は口許をモゾモゾさせるばかりである。言えば母と姉から速射砲を浴びてしまう。後になって思ったのだが、何も二人の女たちに包み隠すことなく話すことはなかったのだ。

「それで」、「それで」と間を置くことなく矢継ぎ早に問い質されたのでつい乗ってしまった。妊娠を告げた瞬間、姉菜穂子の顔色が一変したのがとき子には意外であった。あれは婚期をやり過ごしてしまった彼女の嫉妬と羨望から発したものだったのかもしれない。

帰りの車の中、とき子はそう思ったものだ。

とき子の治療が終わりかけた時刻を見計らっていたタイミングで常連客の一人から電話がかかってきた。これで三人確保、維持費が賄われることになる。

「おーいヒンヒ（先生）、昼過ぎがら三十度になるって車のラジオ言ってでだど。七月までまだ一週間もあるってえのになあ。週刊誌二冊持ってきたがらよ」

「ああ、それはどうも。あと五分で終わる」

野口弥太郎、この男は私と同年輩。肥料や農薬、家畜の飼料まで手がけている精力旺盛そのもの、この男の男性ホルモン分泌器官が異常発達しているのではないか、と私はかなりの確率で疑っている。来院のさい、彼はしばしば読み終えた週刊紙を持参してくれる。それはいいがヌードグラビア満載のものが混入している。治療院の客の半数近くが女性なのだ。

治療を終えた客と次の客がちょっとの時間を共有することが少なからずある。野口弥太郎はそうした人たち男女を問わず顔見知りが他の誰より多い。もっとも彼の場合、顔見知りであろうとなかろうとまるで前から知っているごとく頓着ないのだ。ズル賢くもなくあけっぴろげ、表だけで裏がない。横柄で無遠慮なところがあるので嫌われる人からは嫌われるが私は嫌いでない。

「ホッ、こんにちは、おネエちゃん。ヒンヒのマッサージ気持ぢよかったんべ」

「はい、楽になりました」

「よかったらまた来てけれ。俺も会うのを楽しみにしてるがらね」

野口弥太郎のことだ。とき子と鉢合わせしたら何か言うに決まっている。とき子は聞き取れないほど小さく言ってそそくさと玄関を出て行ってしまった。

「ヒンヒやあ、あんな美人をマッサージでぎるなんて幸せ者だよあんたは。金もらわねくてもいいがら俺もやってみでえよ」

野口弥太郎は治療台に横向きになってすぐ言い、施術中もとき子の容姿から着ているものまで、彼にしては珍しく興奮を抑え気味に話した。彼の体躯は身長が百八十センチ前後、骨が頑丈で筋肉質そのものである。彼をマッサージするとじきに汗まみれになってしまう。風がゆるゆるとしか入ってこないので、後頭部から頚部の施術を終えたところで冷房に切り替えることにする。

スイッチをオンにしてから空き放された裏のドアを閉じようとして、ノブを紐輪から取り外していると車にエンジンをかける音がし、「おや、また予告無しの客かな」と自分有利にカンを働かせた瞬間、車がププーとクラクションを鳴らした。

「ありがとうございましたー」

とき子が声をかけて発進させた。

彼女は太陽が降り注ぐ中、十分近く駐車しておいた車の中にいたのか。窓は開けていたとは思うがそれにしても暑かったろうに。バカな奴だ、と思うべきところだが不安めいたものが残る。

とき子をマッサージしていながら彼女の話に少なからぬ違和感を覚えたのだが、野口弥太郎の口による彼女の描写によってそれが裏づけされた感がある。

とき子一家の経済状況は火の車である。なのに身に着けているものは高価で今はやりのものだ。見えないから判断しかねると言われればそれまでながら、見えないからこそ生地の触覚などから窺い知ることとだってある。ピアスもやっていた。

野口弥太郎によると、ノースリーブの前の切込みが深いから胸の谷間がくっきりと溝を作っていたそうな。体が動くと乳房がたゆたゆと動いていたから、胸自体大きいのも確かだ。彼はそう説明した。自他共に認める女好きの彼の観察眼は肥えていて、客観性とリアリティがある。

とき子がスカートでうつ伏せになったとき、丈は膝窩の上、大腿部の中央あたりしかなかった。もっともこれはうつ伏せのことであって、立つと膝頭の上十数センチとは思うのだが。生地も量販店で吊り下げられている類のものではない触感があった。

「体もいいし顔もいいし、センスもいいし。あれほどのおなごはめったにいねえよ。目も大きくって綺麗だった。一番印象に残るのが目だな、あのおなごは」

野口弥太郎はこの言葉で締めくくって眠りの態勢に入ってくれた。こうなってくれると助かる。人並み異常の体格に加え、筋肉が硬いのみならず、いくら力を入れてもこれでいいと一向に堪えないのだ。力を入れっぱなしで施術しながらの会話ほど疲れるものはない。

(三)

桜木とき子が二度目に来院したのは月が改まってカレンダーを一枚めくり上げた日のことであった。その日、彼女はパートをしているブランチ「風の松原」が休みだったので病院に行っての帰りだという。ラジオが十一時を告げていたから、終わるのが十二時半前後になる。

能代市内で開業して以来、私はこれまで出前とか仕出しの類は一切取り寄せたことはない。貸し店舗を改装して治療院にしたのだが、そのさい一部を区切って小さな流しを設けて電磁調理器とか小型冷蔵庫も備えているから、自宅から持ってきたあれこれにほんの少しばかり手を加えて食べている。仕出し弁当はむろん、店屋物も食べる気はしないし、カップ麺類は論外なのだ。それだからとき子が働いている『風の松原』の弁当も取り寄せることはないだろう、たぶん。

「仲佳、今朝熱出した。保育所休ませたけど夫が仕事に出なかったから小児科に連れて行ってもらった」

治療台に右を上にして横になってすぐ、とき子が言った。二度目なのにもう常連客並みに気を許した口調になっている。仲佳とは四歳になる一人息子の名前である。誰とも仲良しになるように。そうして優れたところも持ち合わせてくれますように。それで「なかよし」と名づけた。

とき子は夫をパパとかうちの人、主人などと言わずに夫で通している。主人とか内の人などと言うより夫の方が私はずっと好きだ。なのにとき子の口から吐き出されるとどういうわけか体温の感じない国語的人称代名詞の域を出ない印象を受けるのだ。

それはたぶん、とき子が夫の謙吾を突き離してしまっているせいかもしれない。

「謙吾さんだっけ、旦那さんの名前。昨日長距離から帰ったんだ」

「ならいいけど、仕事ないのよそれが。このごろ増えてきた。不景気だから。クビにならないだけいいって自分で言ってるよ」

「今朝、ご飯は」

「食べてない。このごろ食べると吐くから」

私はここで話しかけるのをやめた。眠ってくれればいい。だが眠ってはくれなかった。

夫の賃金が振り込まれている通帳から生活費を引き下ろしてきたけれど、残高が十万円を切っていた。家を建てたのが誤算であった。帰郷してアパート住まいを始めたものの、間もなく妊娠した。自分の貯金を頭金にしてそこそこの家を建てた。横這い気味だった夫の賃金がここにきて仕事が減らされ、リンクして手取りも減ってきている。

「頭金って言ったって敷地も含めた経費の半分以上も賄うことできたのよ。ローンを三十年で組めば今より楽だったんだけどね。早くローンから上がらないと仲佳の大学と重なってしまう」

「そこまで考えてるんだ。偉いよ」

ローンはたぶん、夫謙吾と親密な相談をしてではなく、とき子一人で決めたものだろう。彼女は世間並みの生活と家庭を作らなければならなかった。自分は高校にすら進むことがかなえられなかったが息子の仲佳は大学まで進ませたい。彼女にとってこれに優る夢はない。

「せめて私が住宅ローンの分だけでも働ければいいんだけど、こんな調子だからいつ辞めさせられるか。でも今度こそ辞められないよ私。昨日ともかからメールあった。今週中に学校に三千円持っていかなければならないんだって。生活費もなくなったってたな。あっちからもこっちからも火の車がやって来る」

ともかとは姉たえ子の娘である。とき子にはだから姪ということになる。とき子はこの姪をほとんど妹のように可愛がっている、というより妹そのものと決め込んでいるフシがある。

ともかもまた、とき子を姉とも母とも頼っている。

高校三年生になるともかもまた父を知らない。母であるたえ子でさえ特定できないのだ。たえ子、とき子姉妹も父が特定できないのに、姉のたえ子は母同様その轍を踏んでしまったばかりか、今もそこから抜けきれないでいる。

ともかは彼女にとって祖父にあたる岩男と浜町通りの古びた実家で二人一緒に生活している。とき子も実家に足を運んで掃除や洗濯をしたり、その都度食料などの補給もしているのだが、これがなければともかはとっくに戦線離脱をしていたはずだ。

ともかはとき子の夫謙吾が長距離で留守になる日、泊りがけで遊びにくる。これがともかだけでなくとき子にとっても最大のストレス解消になっている。

ともかについて、最近気になる事実を偶然発見してしまった。

一週間ほど前、夫謙吾が久しぶりに二泊の長距離に出るというのでとき子はともかにメールした。久しぶりの誘いであったにもかかわらず「都合が悪い」と簡単な返事が返ってきただけであった。数日後、パートが休みの日、とき子が実家を訪ねたのだが祖父岩男は留守であった。

天気のいい日、彼はたいてい釣りに出かけている。軽いとは言え左半身に麻痺があるのに、彼は徒歩で目的地に向かい、人の何倍もの時間をかけて釣り針に餌をつけ、まるでスローモーションよろしく竿を振ってリールから糸を繰り出すのだが、人の半分まで達するかどうかでしかない。キスとかカマスが目的だろう。

いつものように掃除機を振り回していると、ともかの机の下から紙箱が引き出されてきた。何なのか手に取らなくても分る。スキンの箱である。封が切られていること、セロファンがピラピラと破れていることから分る。とき子は箱をそのままにして掃除を終えて帰った。

「今どきの高校生ならカバンにスキンをしのばせて持ち歩くのは常識ではあるんだけどね。だって私が中学三年生当時、すでに高校生がそうなんだって囁かれていたもんだから。分かっていてもともかから見せつけられちゃうと頭が真っ白になったな」

「心当たりは」

「ない。クラスメートとか中学生当時の男の子の名前は出てくることあったけど。深くつき合っている人はいないと思うよ。確かめたわけじゃないけど」

とき子が姪のともかに何を求めているのか私には分かる。彼女の母たえ子の轍を踏んで欲しくないのだ。姉のたえ子も自分も母の轍を踏んでしまったが、自分はすんでのところでまともな家庭を作ることができた。ともかには初めからまともに進んでほしい。

ともかは素直に育っている。性格も明るいし成績も普通以上であること、通知表で確認できている。これは叔母としてのひいき目ではない。

「このごろお小遣い足りないっておねだりしなくなってる。だから学校へ三千円とか生活費とか言われて、ホッとしたというかやれやれ始まったというか。こっちの経済事情を知っているから遠慮してるんだなとは思ってたけどね」

とき子の話しぶりに多少の身びいきはあるにしても、軽薄軽率な娘ではないのは確かだろう、と思いたい。

「彼氏がらお小遣いめいたものはたぶんもらってないど思う。二人一緒のときなら彼氏がおごってくれてだろうがら、それで自分のお小遣い足りてたろうけど、んでも学校の金やら生活費は別口なんだ。だったら援交でなくって真面目な交際だと思うよ」

とき子の不安を和らげるつもりで言う。ともかは母や祖母たちのようなすれっからしではないのだ、と思いたい。それには多分にとき子の庇護もある。

今どきの高校生が性の交わりにどんな価値観を持っているのか、七十歳まであと三年を切ってしまっている私には判断のつきかねる問題だ。

私にもあった高校生のあのころ、異性への欲求をどう位置づけるべきなのかさんざん悩んだというか、制御は苦行でさえあった。あの時代だって同級生の過半の男どもは女を経験していたようだ。私には度胸も金もなかったから。金でなく受け入れてくれそうな異性がいなかったのが最大の原因ではあるけれど。もっとも、今になってつらつら考えると、クラスメートの半数近くが女性を経験していたのかは疑問だ。男だけ四十五人のクラスであった。

「俺とうとうやったぜ」

などと吹聴されると、置き去りにされたくないものだからつい「俺だって」と言ってしまう奴等が少なからずいたはずだ。どう見たって女性にアタックできそうにない奴まで虚勢を張っていたのに。私ときたら真に受けてしまい、落胆のどん底に尻餅をついてしまっていた。

とりわけ親友と思っていた松田邦雄から小声で打ち明けられたときなど、眠れない一夜を明かしたことだってあった。なぜにというと、邦雄の性格は私と酷似していたから。その彼から置き去りにされてしまった孤立感はなかった。

それはともかく、あの時代私なりに悩み抜いて到達した結論。高校生という性欲がピークに達している時期、制御を強いるのは罪だ。純粋な恋愛関係が成立していなくてもいい。双方に性の快楽を楽しむ、これはプレイ。交わりをそのように合意してのことなら許されるべきではないか。ここまで正当化してはみたけれど。

見回した感じ、同期の家政科の女子生徒とか普通科の男女共学の女子たちの中に、誘えば乗ってきそうな生徒も何人かはいそうではあった。

「お前はあんなおなごでもいいのか」

と自分その一が問いかける。

「いや、あんなおなごでなくって、実はA子とかB子なんだけど」

「けど?」

自分その一が追い撃ちをかける。

「彼女等は美人で性格も成績もいいし、俺には高嶺の花でしかない」

そうしてその次でもそのまた次でもなく、一見して男子生徒とチャラつきたい雰囲気のおなごたち。こんなおなごをプレイに誘ってみたらどうだろうか、と一度ならず考えた。

だがそれでも踏み出せなかった私は。自尊心が邪魔をする。プレイのつもりだったのに先方が本気になりはしないか。妊娠させてしまったら。「あんなやつを彼女にするなんてよ、あきれたぜ」と言われはしないか。など幾重にも予防線を張って。

本当は度胸がなくて踏み込めないものを自問自答の挙句に正当化し、とうとう無傷で三年を通り過ぎてしまったということだ。それがとき子の時代を経てともかの時代に至り、高校生たちは平均三ヵ月の交際でコンドームをしのばせる仲に至るとか。

いいんだか悪いんだか、私にはおいそれと判断できないでいる。

痛恨で回顧するしかなかったあの年代、同じ年代でとき子はすでに風俗産業に身を置いていた。田舎出で無知な小娘。そこに持ってきて母の美貌を受け継いでしまった。

とき子の口から母が美貌であったなどと聞いたわけではない。が男を欲するままに渡り歩いたとしたら美貌という単語はともかく、強烈に男を引きつける魅力を備えていたのは確かだろう。

とき子とたえ子の姉妹はそれを受け継いでしまった。たえ子が性格まで母からそっくり受け継いでしまったのに対し、とき子は片方しか受け継がなかった。

彼女が風俗産業に身を置いて心が壊れかけつつあったとき、郷里を共にする能代市出身で運転手の桜木謙吾と出会った。二人は同じ能代市出身ではあっても、とき子は海辺、桜木謙吾は山里の奥地といっていい集落出身であったから、小学校も中学校も別であった。何度か回数を重ねた後、桜木謙吾のプロポーズはとき子をどれほど驚かせたことか。けれど愛とは違う。とき子がそう言ったわけではない。こんな男性となら普通の家庭を作れる。そう思ったのではないか。

「学校の帰り、ともかに一万円渡すことにしてるんだけど。渡したらこっちだって一万円も残らなくなっちゃうし。夫に言えばクサるし」

しばし沈黙していたので自分の思いにふけっていたらとき子が言った。

「そんなに余裕がないのにどうして三千円も取られるマッサージに来るのか」

と少しばかり忌々しく思う。精神的に苦しいことは分るけれど。どう判断すればいいものか。

一度目に来院したときと着ているものが違う。胸の前がヒモで編み上げられ、紐の外れには飾り玉みたいなものが着いている。見えないのになぜ胸の谷間辺りが分るのか。自律神経とか、とりわけ感情を司る経絡が身体の中心線を貫いていることによる。始まりが首の付け根の天突で、壇中（だんちゅう）、鳩尾、水分、丹田と下がる。ここを軽く揉捏するのだが、若い女性だと施術を避けることが多い。とき子には二度目であるこのときから欠かさず施術している。

着ているものにはえらく金をかけているんじゃないか。マッサージの金のことは頭になかったわけではないだろうけれど、突き詰めて思案を巡らせることができないでいるのだろうか。

こいつからは三千円はもらえそうにないな、とも考えてしまっている。

「ああ、さっぱりした、と言いたいけれど。ご免なさい、先生まで気分を重くさせちゃって。でも話したら少し楽になった」

マッサージの終わり、治療台に後ろ向きになって座らせ、肩から背中、ウエストまで軽く拳打する。これをしていたらとき子が施術中よりはさすがに明瞭な口調になって言ってくれた。

「いくら?」

あらたまって訊くまでもないじゃないか。先回同様ちゃんと一時間半をかけて施術しているのだ。

「今回はいい。ともかのやつ、学校さ三千円持って行がねばならねって言ってるそうだから、マッサージの分カンパしてやるべ」

「そんなあ先生」

「いいよ。俺の三千円よりそっちの三千円がよっぽど価値があるんだから」

「そんなあ先生」

とき子が言った。だがさっきよりトーンが違う。声音が違う。言葉に迷いというか逡巡らしきものが感じられる。そうして財布からお金を抜こうとしている動作が緩慢だ。

そうカングってしまう自分の狭隘な心。

「でも……。助かります先生。この次までお借りさせてください。済みません」

とき子が真実申し訳なさそうに言っている。

こうして帰すのは何も彼女が初めてのことではない。何人いたか数えてはいない。むろん数えられないほどでもないのだが。統合失調症とか鬱病に限ったことでもない。

どうしても続けて施術したい患者がいるものだ。パーキンソン病であったりＡＬＣ（進行性側索硬化症）であったり、リュウマチで肘や膝が固縮しかけているバス運転手もいた。

「もしあんまり日数を置がないで続げでみだいなら、次回がら二千円で治療してもいいのですが。私どしても続げで効果を確かめたい気持ちがありますので」

彼等の全てから治療代をもらわなかったのではなく、二千円とか千円、五百円もいたしゼロもいたということだ。むろんこれ等の全てがマッサージや鍼で治る病気ではない。それでも治療した後は目に見えて改善されるものだから。一過性とは分かっていてもこちらまで気分が良くなるもので。ゼロにするとかえって来院しにくくなるだろうから五百円にしたり。

気になって仕方がない人がいる。

彼女が尾を引いていたからとき子につい甘くなってしまったのかもしれない。

（四）

彼女の名は菅原久恵。四十二歳になっていたはずだ。

久恵の初診はとき子と違い、自分から電話をかけてきたのであった。

「マッサージで統合失調症がよくなるの」

菅原久恵はモシモシもなくていきなりこう言った。それもまるで小学校低学年並み、ろれつがおぼつかなくたどたどした口調であったものだから、傍に父か母がいて親に代わってしゃしゃり出て受話器を持ったのだろう、などと本気で思ったものだ。

「マッサージで統合失調症が治るの」

久恵は治療室に入ってからも電話と同じことを同じ口調で繰り返した。

鬱病か統合失調症のどちらかで、薬が効き過ぎているせいなのかスランプに入っているせいなのか、初対面では見当がつきかねる。強い安定剤や睡眠剤を連用しているとこんな発語になること、私は妻の経験から知っている。

彼女はとき子が初来院した日のように、来し方の全てを一気に告白することはなかった。それだけのエネルギーを持ち合わせていなかったのだが、それでも二度の来院であらましを知ることができた。

久恵の統合失調症は家族性のものであった。兄にも兆候があるし母親にもあった。自覚がなかったにしても、たぶん思春期のころには兆候があったと思われる。

というのは高校を卒業した後、定まった就職をするでもなく専門学校を含む進学もしていない。結婚までの年月、どんな仕事をしていたのかいなかったのか、久恵は語らなかった。たぶんあっちこっちと短期間で移動していたか、移動と移動の間がむしろ長かったのではないか。

幸か不幸か、精神疾患を自他ともに認めなければならなくなったのは結婚後のことであった。

久恵は二人の女の子も出産した。二人目が小学四年生になった夏、卵巣癌が発見されてしまった。

入院と手術、抗癌剤治療、子宮と二つの卵巣まで摘出されてしまい、強引に生理まで遮断された結果、一気に更年期状態に持っていかれた。それ等が統合失調症を高進させてしまい、離婚まで追い込まれてしまった。そこまではっきり言わなかったけれどそうだろうと思う。今年高校二年生になっている長女は夫が引き取り、中学二年生の次女を久恵が引き取っている。

収入は生活保護だけ。古くてエレベーターもない市営アパートの三階に住んでいる。

一ヵ月ほど、珍しく久恵が安定を保っていたとき、一度だが娘を連れてきたことがある。肩が凝って頭が痛いというので連れてきたとのことであった。今時の子だからか、上背は母の久恵より明らかに高い。痩せ細ってもいなかったから、ともあれ栄養的には摂取しているのだろう。がこれは学校給食のたまものであったのかもしれない。

「父親の方から子どもの養育費出てるべ」

「出てる」

「いくら？」

「一万円」

「一万円。それだけか」

「だっていくらもらってもその分生活保護費から差し引かれるから同じだよ」

私は唖然とした。世の中は厳しい。いやいや、もはや残酷だ。古い市営アパートは市街地から離れた川向こうにある。ここからだと通院にも買い物にも車が不可欠である。バスは午前と午後に二往復するだけ。なのに福祉事務所からは軽乗用車を手離すように求められている。

「先生！　だめだようもう！　頭が痛くて、割れそうだよう！　夜中からずっと……頭の中いっぱい、中から叩かれてるんだか誰かが暴れているんだか騒いでいる。もう消えたいよう。もうダメだよう！　もう……消えたいよう」

久恵が絶叫とも悲鳴とも取れる声を張り上げて電話してきたことが二度あった。次女のなおみが学校に行って一人きり、部屋に閉じこもっているうち興奮か絶望か不安か。それ等が一挙に頭の中を占拠したのかもしれぬ。

それですぐ来なさい、と言うと車を運転できないと言う。ならタクシーで来なさい、と言うと電話番号を知らないから電話をかけれないと言う。パニックになっているのだ。

「じゃあそこで待っていなさい。すぐタクシー呼ぶがら。運転手に部屋まで迎えにやるがらな。部屋の番号は何番だ」

「三〇三」

それで来てもらったのだが、久恵は治療台をグルグル回りはじめた。何事かをブツブツ言っている、というより言葉になっていない。パニックになっているのか薬の飲みすぎなのかも分からない。息が荒くなりかけてきたので、ともかく治療台に座ってもらおうと肩に手をかけたら彼女は両腕を高々と上げながら回っていたのであった。

座ってからも荒い呼吸音が聞こえていたのだが、疲労なのか興奮のせいなのか判然としない。彼女の背後に回り、叩打法の一番軽い合掌打で軽い刺激を与えているうち、呼吸音が次第に小さくなっていった。

「早く消えたいな。もういいよう。早く消えたい」

シクシクと泣きながらこれを繰り返す。そうしてまたシクシク泣く。胸を締めつけられるというか、孤立無援の絶望に私まで泣きたくなる。この人はここを出て家に帰る途中で道を変え、海とか川、あるいは山道を辿って本当に消えてしまうのではないか。シクシクとまるでこちらの心まで引きずられそうに泣きながら、それにも増して消え入りそうな呟きなのだ。

私の方が誰かに救いを求めたくなる不安を感じてしまうのである。

「うん。んでもここを通り越せばまた元気出るがら。なおみ君もいるごどだし。あの子はいい子だよ。素直だし、俺みでえな人にも物怖じしないでちゃんと受け答えしてけだものなあ。今どき珍しいほど素直に育っているよ」

「………うん」

久恵が答えてくれた。「もういいよう」「消えたいよう」は、こう悪くならないときでも何回か言ってきているのだが、私もその都度娘のなおみを持ち出している。合掌打の手が疲れてくるほど続けていると、大きな溜息を一つ吐いて呼吸音が静かになり、また一つ大きく溜息をした。

ようやくのことで右を上にして寝かせ、頭部から頸部、背中へと、力を抜いてゆるゆると極端に軽く手掌全体を使うマッサージをしていく。

「もういいよう。消えたくなった。もう消えたいよう。消えたいよう」

興奮がまたぶり返したのだろう。シクシクと泣かない分、真に迫って聞こえてくる。

「うん。んでもここを通り過ぎればまた元気になるがらな。この前だって元気になったんだがら」

娘のなおみを持ち出すか、でなければこんなことしか私には言うべき言葉を見出すことはできない。なおみは中学でブラスバンド部に入っている。一年生のときは打楽器しか持たされなかったが、二年生になって念願のピッコロを手にすることができた。

今どきの女の子にしては珍しくなのか、逆に今どきの女の子だからなのか、彼女等と接したことのない私には判断できかねるのだが、なおみは私の問いかけによく答えてくれたものだ。

「なおみ君、ピッコロ頑張っているべ。家に帰っても練習してるんだが?」

私はまたなおみを持ち出す。

「家ではあんまり。帰り遅いから」

「そうかあ。部活って遅ぐまで練習するものなあ」

私はあえてのんびりとした口調で言う。久恵にとって娘のなおみは生きる支えになっている。この支えを補強しなければならない。

右側臥位を三十分、左を三十分ほど施術して、普通ならうつ伏せにして二十分ほどやるのだが、久恵にはこれができない。呼吸しづらいこともあるものの、あるいはそれでなのか恐怖感に襲われるらしい。とき子も元気を喪失しているとき、うつ伏せは避ける。

「先生、もういいよ。良くなった。私帰る」

そう言ったのはやはり一時間半ほどマッサージをし続けた頃であった。

タクシーで送り帰したのだが、久恵は治療代のこともタクシー代のことも頭の中で整理して考えるまでにはなっていない。

数日後、私は治療院のあるこの地を地盤にしている女性市議会議員に連絡をつけ、久恵を市福祉事務所に連れていってもらい、軽乗用車を手離さなくてもいいように取り計らってもらうことか、相談に乗ってやったり見回りなどを依頼したのだが、これは何もならなかった、ばかりか逆効果でさえあったと言っていいだろう。

「議員さんから福祉事務所に連れでいってもらったか」

次に治療に来たとき私は初めにこれを問うた。

「行ったけど……。福祉の人と一緒に私を説得するばかりであったな。バスもあるし汽車もあるし自転車もあるし。生活保護制度って必要最小限の生活しか認められていないんだって。辛抱して頑張らないと治る病気も治らないがらって。治ろう治ろうって、これほど頑張っているんだけど、本人でないと分からないんだやっぱり」

とつとつとではあったが、久恵が一連の話をこのように長く話すのはめったにないことだ。タクシーで来なければならなかったのはその後に一度あった。冬の真っ只中のことである。その日はとりわけ吹雪が荒れ狂っていた。そうしてそれ以来彼女は来院していない。

私は自分の方からお客さんに決して電話をかけないようにしている。催促と受け取られたくないからなのだが、菅原久恵に限って言えば電話番号を聞いておくべきだったと思っている。

軽乗用車は取り上げられてしまったのだろうか。それより生きているのだろうか。火事や事故など、こまめに報道してくれる地域紙がある。自殺など見逃すはずはない。

この新聞をつぶさに読みこなしている高齢の女性がいて、彼女は地域の大きな事件が報道されると必ず報告に来てくれる。幸い久恵にまつわる話は持ち込まれていない。どこかに転移した卵巣癌が悪化したとも考えられるし、精神科に入院したきりとも考えられる。

次女のナオミはどうしているのだろう。父の側に引き取られている姉とは性格が合わないと言っていた。あれしなさいこれしなさい。命令ばっかりされるから。姉妹で楽しく笑いながら話すことは一度もなかった。

そんなことを言っていたから、母の久恵に何かあっても彼女は父を頼って行くことはないだろう。

久恵の兄もどれほどなのかは定かでないものの、結婚してすぐ離婚したと言っていたし、今どこで何をしているのかいないのか、久恵は語らなかった。そうしたことなど、久恵には追及するような問いかけはできない。他に頼れる身内があるかどうか、私はそこまで把握していない。

（五）

とき子は月に三度ほど来院するようになっていた。三千円の治療代は初めの一回きり、二度目はもらうことができなかったが三度目からは千円をもらうようにしている。それしきの金をもらわなくてもいいのだが、私は心の底から彼女を信用することができないでいたのであった。

そうしていて、信用しきれないでいる自分を責めるもう一人の自分がいる。

「おまえはなぜ、とき子を信用しようとしないのか」と自分その一が問う。

「信用していないわけではないが全面的に信用できないでいるだけのことだ」

と自分その二がモゴッと答える。

すると自分その一が心の内を見透かした口調で畳みかける。

「それは何故だ。中学しか出ていない。二十歳前から風俗業に身を置いてきた女だから。男の心を手玉に取る術に長けているから。六十五を過ぎた田舎爺さんのおまえの同情を買うのは赤子の手を捻るよりやさしいことだろうからか」

「いやいや、そんな理由からではないつもりだけど………」

「つもりだけどだって。何だその言い回しは」

「はい」

ここまで追い詰められ、自分その二はやれやれと思う。なのに自分その一はまだ続けるのだ。

「おまえは心の奥底でとき子を見下しているのだ。ゴタゴタ正当化するな。彼女を本気で救うつもりなら地獄の底までとことん離れるな。『俺だけは君を見離しはしないからな』というシグナルだけでも送り続けることだ」

「地獄の底までとことんついていくことはできないと思う。もう勘弁してくれないか」

自分その一の正当論に自分その二は折れる。とき子には素直さに欠けるところがある。

仮に来院の都度、所定の三千円をもらっていたなら彼女の足は遠のいていたと思う。

そうしていながら治療を終えて代金を払う段になると、必ず「いくらです?」と問うのだ。

そうして「ごめんなさーい」と、取ってつけたお礼の言葉を返す。

それで私はまた自問自答を繰り返す。ただ、今になって考えるなら「いくらです?」も「ごめんなさーい」も、彼女にとって精いっぱいの虚勢であったのだとも思う。

とき子から治療代千円をもらいながら、しかし秋の終わりになったころ、私は彼女に金を貸してしまった。貸したとは言え、決して返してもらえないのは分りきっていたのだが。

なら下心があってのことか、と問われるならそうではない。決してそうでないと言い切れるか、と念を押されても返答は同じだ。

がほんの少しだがグラつくところがないのでもない。

彼女の方から体を与えようと迫ってきた場合を空想したことがあったからだ。あったけれども応じることはない、と結論づけた、とは言え、そこまで空想したことは認めなければならない。

秋になってとき子の夫、謙吾がそれまでの会社を辞めさせられてしまった。事故を起こしたのでもなく不祥事をやらかしたのでもない。古いトラックが二台、同時に車検が切れた。会社は金をかけて二台を更新するのでなく一台を廃車にした。結果、彼が退職を迫られたのである。

なぜ彼なのか、理由は分からないが想像がつかないでもない。

謙吾はこれといった何もない男である。やれと言われた仕事だけはやる。ついでにこれもやっておいた方がいい、そんなことには一向気が回らない。動作にもキビキビしたところがない。表情に乏しい。友人もいなければ仕事仲間と肩を組む人でもなく誘われる人でもない。

とき子の口から詳細を聞いたわけではないものの、私には彼のそうした人物像が出来上がっていたものだ。世の中にそんな人は沢山いるし、彼は沢山の中の一人にすぎない。

「配達先で車ぶっつけてしまった。急いでいたから、バックしたとき立ち木に後ろをぶっつけちゃって。修理工場に見てもらったら七万円はかかるんだって。夫に言ってごちゃごちゃ言われるの嫌だし。損害補償会社に聞いたら十万円以下だと対象外だって。どうしよう、早く修理しないと夫にバレてしまう。いちいちうるさいから、こんなことに」

「………」

治療台に横になって右肩背を揉捏していたら呟くように言った。とき子の声音はさすがにハキハキしているとは言い難いし暗い。私が言葉を返さず、ほとんど会話らしい会話をすることなく治療を終えてしまった。この間、私はずっと自問自答し続けていた。

たかが七万円のことでこれほど苦悶したことはない。

黙殺したところで誰に恨まれることはない。治療代さえまともにもらっていないじゃないか。なのに車の事故の尻拭いまで買って出るのは論外だ。とき子だってそれを暗に求めて言っているのでないのは確かだ。彼女はそこまで図太い人間ではない。

途方に暮れているのを吐露しただけのことだ。吐露できるのは俺くらいしかいないのだろう。のだろう、でなくて本当にいないのもまた確かなことである。

そこまで考えると気の毒になってしまう。七万円がないわけではない。

やったところでさし当たって支障があるわけでもない。だからと言って何で自分が。

「じゃあ………とりあえず俺が立て替えてやるから」

心が決まる前に言葉が口から勝手に出てしまった。

「ええーっ。いいよ先生。先生からお金を借りるために言ったんじゃないから。先生しか打ち明けられる人いないからつい言ってしまっただけだから。ほんとだよ先生」

とき子の言葉に寸分の嘘はない。信じて欲しい、という切々たる思いが伝わってくる。

「ああ、それは分かってる。手元にある七万円、さし当たって使う予定ないがら。都合がついだら返してければいい」

「………だめだよ先生」とき子が言った。が声音が弱くなっている。逡巡しているのかにわかに信じられないのかのどちらかだろう。こいつには手を差し伸べてやらなければならない。いいふりこき、痩せ我慢もあるけれどそれだけで七万円は出せない。少し忌々しいがそう思う。

「だって先生………」

とき子は一呼吸もふた呼吸も置いてから言った。声音はさっきより弱々しくなっている。突拍子な申し出に混乱しているのだ。結局七万円を渡し、治療代として千円を受け取った。

とき子のような鬱病の人は朝の体調が良くない。安定剤とか抗鬱剤、睡眠薬を服用しているから、それ等が残留していると体のリズムが朝型にリセットされにくいのが原因しているのだ。パート先のブランチ「風の松原」に大口の注文が入ることがある。そんなとき彼女も定刻前に出かけなければならないが、息子の仲佳を保育所へ夫謙吾が連れて行くことになる。

「ママも食べなければだめだよ。まいこ先生言ってたよ。お百姓さんも給食の小母さんたちも一生懸命作ってくれているんだって」

仲佳だけに食べさせながら、とき子が出かける準備をしていたら背中に言われてしまった。

「ちゃんと見ているのよね。それで今朝は仲佳にお相伴してトースト一枚に薄くマヨネーズ塗って急いで食べてきた」

「それは良がった」

まいこ先生って若いのか年配なのか分らないが、百姓さんをちゃんと教えてくれている。水のみ百姓育ちの私には嬉しいことだ。

「優しいの、あの子。四歳なのに私に心配かけないようにって、一生懸命考えてる。どこかに連れて行っても自分から決してあれ買ってこれ買ってっておねだりしたことないな。かわいそうだと思ってしまうよ。『どうお、欲しくない』なんてこちらから誘ってみたりしても『いらない』って。手にとってみようとさえしないよ」

七万円を渡してから二週間を置いての来院であったが、彼女はそれに触れることなく息子仲佳の話ばかりしている。仲佳の話をするとき心を和ませているのがわかる。私にも太朗という仲佳より一つ上の孫がいるせいもあるのだが。

だが少し違和感がある。先にひと言あるべきではないのか。

がそこまで神経をめぐらすことができないのがこの病気なのだ、と思い直す。とき子はそれを忘れているのでもなく感謝の気持ちを喪失しているのでもない。常にあれこれがじっぱり頭の中に溜まっていて、溜まっているだけでなくウゴウゴとうごめいているものだからうまく選り出すことができないのだ。そこに思い至ったらモヤが消えた。

「私にもたった一人だけど友達って呼べる人いるよ。中学時代バスケ一緒にやっていた人。その人の父さん、大きくはないけど土建業やってる社長さんなの。エリっていう名前でね、私がとき子だから『エリ』『トキ』って呼び合ってたな。エリ、私より一年早く結婚して子ども二人いる。あっ、三人になっているんだった。この春に生まれたはず。生まれてくる子も男だって言ってたから、彼女三人とも男の子。女の子欲しがって三人目卯産むつもりになったんだけど。長男が仲佳より一つ年長で隼人っていうの。エリったらね、隼人君のお下がり、しょっちゅう届けてくれるのよ。オモチャまでだよ。それにね、私にまで。どう見てもお下がりと見えないような真新しいものだってあるよ。ご主人が大学出て国土交通省だっけ、能代にあるそこの役所に勤めている」

「うん」

エリなら知っている。が黙って聞いている方がよさそうだ。

「でもエリ、四月に新潟市に行っちゃった。ご主人が転勤してしまったから。私の着ているもの、派手だとか高価なものばっかりだとか、陰でコソコソ囁いてるよ。でも着ているものの半分以上エリのお下がり。あとは私が東京で働いてた当時身につけていたものだから。今なんか自分のもの、何にも買えないんだから」

それで分かったことがある。

とき子がここに来るようになったのは飛び入りではなかった。エリから聞いていたのだと思う。彼女からここに行ってみるように勧められたのかもしれない。菱沼エリという、そう言えば出身地がとき子と同じ学区であった。エリは月に一、二度来院していたし、三人目の子どもの名前を雄人と名づけたことも、この子を産む臨月まで来院してくれたものだ。

土建業といっても彼女の父の場合、港湾に特化したもので、かつ特殊な分野で強みを持っているらしい。エリを施術しているとケイタイに北島三郎の着信音が威勢よく鳴り出すことがあった。父からの着メロだという。

「何で北島三郎の着メロなの」

「父さんったら演歌きちがいで、カラオケで歌うのは専ら彼の歌だけ。能代の北島三郎って自分で言いふらしてる。それで着メロに使っているわけ」

エリはそんなことを言っていた。新潟市へ引っ越しするか単身赴任するか、かなり悩んだ。今の公務員アパートは二年前に新築したもので間取りが良く電化も先端をいっている。ところが新潟市のアパートは古くて狭い。それでも家族一緒で引っ越しを決めたのはエリの優しさであったと思う。

「引っ越しを決めた日、母と抱き合ってオイオイ泣いてしまった」

エリが言っていた。両親もエリ夫婦も皆いい人たちなのだ。とき子とは百八十度も違う環境だと言っていい。そうしてエリはずっととき子に寄り添ってくれていたのだ。

「マッサージって鬱病とかにも効果あるんですかね」

エリが新潟市へ引っ越しをするずっと前、こう尋ねたことがあったのを今になって思い出す。マッサージで鬱病は治らない。が自律神経を整えるにはマッサージが一番だと確信している。ホメオスターシス（恒常性維持機能）のためにマッサージが最適であると、いいふりこいてエリを施術しながら得得と話した記憶がある。ここでとき子と二人でエリのあれこれをしゃべり合うと、かえってとき子の気持ちを惨めなものにさせかねない。

（六）

十一月も下旬になると雪が降ってくる。下旬前から降るには降るがすぐ消える。それが下旬ともなるとこれで根雪になるのではないか、と思われるほどの降雪になるし、二日や三日では消えなくなってしまう。

そんな雪の降り積もった日、私はまたしてもとき子から難題を持ち込まれてしまった。

彼女が妹とも可愛がっている姪のともかのことだ。高校三年生の彼女は十月の誕生日で十八歳になった。高校生たちは十八歳で自動車の免許取得の年齢に達する。

高校を卒業してすぐ就職する生徒たちにとって自動車免許取得は不可欠である。

「ともかの母親、仙台市にいるんだべ。何とかならないのかそっちで」

とき子がうち沈んだ声音でひとしきり言ってから私は言った。何ともならないからここで言っているのは知っている。それにしたって三十万円を超える自動車学校の費用をまるまる私が負担するのは乗れない相談だ。まさかとき子も私をあてにして言っているとは思わないけれど。

私の頭はもう先回りして赤信号を点滅させている。

「恥ずかしいからこれだけは言えないと思ってたけど、言っちゃうね」

とき子がこんな前置きをして話し出したのは姉、たえ子の不祥事であった。

たえ子が仙台市でちゃんとした仕事をしているのかどうか、とき子には分からない。しばしば能代市に出てきているらしく、「姉さんと会った」などと言われることがある。

秋の初めごろ、とき子のケイタイに見知らぬ男から電話がかかってきた。たえ子がラブホテルで財布を盗んだという。男は盗まれた金や迷惑料を払ってくれるなら警察に訴えない、と言っている。たえ子からそちらに知らせてほしい、と言われた。姉のたえ子とはここ数年、ケイタイのやり取りはしていないのだが、姉のケイタイにはまだ番号が残されていた。

男の声は優しい。だがそれは本物ではない。カン高で薄っぺら、頼りない男の見本。それと見てたえ子が引っかけたのだろうけれど、男は恥も外聞も持ち合わせていない手合いなのだ。こじらせるとこの手の男は簡単に出るところに出るか、さもなくば暴力沙汰に出る。

男の話によるとスナックで彼を誘ったのはたえ子の方であった。ラブホテルで男がシャワーを浴びている隙に彼女はスーツから財布を抜き取って逃げた。その前、たえ子は酔っ払い運転で免許証を剥奪されているから、ホテルからは徒歩で逃げたのだろう。財布には十万円ほど入っていた。これに迷惑量として十万円を加算してくれるなら告訴はしない。男はこう言った。とき子は祖父が癌で入院した、とパート先のブランチ「風の松原」に嘘をついて金を借りることができた。

ブランチ「風の松原」でとき子は次第に自分の位置を安定させつつあった。

お惣菜作りや売り場とかでなく、専ら配達をやっているのだが、とき子が配達するようになってから目に見えて注文が多くなっていった。それに銀行の用事まで頼まれるようになったところをみると、店長からも信用を得るようにもなっていたと思われる。それと反比例してパートの同僚たちから嫌がらせめいた仕打ちを受けるようになってきている、というのもあながちとき子の被害妄想でもないだろう。

コンビニや旗振り、その他この地でパートの職につくなら、彼女は他の誰より飛びぬけて美人で垢抜けているのは間違いない。従業員と客の目、それに雇い人の三角形の中に立たされていながら神経を病むなと言っても所詮無理というものだ、とりわけとき子には。

しかし今はどんなことがあっても仕事は辞められない。彼女にそうした決意が備わってきていると、私は感じ取っている。精神的セーフティネットの一端を私が担っている、としたら嬉しいことではあるけれど思い上がりか。だとしたらとき子に甘いというより自分に甘いことになる。

「ともか、どんな男性とつき合っているんだい。中学生当時の同級生とか、高校で知り合った先輩とか」

「先輩だかどうかしらないけど、二十三歳の社会人だって。医療検査技師とかって言ってたな。どこの病院だか言わなかった。結婚している姉が一人いるんだって。両親と三人暮らしだってたな」

「向こうの両親、ともかのごど、どこまで知ってるんだ」

「知らないじゃないの。ともか、どうやら本気で好きになっているらしいから、かえって何も言えないいじゃないの。確かめたわけじゃないけど。母親のことも言えないし、父親だって知らないんだから、当たり前だよね」

自動車学校の費用、交際している男性から借りることができないか、と言うつもりでさぐりを入れてみたのだが、ここは閉ざされてしまった。二人の交際は長く続かないだろうと思う。ちゃらちゃらした若者ではないようだ。のみならず職業もしっかりしている。

それ故自分の出自について、ともかはひた隠しに隠すしかない、と思っているに相違ない。だが遅かれ早かれ知れることになる。そうなったら破綻する。それで私は追い詰められた。追い詰めたのはとき子でなくて自分その一によってのことだ。だがおいそれと引き受けるわけにはいかない。何たって三十万円を超える額なのだ。それに、とき子でなく姪のことではないか。

「正月が過ぎればすぐ卒業の心配しなくちゃいけなくなるよね。あれこれとかかるだろうな、これからは。卒業式が三月一日だし。それまで免許取っておかないと。就職したらすぐ車運転しなければならないだろうし。だとしたら今すぐジシャガに行かないと」

自分その一にとき子まで加勢してきたようだ。

「ともか、一応母子家庭だから、就学補助みたいなもの支給されてないのが」

前から聞こうと思っていたことを思い出して言う。

「あるよ。でも母親の口座に振り込まれているからみんなあいつに使われてしまってる。一銭も受け取れないでいるよ。市役所にも行ったし学校にもお願いに行った。ダメなんだって。母親の承諾がないかぎり、役場として勝手に変更することできない仕組みになってるから。役所っていくらお願いしてもダメなものは絶対ダメ。ともかからあいつにケイタイさせたんだけど相手にされなかったって。逆にこんな事件起こしてるんだから。警察沙汰になって表面化したらともかの就職にも差し障りになるし。卒業前の一番大事なときだっていうのに」

とき子が来院するようになって半年そこそこだというのに、私は彼女に情を寄せるようになってきていた。不幸な人間に不幸はどこまでもつきまとう。

とき子もだし久恵だってそうだ。それ等を私一人の力でどうこうすることは不可能に近い。

その日、とき子から治療代をもらわないで帰した。

三千円をもらったのは一度目だけ。二度目はゼロであった。次からは千円だけはもらうことにしていたのである。タダにしてやってもよかったものの、彼女の総てをとことん信頼できないような不信を払拭しきれないでいたのである。そんなに金が無かったらもっと間隔を置いて来院してもいいじゃないか。これが第一の不信になっていた。

だが彼女は苦しかったのだと思う。何もかも彼女一人の肩に被さってきながら誰にどう頼ることも、話を聞いてもらうことさえできないできていたのだ。それで鬱になったのか、鬱があったからそうなったのか。どっちだって同じこと、来院して私を知られてしまったのが運のつきであった。それでもその日は治療代をもらわないだけで帰し、ともかの自動車学校の費用については触れないで済ませることができた。

とは言え、追い詰められてしまったという感覚がずっと尾を引くはずではあった。

明日から十二月になるという日、珍しく朝九時にお客が入った。十時半には終わる。それまで次の客から電話が入って欲しい。そう思っていたらルルルルと電話が鳴るではないか。グッドタイミング。コール音が二度目の途中で受話器を取ったらとき子であった。

「しょうがねえな」

耳に当ててそう思い、受話器を置いてまた思う。しょうがないじゃないか。断れないのだから。

すると受話器を置いたのを待っていたタイミングでまたルルと鳴る。十時過ぎに病院から出られるので、午前中にお願いしたいという。月に一度、県境の向こう、岩崎村からここの総合病院に通院している建築会社社長であった。私も残念至極だが彼も残念そうであった。

タッチの差でタダの客を受け入れ、三千円の客を断ってしまった。

「お邪魔虫めが」

損益分岐点スレスレなものだから、こんなときつい声に出してしまう。それにしてもいまいましいとき子めが、とまた思う。

「ともか、期末テスト終わったらすぐ〈ジシャガ〉に行くことに決めてきたんだって。どうするつもりなんだか。もう知らない」

マッサージの体位、治療台に右を上にして横になり、後頭部と頚部が終わるまでとき子は口を開かないでいた。この部位を施術すると頭が揺れるので話しがしにくい。そこを終えて肩背部に移ったところでとき子が言った。〈ジシャガ〉とは自動車学校を縮めて言うのだそうだ。この前とき子から解説されて初めて知った。

「交際している男から借りるつもりでないのか」

「そうしてほしいって言ってみたんだけどダメだって絶対」

こうして沈黙のままマッサージを続けた。自動車学校は入学手続きと同時に金を納めなくてもいいのだろうか。三十数万円という高額だし、卒業をひかえた高校生たちが重要なターゲットになっているのだから、月賦とかもありなのか。まさか就職後の出世払いはないと思うのだが。聞いたところでとき子も分からないだろう。がここまで悩みきっているのは何とかしてやらなければ、と思いあぐねているせいだ。

結局とき子はマッサージが終わるまでのほぼ一時間半、ほとんど何も言わないで過ごした。それればかりか溜息すらしないのだ。反対向いてとか、腰の力抜いて、など指示するとようやく聞き取れるほどの無声音で「うん」と言うだけであった。

家でも眠れず、ご飯もほとんど食べていないだろう。ブランチ「風の松原」でも一人ぼっちでいるだろう。ここに来て話してみたところで親切に対応してくれるとは言え、結局は他人なのだ。こうして治療代を安くしてもらったりただにしてもらっているだけでもありがたいと思わなくては。とき子が思いを巡らしているとすればそんなところか。

いやいや、それはこちらの思い上がり。何をどう考えればいいのか、思考をめぐらすエネルギーが消耗しきっているに相違ない。車をぶっつけたとき、私から七万円を借りたことすら今は失念しているらしいのだ。難問が次々と押し寄せて来る。健常者なら処理できるだろうけれど、とき子の脳はすでにオーバーヒート状態になってしまっている。

外目にはただの沈黙にしか届かないものだから。とき子は今鬱症状を悪化させている。

「じゃあな、明日の昼休み、俺を銀行に連れて行ってくれ。通帳から三十五万円引き下してともかに貸してやるごどにするがら。ともかが就職したら月々なんぼでもいいがらローンで返してければいいごどだ」

「えーっ、先生。そこまでお願いできないよ。いくら何でもそんな」

とき子が言った。この前、車をぶっつけた七万円、あのときのとき子は言葉とは裏腹に安堵したのが見て取れた。こちらのうがち心があったけれど。だが今回はそうではない。思考力が沈滞しているというか、それを司る脳の部分にエネルギーが十分届いていないというか。

事態を把握して判断できる態勢になっていない、と精神科医モドキになって診断している。

もしかして柳の下にいる二匹目のドジョウをものにすることができればいいな。でも二匹目は一匹目より数倍デッカイからなあ。こんなことをたくらむほどとき子はスレてはいない。逆だ。七万円を借りていながら、その上いくら何でも借りることなどできないよ。三十数万円だもの。こんな思考すら今はまとまらないはずだ。可哀想だと思う。

こうした推測はもしかしてとき子への肩入れがあるかもしれぬのだが。鬱病に限らず、統合失調症も不安神経症も、医師の指示通り薬を服用していてもコントロールされるものではない。環境の整備こそ改善の必須条件であること、私は妻の和香子から実地に学んでいる。

「問題が解決しない限り、あんたの常態は改善しないど思う。食べれないで眠れないで、じきに仕事に出られなくなりかねないがら。仲佳君だってママの顔、オロオロして見てるんじゃないのか。それにともか、ジシャガの費用稼ぎのために思い切った行動に出ないとも限らない、と俺は思うよ。どんな子か、会ったごどないけど、今どきのワラシだがら」

こうなったら援交でもやってジシャガ代三十数万円を稼ぐ挙に出てやる。すでに男性を体験しているのだ。援交を実践しているクラスメートだっているはずだ。

ともかがそうなったらとき子は挫折し、立ち直れなくなってしまいかねない。

「………」

とき子は黙っていた。身動きする気配すらない。ドロンとした感情の中、おいそれと思考が立ち上がれないでいるのだろう。妻和香子もスランプに陥ってしまうとそうなる。

「いいがら明日の昼休み、ここさ来るようにな」

「昼休み………。配達ある。二時過ぎなら」

とき子がようやく聞き取れる声で言った。言ったけれどそれはただ時間の都合について述べたまでのことであって、借りるのを受け入れるとも受け入れないとも、あるいはどうしようかなどと心を揺り動かしているのでもない。機械的に返事を返したに過ぎない。でなければいくらとき子であってももっと強いリアクションがあるはずだ。七万円のときだってそうであった。

今度は三十万円ではないか。いずれ思考は徐々に繋がっていくだろうけれど。

ブランチ「風の松原」の昼は忙しい。とき子は十一時前あたりから配達に出て、一時過ぎまで続く。それから銀行に行かされることもある、と言っていたのを思い出した。明日は休みでないのだ。

とき子が帰ってから私は数え切れないほどの溜息をついた。今さら取り返しがつかない。こんなこと、誰に打ち明けたところで笑われるだけだ。笑われて済むならともかく、とき子とやらに手を出す下心ありありじゃないか、とあらぬ腹を疑われるのが関の山だ。

とき子は誰が見たって若くて美人、プロポーションも。男を魅了するオーラを放っているのだ。

それだから周囲の全てに極秘扱いしなければならないし、むろん妻にも。疑われて弁明でもしようものなら火に油を注ぐだけだ。先の七万円だって誰にも言っていない。そればかりか、千円とかただで治療していることも言っていないし、とき子なる鬱病患者が通院していることとさえ話していないのだ。

（七）

妻の和香子四十六歳。

私が六十歳になる三年前に結婚した二度目の妻。年齢が十九歳も離れていて先天の全盲、プラスして不安神経症も持ち合わせているものの、彼女は能代市内にある実家に治療院を併設していて、私の治療院とは七百メートルほど離れている。二人は居住地から二十数キロを通勤している。送迎をしてくれているのが四十一歳になる統合失調症の青年である。この年齢で青年というのもおかしなことだが、私から見れば青年としか言いようがない。

彼、工藤義和は私の長男と高校の同級生である。開業して間もなく来院していたから、かれこれ十八年ほどのつき合いになっている。仕事はしていなかった。それで治療代は千円とか五百円、あるいはゼロで続けたのだが、そうした第一号が義和であったはずだ。

彼が初めて来院した日のことを今でも鮮明に記憶している。車を走らせているとしばしば猫や狸の轢死体に遭遇する。全ての車は避けて通るか、スピードにまかせて轢いていく。が工藤義和にはそれができない。彼は車を道端に停車させ、引き返して轢死体を道路下の叢に包むようにして置いてくるのだ。そんな人ほど心に病を育ててしまうのかもしれない。医学的にそれが正解か否か私には分からない、がそうだと思っている。

工藤義和はずっと来院していたが、七，八年ほど経過したころ、パッタリと来なくなってしまった。それが三年前突然現れた。それも妻なる女性を連れてのことであったから驚いた。

二人とも統合失調症で、患者サロンで知り合ったとの由。

義和が運転免許を交付されるにあたり、彼の母が警察に呼び出されてあれこれ注意された中、とりわけ念を押されたのが第三者を同乗させないように、ということであった。

が彼はここまで無事故無違反を継続してきている。それで送迎をしてもらうことにした。足かけ三年、無事故無違反を継続している。朝夕の送迎代七万円、前任者と同額を支払っている。いったいどうしてこうも私は精神を病む人たちを引き込んでしまうのか。

妻の和香子ともあれこれあったが、ここにきてようやく落ち着いている。私が原因を作って彼女を不安定にしてはならない。これはもう至上命題だ。結婚して今が一番に落ち着いている。二人はそれぞれのお客というか、患者についてしばしば意見交換をしている。

それだから常連客の状況はほとんど共有していると言っていい。

来院者は和香子の方が圧倒的に多い。女性だからである。男性に治療してもらいたくない女性は少なからずいる。女性に治療してもらいたい男性もまた少なからずいるものだ。

わけても和香子は盲学校当時成績が良くて美人であったそうな。

彼女は小、中学部から高等部、保健理療専攻科と、十五年間の全てを盲学校とそこの寄宿舎で過ごしてきた。彼女が卒業して六年後、私は中途視覚障害者として保健理療専攻科に入学して寄宿舎生活をしたのだが、そのころですら彼女の秀才と美貌ぶりが噂として語り継がれていた。

むろん六年という年月で噂は肥大化していったことは否めない。

ここで少しばかり盲学校を解説しておく。鍼灸あんまマッサージを教えている保健理療科、彼等教師のほぼ全てが全盲かそれに近い視覚障害者である。そうして彼等に比較的視力のある助手がついていて、実技授業は二人がペアで当たるのが普通である。

そうしてまた、彼等の大半が盲学校卒業生で占められている。

生徒たちも和香子のように小学部から中学、高等部、保健理療科まで持ち上がっていくのが過半を占めているから、六年前どころか、十年前のお兄さんお姉さんを知っていることになる。

それだから良きにつけ悪しきにつけ、噂は継承されていくことになる。だが噂に乗せられて彼女と再婚したのではないことも明記しておかねばならない。

私の治療院に週刊誌を届けてくれている野口弥太郎、彼は初め妻和香子のお客さんであったが彼の妻が和香子に通院するようになったら私の方に変えたのである。

「野口さん、私が車から下りようとしたらいきなり抱っこして玄関まで運ばれてしまった」

ある日和香子がこう言ったことがある。何かの用事で車に乗せてもらわなければならなかったのだろう。問い質そうかと思ったものの躊躇してしまった。

それだけのことだし、私は彼を憎めないでいる。

「ここ揉んでくれ」

和香子の男性客がブリーフ一枚になって治療台に横臥してこう言う人も希にだが現れる。さすがこれは極端過ぎるが、やたらと物をくれたがる男性客も少なからずいる。それより彼女を悩ませるのはプライベートな話しを好む客である。

和香子はお客さんが不愉快あるいは機嫌を損ねることを極端に恐れている。それで必死になって話を合わせる努力をする。それも必死さを見破られないようさりげなく、冗談まじりにかつ明るく応対する。それで来院者の全てが彼女を聡明で明るい性格の人だと誤解してしまう。するとそれを維持するためもっと努力しなければならなくなる。そうして疲れる。

とき子について、私は妻の和香子に話さないでいるのは下心があってのことではない。言いそびれてしまっているうち、金を貸したことでいよいよ言いにくくなってしまったのである。

三十五万円を貸してしまった今、もはや弁明の余地はない。

三十五万円は姪のともかに貸した、ことになっている。

あのとき、よっぽどともかを治療院に連れてきてもらって直接渡した上で返済方法など約束させようかと考えたがやめた。惨めな思いはとき子だけで沢山なのだ。とき子だってそう思っているだろうし、仮にそれを告げたらとき子は断っていたと思う。彼女が断らなくても、姪のともかだってそんな恩着せがましいことなら嫌だと断っていたことだろう。

それでともかが就職した段階で月々三千円とか五千円とか、都合のつく額を返してもらうこと、かなり厳しい口調でとき子に言うだけにしておいた。そう言い渡すことで、とき子も姪のともかも金を受け取りやすくするための方便であった。

貸す方がここまで配慮しなければならないのは彼女が鬱病であるから。

ともかが卒業と同時に就職できたにしてもすぐ車を買わなければならないのだ。たぶん軽乗用車、それも中古になるとは思う。それとて五、六十万円で手に入るとは考えにくい。

軽乗用車の需要が高まっていて入手が困難になっている、とラジオが言っていた。

よもやその金までこちらに振られるとは思わないのだが。けれどローンにしろ私への返金は危うい。都会はともかく、東北の田舎での初任給は最低賃金そのものだ。車のローンを払い、頭金だって別口で借金していることだろう。そこにプラスして私に向ける余裕などあるはずがないのだ。それだから決意の段階ですでに諦めていたことではある。

私にそこまで他人の世話をする経済的ゆとりがあるのか、と問われれば返答に困る。あるようなないような。四十二歳まで公務員として働いていたからその分の共済年金がある。定年前の自己都合による退職であったから支給額はさして多くない。これに手をつけないで生活費を治療院で賄わなければならない。ようやくのことでこれが達せられている。なら年金は順調に積み重ねられているか、といえばそうでもないのだ。

三人の子どもたちの援助や不祥事もあった。中古で買った住宅のメンテナンスもあった。

妻和香子にしても私より数段稼ぎが多いものの、こちらはこちらで実家の援助その他、思いがけない支出を余儀なくされている。全くもって、二人ともやれやれこれからは臨時出費はないだろう、とホッとするのを見透かしているタイミングで予期しないアクシデントに取り込まれてしまうのだ。

和香子にはせっせと貯蓄をさせなければならない。

年齢差十九年、私がいなくなって二十年余、女性の平均寿命を考慮するなら二十八年というところか。彼女は一人で生きていかなければならない。その分を経済的に担保できる額を二人で蓄えなければならないのだ。彼女と結婚するにあたり、私はこれを決意した。

ことわっておくが私は和香子のために結婚をしたのではない。自分のためだ。

和香子が現れてくれたおかげで私は助けられたのだ。離婚して二年余という短い時間だけで、私は自分を喪失してしまっていた。孤立とは恐ろしいものだ。あのままだと何か突拍子もない事件を起こしていたに相違ない。いや、事実は起こしつつあったのだ。四捨五入するなら六十歳。それに全盲になっていた、この状況での離婚は例えるなら宇宙へ飛び出すロケットが地球の引力から離脱するに匹敵するエネルギーが求められる。

「あなたなら一人になっても何でもできます」

土壇場になっても大気圏脱出エネルギーを充填できなかったものだから、妻が一人でいる時間帯を見計らって数ヵ月ぶりに玄関を跨いだ。

「もう一度やり直してみたい」

あれを蚊の鳴く声と言うのだろう。妻と向かい合って最初にこれを言い、そうしてとどめを刺された。玄関で靴を履いて立ち上がろうとして不覚にもよろめいてしまった。

背後で妻が「ああっ」と声を漏らしたが、それに続く言葉は玄関を出て通路を曲がってもついに出てくることはなかった。

徒歩二十分ほどの道のり。白杖を突きながら治療院に戻る道すがら、ロケットへの燃料充填は完了した。数日をおいて離婚という大気圏を脱出するロケットに私自身が点火した。エネルギーはこれで使い果たされてしまい、二年余を迷走することとなった。

ここにエネルギーを充填してくれたのが和香子であった。

「俺がとことん守ってみせる」

これが一気にエネルギーを充填させた。あのころ和香子が鬱病を悪化させて実家に戻ってきている、という噂が聞こえてきたのはまさしく天佑であった。

彼女の老後は福祉施設には無理がある、と思っている。不安神経症は集団生活に耐えられないのだ。ここまで一緒に暮らしてきてその思いを強くしている。

アパートも無理だろう。私が働ける限界、八十歳前までに中古で高気密住宅を確保しなければならない。高気密住宅ならオール電化で石油ストーブもガスコンロも不要である。和香子は火を使うことができない。たぶん訓練しても乗り越えられないだろう。こうした住宅に住まわせ、週二、三度訪問介護で何とか自活していくようにさせたい。

プラスして心の許せる友人を数人確保しなければならないのだが、彼女にはこれが難しい。目標はともかく、私が八十歳まで働き続けることが可能かどうかはむろん未知数だ。

和香子もいつまで働き続けられるか、これも未知数だ。なら今のうちに何ぼでも貯蓄しなければならないのに。そこまで分かっていながら、赤の他人のとき子にこんなことをしているとは何たることか。そこで私は頭を掻きむしる。

（八）

治療院にいると季節感に乏しくなる。

マッサージを施術するためにはなるべくお客さんに薄着になってもらわなければならない。それで室内の温度を概ね二十五，六度ほどに保つ必要がある。暖房は冬だけでなく、梅雨時など肌寒い日は軽く回さなければならないし、翌日暑くなると一転冷房に切り替えなければならないこともある。秋も晩秋を待たず暖房を入れたり、冷房に切り替えたりで冷暖房なしの期間は少ない。そうした中にいると季節感が乏しくなる。全盲だから窓外から季節の変化を見届けることもできないし。

そればかりでないが私は季節感を獲得するため、自宅のさして広くもない敷地のスペースに木や草花を植えたり鉢植えを置いたりしていて、それ等を治療院に持ち込んでいる。

春、庭の雪解けと同時に咲くのがクロッカス、これが咲き終わるのを見据えてからロウバイの芳香が開花を伝えてくれる。そうしてスイセン、レンギョウと続き、チューリップ、ジンチョウゲ。そうして次々と秋まで。なるべく香りを発するものにするよう心がけている。ヤマユリは芳香という域を超えて強烈だが、国有林で働いていたものだから特別な愛着がある。

ラジオを聴いていて気がついたことがある。こうした草木の花たち、春夏に咲くものは関東以南にほぼ一ヵ月遅れで咲くのだが、秋咲きは逆に一週間から二週間ほどこちらが早いのだ。ススキも彼岸花もだし、キンモクセイもそうである。それでなのかどうかは定かでないが、シクラメンは稲の取り入れが終わるか終わらないうち店頭に並んでしまう。が、これだけは雪が降らないと求める気持ちにはなれない。

十二月になると、農業高校の生徒たちが学校で育てたシクラメンやポインセチアなどを売りにくる。シクラメンの赤と白、二鉢で二千円だというので買った。小椋佳が『シクラメンのかほり』を歌っているから鼻をくっつけてもほとんど香りがしない。

二つを待合室のセンターテーブルに並べていたら裏のドアを勢いよく開ける人がいる。

「先生！　とき子。ハタハタ持ってきた！」

私は驚いた。とき子がいつもと別人のような弾んだ声を発しているではないか。

実際、とき子と名乗らなかったら気がつかなかったはずだ。

「おー！　どうした」

私もつい釣られて大きく応える。

「ハタハタ。今朝沢山届けてくれる人いたから。昨日も別の人持ってきてくれた。それで今日の分、全部先生に持ってきちゃった」

とき子がさっきと同じ弾んだ声で言っている。

「とき子……」

不覚にも感情が喉を詰まらせてしまった。

彼女は私を喜ばせようとどれほど沢山なのかは定かでないものの、沢山と言える量のハタハタを勇んで持ってきてくれたのだ。なんぼ心苦しい思いをしていたことか。ハタハタで楽になったのだ。声音がそれを如実に証明している。私は無意識にとき子、と呼び捨てにしていた。

「一昨日からハタハタ、ジャンジャン揚がったんだって。爺さん、海に出られないんだけどね、それでかえってあっちこっちで持ってきてくれる」

季節ハタハタは師走を待って接岸する。海が荒れて海水が攪拌され、水温が低くなると彼等は産卵のため一斉に藻場に押し寄せるのだ。そういえば数日間、天気図が西高東低の冬型になっていて、この冬初めて本格的な寒波が襲来した、とラジオが言っていた。

秋田県人はハタハタが揚がったと聞くと目の色が変わる。

昔は一家で十箱はむろん二十箱も買い込むのが普通であった。これを塩漬けにし、春先まで食べさせられた苦い経験は私ほどの年代の人なら誰にだってある。むろん今は大量に買い込むことはないのだが、それでもショッツル鍋物や飯寿司に漬け込んで正月に備えたり、冷凍保存するなど、他の魚たちより大量に消費するのである。

「どれどれ」

「ほら、これ」

私が土間に下りると、とき子が手を取って導く。

「おっ、おーっ、何だこれ」

レジ袋とか発泡スチロールトレーなどではない。肩にかけて担ぐための幅広いバンドがついている大きい容器で、高さが私の膝に届くほどある。両手で持ち上げようとしたら重いではないか。腰を落としてヘソに力を入れなければならないくらいだ。

「おーっ。これ全部ハタハタだか、とき子」

「うん、多いかな」

私が驚きすぎたせいでとき子は不安になったらしい。

「何キロあるんだ」

「二十キロまではないと言ってたな。でも選別してないから大小バラバラでオスが多いよ」

ハタハタのメスはブリコと呼ばれる抱卵しているものがオスより大きく、値段も数倍高い。

とき子は私の気遣いを和らげるために弁解めいた言い方をしているのだ。

「じゃあ、せっかくだがらもらっておぐよ。ありがとうとき子。和香子の実家とか娘たぢどか運転手にも分げであげるごどにする。ありがとうな」

「うん、よかった」

とき子は心底安心した口調で言った。心の荷を軽くすることができたのだ。

「休みならマッサージしてあげようか。午前中予約入ってないがら」

「うん、そうしたいけど仲佳が昨日から熱出して。一人で寝かせてるから、すぐ帰る」

「そうが。じゃあ早ぐ帰ってあげた方がいい。俺も一度仲佳君に会ってみたいな」

「うん。そのうち連れて来るね」

とき子はやはり弾んだままの声で言い、帰っていった。三十五万円、やってよかったなあ、としみじみ思ってしまう。そこで私は苦笑する。

数日後の日曜日、とき子は息子の仲佳を連れて来た。

その日はこの季節めったにない快晴で、朝から風がどっちの方向から吹いてきているのか今朝家を出るときも分からなかったし、能代の治療院に着いたときも同様であった。その分放射冷却のせいで世界はコチコチに凍結し、日陰で渇きの悪い路面は鏡状態になっていた。

こんな道だと送迎を頼んでいる工藤義和は極端に緊張して、ふだんの無駄口を発することもできないでいる。それで今朝は助手席に妻の裕美を乗せてきた。

到着したのが昨日より十分も遅れている。冬道で三十分ほどなのに四十分なのだ。

「こんにちはー」

一人の治療を終えて十数分、十一時を過ぎたころ、玄関を開けて子どもの声がした。開けたのはとき子で声は仲佳のものだ。「元気よくこんにちはー、て言うんだよ」。たぶんそんなことを言われながら玄関先に立ったのだろう。

「おー、仲佳君か。こんにちはー」

「先生」

とき子はそれだけ言ってから仲佳に小声で何事かを指示している。靴の脱ぎ方とか揃え方などだろうか。とき子の声はこの前ハタハタを持って来てくれたときほど弾んではいないものの、いつもの鼓膜を鋭角に突いてくるのとは大違い、ママの声音そのものになっている。

「仲佳君か。どれどれ」

とき子が息子の仲佳を前に押し出してくれたので手を伸ばして頭に触れ、それから両手を肩に乗せ、両脇に手を差し込んで一気に持ち上げた。

私の孫、太朗より一歳弱少ないと聞いている。幼児の一年の時間差は明確に察知できるものだ。

「丈夫で元気そうだな、仲佳君」

仲佳が体を強張らせているのが伝わってくる。

「仲佳、『はい』は」

とき子がママになりきった口調になっている。

「はい」

仲佳が少し間を置いて小さな声でようやく言った。治療院には忘れたころの間隔で幼児を連れた母親が来院することがある。こうした幼児のために冷蔵庫のフリーザーに一箱十二個入りでスティックのついたアイスを保管している。治療室は冬でも二十五，六度を保っているので、口に入れてもこれで寒くなることはない。仲佳にもこれを渡したのだが、とき子は「ありがとうは」とまたママの口調で言う。いい母親になっている。私の気持ちが和らぐ。

仲佳は慣れてくるにつれ、「ママ、これは」などと治療室のあれこれに興味を示して質問するようになっていった。オートクレーブ、これは鍼や容器などを高圧滅菌するものだが、幼児に説明するのは困難だ。用具収納ケースの蛍光灯は紫外線だから発している色が違う。

これも説明は難しい。治療台を上下させるペダルを交互に踏みながら、仲佳はとき子を振り返ってニタリと笑みを浮かべる。いたずらを自覚しているのだ。こんな仕草、見えなくたって空気を伝って手に取るように分かる。ようやくこの場に慣れてきたらしい。

「ママ、この人お医者さん？」

いたずらをやめた幼児がママの耳に囁いているのがちゃんと分かっているのだ。とき子はマッサージをうまく説明できないでいる。それも私に聞こえているのだ。それからこうも言っていた。

「ママこの人、ほんとうに目が見えないの？」

とき子がとつとつと説明している。これも難しい質問だ。

ここに来る途中、車の中で教えてきたのかもしれない。ちょうど一年前、孫の太朗が母親である娘と一緒に治療院に来たときのことである。

「ねえ洋一郎爺さん、目が見えないの。どうして目が見えないの。ねえ洋一郎爺さん」

太朗は治療室に入ってくるなり、まるでオロオロとこればかりを繰り返して白衣の裾を引っ張っていた。ここに来る車の中、娘が初めてそのことを教えたに相違ない。孫の太朗が遊びに来る度、私は鬼ごっこやかくれんぼの相手をさせられていたのだが、目が見えないことをいつかは説明しなければならないと思いながらついつい先延ばしにしていたのだ。目が見えないことをおぼろ気に理解した太朗にとって、これは大きな衝撃であったろう。

以来、孫の太朗は私が目の見えないことについて一切触れたことがない。

「仲佳君はママが好きか」

私の方から話題を変えてやる。

「うん」

「ママのどこが一番好きかな」

「目だよ」

「ほほう。ママの目大きいか」

「大きいよ」

「そうか、ママの目、大きいんだ」

「うん」

仲佳は満足気たっぷりに肯定した。とき子の目は大きくて澄んでいる。濁ることができないから心を病んでしまうのだ。仲佳と私の会話をとき子はまるで音を感じさせないで聞いていた。涙ぐんでいるのだろうか。私も声をかけることはしない。

「よし、じゃあ仲佳君にマッサージしてあげよう」

私はそう言って椅子を立ち、仲佳の肩を治療台に導いた。医者ではないにしても白衣を着ている。治療台にも白いカバーをしている。周囲の壁もカーテンも白で統一されている。

仲佳の足に抵抗がかかった。足だけでなく体が緊張しているのが分かる。それでも抱っこして治療台に仰向けに寝かせた。

「ママ」

「大丈夫、気持ちいいよ、やってもらって」

とき子が私の横に並び、怯えている息子の仲佳にママそのものの優しい声音で囁くように言った。

孫の太朗はベッドに寝かせるだけで体をくねらせながらくすぐったそうな笑いをする。太朗にとってマッサージイコールくすぐりなのだ。くすぐってもらいたい。耐えられないほどくすぐったいけれど。予知していながらそれ故にやってもらいたいのだ。それだから私がどこに触れても瞬間にクックックッとけたたましく笑いながら暴れる。にもかかわらず、太朗は治療院に来ると必ず「マッサージして」と言うなり治療台に飛び乗って仰向けになるのであった。

「よし、じゃあうつ伏せにして足だけマッサージしてあげよう」

唯一耐えられるのは膝から下、ふくらはぎくらいのものでしかない。これは孫の太朗によって証明済みである。仲佳のふくらはぎにゆるゆると掌をあてがってみる。

緊張のせいか硬い。それにしてもこれは硬すぎるではないか。

「あああっ」

私は不覚にも声を発してしまった。こんなに硬いふくらはぎに触れるのは二度目のことであった。

「何、先生」

とき子が横から不思議そうに問う。

「いや、ちょっと硬ぐなってるもんで。よっぽど緊張してるのがな仲佳君は」

そう言いながら私は心の中で茫然自失であった。しかしもう平常を装うことができそうにない。

緊張程度で硬くなる領域をはるかに超えていて、これは固縮と言っていい。

「仲佳君、かけっこで走って転ぶごと多くないかい?」

「転ぶよボク。それでビリになることあるよ」

「先生どうして分かるの」

とき子が少し心配を滲ませた声で問うた。思い当たるふしがあるのかもしれぬ。

「ふくらはぎが硬くなっている子は転びやすいんだ」

言いながら両方のふくらはぎをゆるゆるとした動作でさすり続ける。

間違いない。告げなければならない心の準備をしなければ、と思う。

「パパも走るのが苦手で運動会ではずっとビリで通してたんだって。仲佳もパパに似てしまったんだよね」

とき子が普通の声に戻って言っている。

「運動会でなくってもちょっと走るだけで転んだりはしないのか、仲佳君」

「それはまだ子どもだから。私だって転んでいたよ、仲佳みたいなころ」

とき子が仲佳をかばう口調で言った。

治療院を開業して二年ほど過ぎたとき、仲佳と同じくらいの幼児を連れた母親が来院したことがある。母親は三十歳になったかならないかくらいであった。幼児は運動会ばかりでなく、軽く走るだけで頻繁に転ぶので心配になって小児科を訪ねた。すると医師は夫婦二人で幼児を大学病院で診察してもらうように指示した。必ず夫婦で行くように、と何度も念を押された。大学病院での結果、進行性筋ジストロフィー症デュシャンヌ型があっさりと告知されてしまった。

「もし鍼とか東洋医学的な治療で効果があればと思いまして……」

母親がかすれたような声で言った。大学病院で詳しく説明され、それでも夫婦でかたっぱしから書籍を漁り、インターネットを駆使して調べたに相違ない。この病気に限っていうなら夫婦は専門医並みとはいかないまでも、町医者並みの知識を得ているはずである。にもかかわらず、藁にもすがる思いで治療院を訪ねたのだと思われる。

もし希望するなら毎日通院させ、鍼とマッサージを試みたい気持ちはあったが、その程度で進行を遅らせることができるとは思えない。

それで母親に股関節から膝、ふくらはぎ、アキレス腱まで一日二度か三度軽くマッサージをしてから、手を繋いでなるべく歩くようにしたらどうか、とアドバイスし、その要領を子どもでなくて母親を治療台に載せ、その部位をマッサージしてみせた。

母子がその後どうしているか、気になっていたがそれっきりで終わっている。

とき子、謙吾夫婦がこの難病にどう向き合えるか、暗澹としてしまう。あのときの母親からは明確に知性を感じ取ることができたから、しっかりした夫婦であると思われる。とき子、謙吾夫婦に進行性筋ジストロフィー症と言っても分らないだろう。下手に告げて鬱病を昂進させてしまったら。

もたもたと逡巡しながら私の掌は大腿後側からアキレス腱までなぞることを繰り返している。心では決意しても第一声を発することができない。私はもう一度仲佳のふくらはぎを確認する。

「お母さんも触ってみないが」

「嫌だ！」

間髪をいれずとき子が鋭く言った。私が逡巡しているうち、彼女は不安を増大させていったのだ。

「この子、何かふくらはぎが硬いみたい」

仲佳と一緒に入浴して体を洗ってあげたとき、そう感じたことがあったかもしれない。が時間の経過に連れてそれ自体になじんでしまっていた。それが今思い起こされたのかもしれない。

「仲佳君、進行性筋ジストロフィー症がもしれない。難病の一つになっている。だがなるべく早ぐ大学病院に連れて行ってけれ。でなければ小児科医院でもいいがら」

「難病？　先生にどうして分かるのよ。足に触れただけで」

低くあからさまに疑念を強調させる言い方であった。医者でない私にそんなことまで分かるはずがない。押しつぶされそうな不安を私への疑念にすり替えた。

「ママ、ボク転ばないようにするよ。ちゃんと走れるよボク」

仲佳が仰向けに寝たままとき子を凝視して言った。

幼児であっても、というより雑念が伴わない分、大人たちの心理をレントゲンできるものだが大人たちは理解できないものと決めつけている。

「………」

「ああそうだよ。仲佳君はちゃんと走れるよ。ちょっと注意すれば大丈夫だよな」

リアクションを起こせないでいるとき子に代って私がフォローしてやる。仲佳はこの先、転ばないように細心の注意をはらって走ることだろう。ママを心配させないために絶対に転んではならないのだ。とき子はともかく能代総合病院小児科に連れていくことだけは約束した。

夫謙吾も同行してくれるかどうかは分からない。分からないがとき子だけで連れていくだろう。

とき子が来院したのは年の瀬が押し迫ってからのことである。能代総合病院では、やはり両親で仲佳を大学病院に連れていくようにと厳命されたという。

そうしてこの病気が確定された。大学病院では二人にも理解できるように説明してくれたらしい。とき子があれこれと補足する説明を私に求めようとしないことから判断できる。

「とにかく大学病院の言うとおりにして、それから市の福祉事務所とも連絡つけで仲佳君のために夫婦して努力しなければな」

「うん」

このときのとき子の声は力のないものではあったが素直に頷いてくれた。

彼女なりに、徐々に事態を受け入れつつあるのだろう。このまま強くなっていってほしい、と強く思う。思うしかできないのだ。この先、とき子仲佳母子をどう支えていったらいいのか、支え続けることができるのか、まるで検討がつかない。

「先生」

「えっ」

とき子がさっきと同じ口調で言い、釣られて私も同じ口調で応える。

「仲佳、本当にそうなるの。だって元気だし、保育所にも元気に行ってるよ。『今日転んだ』って聞いても、あれからまだ一度しか転んでいないんだよ。保育所の先生にも聞いてみてるから本当だよ。不安そうな顔していているとすぐ気がつかれてしまうよ」

「ああ。でもちゃんと見守ってあげで、仲佳君を支えでいげるのは何たってママとパパなんだがらなあ」

「うん」

とき子が言った。まるで素直、しんみりとした口調で。

こうして徐々に心の準備を整えていってほしい。

保育所の子どもたちは走りまくっている。仲佳はなんぼ転ばないことに神経を集中して走っていることか。ママがそのことを自分や先生たちに確かめていることを、彼女がいくら平静を装っても仲佳は察知している。だから競えばビリになるし、鬼ごっこならたちまちタッチされてしまう。今日一日、転ばないで過ごせたことでどんなにホッとしていることか。

「病気のごどは全て医者に任せるごどだよ。医者が一番良ぐ知っているし、一番いい方法でやってくれるがらな。大学病院の先生、いい先生であったべ」

「うん」

「あんまり先走って心配しないようにな。ママが心配すれば仲佳君も心配するがら。パパだって心配してるんだども、男ってどうしたらいいか分からなぐなってしまうもんだがら。んでもなんぼでも相談した方いいと思うよ」

「………うん」

仲佳の病気のことで彼女の口から夫謙吾の名が出てくることはない。

彼はたぶん、なす術をしらないでいるのだろう。相談など求められない人間なのだ。私としてとき子を励ましてやることはできそうにない。せいぜいマッサージをしてやるくらいのものだ。

（九）

年があらたまって二週間も過ぎているのに、この間とき子は訪れることはなかった。

ブランチ「風の松原」に勤めているかどうか不安なところがある。そうして二十日が過ぎた。とき子が来たら仲佳にお年玉をあげるポチ袋を準備しているのだが、せめて一月中に渡したい。初めは七日まで渡してやりたいと思い、七日が過ぎると十日までと思い、十五日まではと思い直し、とうとう一月中にはぜひと思っているものの、ここまでくるとそれもおぼつかなくなってしまっている。

そうして一月もあと数日で終わる日、久しぶりに野口弥太郎が来院した。彼は長くても一ヵ月もの間隔を置いて来院することなどこれまでなかったものだ。自営業者の年末年始は忙しいのだろう。十二月も来なかったし、正月休みが明けても来ることがなかった。

「明けましておめでとうございました。もうハア過去形で言わねばならね。一年の十二分の一過ぎてしまうんだ。ヒンヒさお年玉の代わり新春特大号の週刊誌二冊持ってきたども、特大袋閉じも見られねえが。ハハハハハハ」

野口弥太郎らしい、おくればせながらの新年のご挨拶であった。

「ハハハハハハ。……ました」

私もこれで返した。

「ところでヒンヒやあ。ずっと前の話になるども、すごい美人のおなご、治療に来てあったべ。

あんないいおなご、マッサージできるヒンヒは幸せだ、とか何とか俺言った記憶ある」

野口弥太郎は治療台に横になってすぐ話し始めた。

「ああ、あの人。あれがらときどき来てたんだども、幸いにも弥太郎さんとハチ合わせしてながったたな」

「この前の新年会であの美人と会ったんだ。驚いだよ俺。俺もだども向こうも驚いでだな」

野口弥太郎は私の皮肉に反応することなく話を続けた。

彼の会社は忘年会はやらないで、年が明けてから従業員と得意先が合同で新年会をする。ここにコンパニオン五人を入れた。これも例年のことだ。それも新年早々ではなく小正月に入る一月中旬のことである。ここまで延ばすのは年末年始で弱っている胃腸の調子を整えるためだそうだ。野口弥太郎らしい配慮ではないか。

「そうしたらヒンヒ、コンパニオンの中さあの美人いるんじゃねえが。入ってきてすぐ気がついた俺。向こうもすぐ気がついた目で俺を見てだな」

「そうか。最近マッサージに来なくなってるんだ彼女。元気そうであったが?」

驚いたことに、私はこれを聞いてもさして驚かなかった。「そうかあ」としんみり納得している。

「元気ってば元気であったども、他のコンパニオンみだいにはしゃぐもさねがったし、あんまりお酌にも回って来ながったたな。いやあヒンヒ、それにしてもあのおなご、ただの美人ではねえよ。スタイルも飛び抜げでいいし、顔の造作もよ。そうしてあの目だよな、何たってよ。大きいだげでねえんだ。真っつぐ合わされればよ、この俺ですら何か高悪いごどしてるみでえでよ、つい目を逸らしてしまってるんだ。何なんだべな。あんなおなご、初めてだな俺」

野口弥太郎は独白する口調で言った。初めてのことである。

彼の口から出る女にまつわる話ときたら、まるで女を裸にして掌で全身をなぞり尽くすがごとく、それもこちらがそうしている感覚に誘い込まれてしまうほどリアルなのだ。

「そうなんだ、彼女」

「さすがの俺もチラチラど眺めでるだげだったな」

野口弥太郎の話はこれで終わった。とき子も私も非力だ。彼女は非力を非力としてしっかりと受け入れたに相違ない。その上で息子の仲佳に非力の限りを尽くそうとしている。

それが野口弥太郎の好色性を退けたばかりか、畏敬の念さえ覚えさせたのだ。

それにしても、とき子はブランチ「風の松原」のパートを辞めてしまったのだろうか。たぶん二足のわらじを履いているのだろうとは思う。がこの地でコンパニオンを上げてドンチャン騒ぎをするほど余力はないから、月にどれほどお呼びがかかるか。わらじを履き代える頻度は知れたものだろう。

夫の謙吾が長距離を駆ける泊りがけの仕事が減っているばかりでなく、平日さえ休むことが多くなってきている。夜、とき子がコンパニオンに出たとき、仲佳を謙吾が寝かせつけているのだろうか。仲佳は淋しい気持ちで耐えているかもしれない。とき子も必死に耐えている。

野口弥太郎が眠りの態勢に入っているせいで、私はとき子一家のあれこれに思いをめぐらすことができた。

野口弥太郎をマッサージしてから数日後、私はとき子の勧めているブランチ「風の松原」に電話をかけた。いつだったか、一番のお勧めの弁当は、と聞いたことがある。とき子は三つあげた。うち一つだけは記憶にある。スペシャルランチサンド、どこがスペシャルなのか説明してくれたが忘れた。

私はご飯ものの弁当はただでいただいても食べることができない。

第一にあの容器。冷たいご飯。サランラップの器のおかずが周囲をグルリと囲んでいる。盲人にとってサランラップほど扱いにくいものはない。箸で触れるとカシャカシャ、とものの哀れを感じさせるし、うっかりすると口先まで運んでしまう。あれに入れなくたって容器には窪みができているではないか。スペシャルはともかく、サンドイッチなら食べることができる。

ところが番号案内に問い合わせをしようと受話器を持ち上げた瞬間、ブランチ「風の松原」なる店名を度忘れしてしまった。我ながらあきれるのだが、思い起こせないまま受話器を持ってもたついているうち案内嬢が受け取ってしまえば大変なのでいきなりガチャンと置いてしまった。健忘症もここに至れり。そうしてふた呼吸ほど置いて脳神経回路は繋がった。

「こんにちは、先生」

裏口のドアが開けられ、元気のいいとき子の声がする。私は安堵した。

「先生ご無沙汰してました。元気でやってますから私。仲佳も正月休みから保育所休んでいるけど元気だよ、けど間もなく入院するよ。先生に言われたように大学病院の言うことに従ってる」

とき子の鬱病が治っている。私はあっ気に取られて立ち尽くす。声が如実に証明しているのだ。

「とき子、良がったな。鬱病治ってるじゃないか。声で分かるよ」

「うん、ずっとお医者さんに行ってない。病院に断りなしに行かなくなってから調子よくなった」

「うん。でも無理するな。体調悪ぐなったらいつ来てもいいがらな」

「うん、ありがとう先生。私もともかも先生にご迷惑かけているまんまなんだけど、いつかきっとご恩返しするから。ずっとずっと先の話だよね」

「ああ。ずっとずっと待ってるがらな。忘れないで。目が見えでいたら君の大きくて澄んだ目、見るごどできたんだけど、久しぶりに悔しい思いがしてきたよ」

「うん。私も見てもらいたかったな。仲佳も。見てもらいたかったな」

「………」

不覚にも声が詰まったばかりか、一気に目まで潤んでいく。

それで弁当代五百円を渡すためレジに向かったのだが、仲佳にあげようと取っていたポチ袋がそのままになっているのを思い出した。

その後、雪が解けて春になっても、とき子が初めて治療院を訪れた六月が過ぎても、とき子はついに来院することがなかった。淋しいが安心している。

「必ずまた来るから、先生」

とき子の声をあれ以来電話でも聞いていない。むろん弁当を注文することもない。

とき子はここに来てはいけないのだ。ここに来たら心が緩んでしまいかねない。どうしても耐えられなくなったら来るだろうけれど、それを期待してはならない。

オギヨ

（一）

「オギヨ、こごさ来たんだって」

「ああ、つい一昨日も来た。三回目。トミボがら聞いで来た、って言ってあった。ありがとう、紹介してくれで」

治療台に右を上にして横になったのを手で確認し、頭部右後側、天柱、風池とツボが並んでいるところに拇指をあてがい、軽く揉捏したらトミボがさもおかしさをこらえたような口調で話しかけてくる。

この地に鍼あんまマッサージ治療院を開業して十年ほどになるが、トミボが来院するようになってから三年ほどになる。

「来年はハア、傘寿になってしまう。早いもんだな」

トミボが初めて来院したのが三年前、彼女はこう言っていた。足繁く来院してくれるわけではないが、もうすっかり馴染みになっている。喜寿とか傘寿など祝い年や厄年など、こちらでは数え年によっている。がこれも彼女等の年代以上の者たちのことではあるのだが。

トミボの戸籍上の名前は西村トミである。トミボとかオギヨなど、こうした愛称とも言える呼称も彼女等の年代が最後になってしまうだろう。トミボを訛らないで言うならトミ坊になるし、オギヨはおキヨ、ということになる。因みにオギヨの戸籍上の名前は原田キヨである。

彼女等二人は小学校当時からの同級生であるとは言え、友人関係を保ってきているわけではない。それどころか二人の家は目と鼻の先、言うところの向こう三軒両隣からほんの二、三軒しか離れていない。なのに互いに訪問して暇を潰すことは皆無だ、とトミボが言っていた。

昔、と言ってもさして古い話ではない。どこの集落でも一、二箇所にお婆さんたちが自然に寄り集まる「ガッコ茶」と称されるミニサロンめいた溜まり場があったものだ。気心の通じ合うお婆さんがふらりと訪ねてきてはお茶を飲みながら世間話をしていると、もう一人のお婆さんが訪ねてくる。するとまた一人訪ねてくる。二人が三人、四人となって彼女等はガッコなる漬物や袋菓子などを摘みながら正午のサイレンが鳴るまで四方山話にふけるのである。

ガッコ茶サロンは互いの体調チェックから服用している薬や健康食品、畑仕事、嫁姑のあれこれ、ファッション、その場に居合わせていない仲間のゴシップと、昼のサイレンが鳴るまで続くのだ。そうしたサロンめいた集まりは個人の家であったり集会所であったりお堂であったりする。がこうした集まりにオギヨがいることはない。

ガッコ茶はしかし平成の世になった今は消滅しようとしている。テレビが普及したこともあるだろうけれど、私はお婆さんたちそのものが変容してきている、と思っている。

昭和の終わりに七十代、八十代であった彼女等は戦中戦後を通過してきている、のに対し平成の七十代、八十代のお婆さんたちには賃金労働をしてきた者が多くいる。自分の車を持っていた人だって少なくないのだ。

昭和のお婆さんたちにはなかったことだ。平成も二十七年を数える今、少なくとも七十代前半の彼女等をお婆さん扱いにするには抵抗がある。

昭和のお婆さんたちが知らなかったプライバシーなる横文字を身につけたのは現金収入によって家父長思想から解放され、家族内でも分化していった当然の帰結であったと言える。

ガッコ茶なるサロンが、消滅寸前にある第一の原因はこれにある。

八十代の半ばにさしかかっているトミボとオギヨは時代の潮目を漂っているとも言えるが、しかし二人とも昭和をより多く取り込んでいるようだ。が共通点はこれだけでしかない。同級生の二人が道で遭遇しても立ち止まってしゃべり合うことはほとんどないというのだ。

「さび（寒い）ぐなったな」

「んだない」

せいぜいこれくらいのものだ。オギヨに対して集落のお婆さんたちおよびその予備軍も含め、女性たちのほぼ全てがオギヨにはこの程度の接し方で通している。

同級生であるトミボにしてしかりなのだ。

ただし、オギヨ対お爺さんとその予備軍の男共ならまるで逆になる。彼等はオギヨに会うと表情筋を弛緩させ、エヘラエヘラと話しかけるのだ。地方自治の最末端である集落、ここには自治会組織があっていくつか役割分担がされていて、家単位で持ち回り分担しているのだが、オギヨの家も回覧板とか広報配り、集金などの役割を免れることはできない。

それ等は娘の和子よりオギヨがやる方が多い。和子が働いているからである。

訪問先が男所帯であったり、男が留守をしているとき、オギヨが少しでも長居をするとたちまち不審の目で見られることになる。

男といっても集落にはお爺さんだけだ。トミボなら決してこうはならない。

いくらオギヨとは言え、もはや八十代半ばにさしかかっている今、袖を引いたり引かれたりのじゃれ合いは考えにくい。がこれは彼女の過去を知らない者が世間一般の老婆として規定して疑わないまでのこと。そうして私もこれに属している。

オギヨが来院するようになったきっかけはこうである。

集落の真ん中に田中ストアという小さなスーパーがあるのだが、トミボ、オギヨの二人がここへの道で鉢合わせすることとなった。トミボは買い物に向かう途中、オギヨが買い物をして帰る途中のことである。トミボはショッピングカートを引いているが、オギヨはシルバーカーにたどじがっている。それも不自然な足の運び方なのだ。

「あいさあオギヨさん、どうしたぁ、足でも悪ぐしたんだがぁ」

八十歳半ばとは言え、オギヨにシルバーカーは似合わない。年齢のわりに体つきは若いし顔も若い。若作りに腐心していることもあるのだが。

トミボと二人並べて同級生であると言ってもにわかに信じてはもらえない。トミボは小柄で浅黒く皺が多いのは根っからの百姓だからである。あのオギヨがプライドを捨ててシルバーカーにたごじがっている様を見てしまったトミボはさすがに黙殺してやり過ごすことができなかった。

「腰痛ぐて痛ぐって。もうハア、能代市の整形さ通って半年もなるってえのに一向に良ぐならねえもんで、とうとうシルバーカーさたごじがらねばならねぐなってしまったでば」

それでトミボが私の治療院を紹介したというわけだ。

「トミボがらここさ行ってみれって言われだもんで。腰痛ぐて痛ぐって。かれこれ半年もあっちこっちの整形さ通ってるんだども、一向に良ぐならねえもんで。シルバーカーさたごじがってやっとここまで来た」

治療台に乗る前、オギヨが言った。治療室に入ってきてすぐ脂粉の匂いが漂ってきたのだが、治療台に横になったら鼻をつくほど強烈に襲ってくる。もはやこれは匂いというより臭いそのものではないか。今どき懐かしい脂粉ながらこれではむせてしまう。

その前、廊下から治療室に入って来る足音を聞くとすり足もいいところ、ズーズーとほとんど床を離れないばかりか、歩幅も小刻み、動きも遅い。初めて来院してくれるお客さん、全盲の私には玄関を入って靴を脱ぎ、スリッパに履き返る時間の長短、歩き音などが重要な情報になる。

そうして話す雰囲気と語彙、声音などから人となりを推察する。

オギヨは声がざらついているものの粘着性がある。発語がゆったりしているせいばかりではない。背丈はこの年齢にしてはありそうだ。体躯もやや太め、声音がザラついているばかりでなく太目でもあるから、顔は大きくて首も太め、口は大きく唇も厚い。目は見開けば大きいかもしれないが今は細くて眠たげ。頭髪は濃くて額はやや狭い。このタイプ、今も昔も美人とは言い難い。盲人である私はオギヨをこのような風体と査定する。そうしてこれは晴眼者のものとはかけ離れているはずだ。がそんなことはどうでもいい。晴眼者は視覚で査定すればいいし、私はそれ以外で査定している。私にとってのオギヨはこうした女としてインプットされるということだ。

オギヨはこんな風体だから女性として魅力がないとは言えない。男であれ女であれ、異性を引きつける要素は外観だけで決まるものではない。美貌だけで売れる俳優は長持ちしない。杉村春子だって美貌とは言い難い。ソフィアローレンだってそうではないか。

若かった昔のオギヨは背が高くて顔の造作のひとつ一つにインパクトがあった。声音も低くてハスキー、そこに持ってきて生まれながらに節操とか貞操観念に拘束されない精神、代わって奔放さが備わっていたとしたらどうだろう。

オギヨにはそれ等が備わっていたと思われるし、八十代に突入した今でも発語を含む全体から醸し出される雰囲気から感じ取ることができる。

もっとも、これは私が事前にトミボから得た情報に影響されていることは否めない。

トミボはシルバーカーにたごじがらなくてもここまで十分そこそこの道なら難なく歩いてくるし、田植えが終わって空いたビニールハウスに幾種類もの野菜を栽培している。それでキュウリとかナス、トマト、キャベツなどを治療をしない日でも持ってきてくれることがある。

「あの日、スーパーの前でオギヨさバッタリ会ってしゃ。シルバーカーにたごじがって腰屈めで歩いで来たのよ。どごさ行っても良ぐならねえって言うがら『オレこごの揉み屋さ行って良ぐなった』ってヒンヒ（先生）のごど教えでやったの。あれがらもう四回も来てるんだ、オギヨ」

トミボの口からオギヨなる同級生にまつわるあれこれを聞かされてきたのだが、この日、治療終了までほぼ一時間半をかけたことでオギヨはほぼ丸裸にされたに等しい。

（二）

オギヨは小学校まで目立たない普通の子どもであったのだが、中学生になったとたんめきめきと成長した。人目を引きつけるほど美しくはなかったものの、顔のパーツの一つひとつが大きいというかはっきりしていて、それがよく動いた。動きに技巧がなく自然であったことで表情が豊かであった。

そうしてこの年齢では何事につけて恥じらいをともなうものだが、彼女にはこれが欠落していた。この点においてオギヨは日本人離れしていたことになる。日本人離れを言うなら体躯でも言える。つまりオギヨは中学生のころから異性を引きつけるに十分の条件を備えていたのである。

成績はトミボの方が少しばかり良かった、とトミボ自信遠慮がちに言ったのだが、少しばかりか、オギヨはたぶん勉強にはついていけなかったのではなかったのか。勉強そのものが大の字がつくほど嫌いであったことだろう、たぶん。

「オギヨは教室ではお客さん扱いであったんじゃないのか」

私がトミボに問うたのだが、彼女が返事をしなかったところをみるとこれは正解であったろう。オギヨは中学時代すでに男子生徒と噂を立てられるようになっていたのみか、青年団の男の自転車の後ろに乗っているのを目撃されていたし、トミボもこれを見ている。

オギヨは希にみる早熟であったと言っていい。

オギヨは十八歳で婿養子をもらっている。婿をおびき寄せるほどの財産も田圃もない、水のみ百姓と言っていい家。かつ妹だけ三人いたし、両親も病気がちであった。

「藤三郎のダガヤロウったらオギヨに目がくらんで。あの家の婿さ入ってどうするもんだってが。自分がら苦労しょいやがって。あんなバガな奴どは思わながった」

藤三郎という婿養子について、村の若者たちはやっかみ半分で言ったものだ。これくらいならよくある話ではあるのだが、オギヨにまつわるあれこれはまるで思春期のニキビみたいにボコボコと出てくるのだ。婿養子をもらう前、彼女にまつわる男の噂は五本の指どころか十本で足りたかどうか。それ等が結婚を機にあらためて掘り起こされてしまった感がある。

オギヨは結婚してすぐ妊娠が露見した。これが彼女以外のことなら当然めでたいこととして伝播するのだが、逆に好奇と疑惑の材料に供されることになる。

「早過ぎねえか。藤三郎のごどだがらよ、婿さ入る前にちょっかい出すなんてあり得ねえべ。どうもな、予定日が一ヵ月以上も早いって、おなご等が噂してあった」

かわいそうに。オギヨは女たちからさえこうした疑惑を向けられ、十月十日（とつきとうか）を指折り数えられているのだ。

「それでトミボさんはどっちだと思ってるんだい」

マッサージを続けながら私は茶々をいれる口調で問うてみた。

「オレがあ………。他の人は藤三郎でねえぐ、あの人だ、いやこの人だって、何人も名前挙がってあったども、ほんとのごどはオギヨだげ知ってるんだべ。この話はまだ続ぎあってしゃ、和子の顔つき、あの男にそっくりだとが、この男にそっくりだどか、まんじハア、和子が中学校卒業するまで囁がれな。気の毒になったもんだ」

和子とはオギヨの娘であり、結局この娘一人しか授からなかった。

娘の和子が小学四年生になった夏、藤三郎が病死した。何の病にかかっていたか確かなことは分かっていない。オギヨの両親も病がちで医者から上がれなかったので、藤三郎も十分に医者通いができなかったとか、オギヨに精力を吸い取られたせいで舅姑より先に逝ってしまった、などと無責任な噂まで出たものだ。

夫の藤三郎が亡くなって半年が過ぎたころ、オギヨは駅前の空き家を借り受け、ここで古着屋を開店した。彼女のことだから百姓仕事をするはずなどないし、製材所で働くことも論外である。と普通ならここは避難されるところだが、人々は彼女等一家の行く末を案じていたので、これで一応安堵したものである。

がこの商売はうまく軌道に乗ってはくれなかった。奥羽本線沿いで駅のある集落とは言え、急行は止まらないし能代市内まで四キロそこそこだから、何もこんな品数の少ない所で古着を漁ることはないのだ。それに戦後も二十年近く過ぎている。世の中の景気は古着を置き去りにしていくようになっていたのである。何より、当のオギヨに商売気が欠落していることが一番に大きい、と集落の人々共通の認識になっていたものだ。

するとにもなく古着屋についていかがわしい噂が流れるようになった。二階で夜な夜な博打が開帳されているというのだ。そればかりか、この場でオギヨが浴衣の片膝を立てて花札を切っているとふくらはぎの奥、黒い茂みまで見えたとかなんとか。一番多く巻き上げられた人が抱かせてもらえるとかなんとか。これがために集まって来る輩もいるとかなんとか。

噂がどこまで真実なのかは定かではないけれど、博打が開帳されているのは確実であったし、古着商売よりこちらが収益を上げているのも確かなことであった。

オギヨの働きで三人の妹たちが嫁入りのために作った借金が間もなく返済できたのもこのためだ、という噂は真実であったろう。

そうこうしているうち両親が相次いで亡くなり、一人娘の和子に婿養子を迎えるころには、古着屋は完全に賭場をカモフラージュする役割しか果たさなくなっていた。こうなると駐在所の警察も見て見ぬふりができなくなってしまう。賭場はたった一度のガサ入れで壊滅した。

オギヨはしかし、古着屋の看板を外すことはしなかった。ガサ入れの後はほとんど仕入れをしていなかったとみえて、代わり映えしない古着が埃を被ったままで吊るされていたものだ。なぜなのか、集落では大人ばかりか子どもでさえ知っている。こうなると妹たちの嫁入りで作った借金返済も、両親の葬儀がこの家にしては派手にとり行われたことも、集落に少しばかりあった情状酌量がいつとはなしに雲散霧消したのは当然の成り行きであった。

オギヨは中学一年生になった当時、すでに男と寝ていた。藤三郎と結婚する前から何回も堕胎していた。真夜中に古着屋の前からタクシーで帰る男がいる。古着屋の前で男同士が鉢合わせしてた。あれは根っからの男好きな女だ。イロキチガイだ。集落の恥さらしだ。古着屋として借りていた家を手放してからでさえ彼女にまつわる噂は衰えることはなかったどころか、ことある毎に前科が掘り起こされ、掘り起こされては尾ひれがつけ足されていくのであった。これといって変化の乏しい集落のことである。真実がどれほどで尾ひれがどれほどなのか、むろん定かではない。彼女の場合十把ひとからげで真実にされてしまうのだ。

そんな周囲の目をいくらなんでもオギヨとて知らないはずがない。にもかかわらず、彼女には気にしている素振りなどまるでないのみか、年齢を加えるほど入念に化粧をしていたし、着ている物も垢抜けしていったものだ。

加えて彼女の歩く姿が実にいいのだ。背が高いうえ、背筋をピンと伸ばして真っ直ぐに向けている顔には常に笑みが湛えられていて、行き交う誰にも自分から先に声をかける。

豊かな胸とくびれたウエストとそれを協調する丸くて大きなヒップ。それ等を強調させる彼女の着こなしもあったろうけれどこれは天賦のものだ。

としたら神にだって一端の責任があるというものだ。

そんな噂から遠のけられてもいいと思われる五十代の半ばを通過してからでさえ、噂は一向に衰える気配がなかった。さすがにあの男もこの男もと指折り数える数こそ減少していたようではあったけれど、娘の和子が働きに出ている昼日中、誰それが入っていくのを見た。七十歳を過ぎた一人住まいの家に出入りしている。夜中にタクシーで帰宅したら和子に鍵をかけられてしまい、戸を叩いてわめいていた。など、数が減った分、真実性を増していく気配さえあるではないか。

娘の和子だが、彼女は異性を引きつける何物も受け継いでいなかったばかりでなく、愛想もいい方ではなかった。がこれは多分に母オギヨを反面教師として育たなければならなかった環境が第一の原因になってしまったせいだろう。母娘の仲も世間一般のそれとは真逆であった。

和子が貞男を婿養子に迎えて一年ほどのことであったろうか、彼女が母オギヨにしばしば暴力を振るうようになった、とこれはオギヨ自身が周囲に撒き散らしたことである。しかしそれで和子が世間から非難を浴びることはなかった。逆に非難を浴びたのはむしろオギヨであった。

乱行をいくら口で戒めても聞く耳を持たない母親に業を煮やした果てのこととして、世間はむしろ和子に同情を寄せることとなったのである。母親であるオギヨが自分を非難している世間の同情を買おうと、和子を悪者に仕立てようとしている魂胆が見え見えであったのだから。

ところがそうこうしているうち、忌まわしいとしか言い様のない噂が女たちによって伝播していった。和子の夫貞男が出稼ぎに行って間もなくのことである。彼が出稼ぎに行ったのは姑のオギヨと肉体関係を持たされたせい、それから逃れるためせっかく町工場で確保した職工の地位まで捨てなければならなくなった、というのだ。

貞男が実母に告白したとか、和子が現場を押さえたとか、これは真実に近い。和子による母オギヨへの暴力沙汰がこの噂に真実性を持たせる役割を果たしたと言っていいだろう。

貞男はそれでも出稼ぎ当初、盆正月はむろん、春秋の農繁期にも仲間たちと一緒に帰省していたのだが、やがて農繁期だけの帰省になり、盆正月のどちらかを帰省しなくなったり、年数が経過するにつれてとうとう年一度の帰省すらおぼつかなくなり、ついにはそれもしなくなってしまった。

そうなったのも姑オギヨが執拗に求めてくるからだとか、夫婦の営みをオギヨが覗くのだとか。和子が貞男を邪険に扱うようになったとか。貞男が帰省してから出稼ぎ先に戻るまで根拠のない噂が一人歩きするのに嫌気がさしたのが真相だろう、と私などは思うのだが。

和子貞男夫婦に女の子二人が相次いで授かっていたのだが、心根の優しい貞男が帰省を諦めなければならなかったのはどんなに辛かったことであったたか、とトミボは言う。

「貞男っていう人、無口でおとなしぐって。正直言っておなごがら好がれる人ではねえよ。働ぐしか能のねえ男であったたな。酒も騒ぐほど飲まながったし、パチンコもしながったがら婿どしてあれほどの人はいながったよ。いっそのごど、もっと遊び仲間でもいて遊び歩いでだらあんな噂も起こらながったど思うよ。どごまでどうなんだやら、貞男も和子も子どもだぢも気の毒だよ。やっぱり悪いのはオギヨだよ」

トミボの話はこれで締めくくられた。結局のところ、彼女にも世間で噂されているあれこれのどこまでが真実でどこまでがでっち上げなのか、どれ一つとして区分できないでいる。

この手の噂には尾ひれがつくのは必須だが、ことオギヨにまつわるものほどあれこれのほぼ全てを疑うことができない。

「オギヨのごどだがら噂されでもしょうがねえな」

トミボのそう言いたげな内心が沈黙となって伝わってくる。否定したいのだろうけれど、そうすると嘘をつくことになってしまう。トミボは嘘をつくことができない。

貞男が帰省しなくなって人々から忘れ去られるようになったのを見透かしたように、何がきっかけになったのか噂がまたしても復活した。貞男は蒸発したのだとか自殺したらしいなど、悲観的な噂が囁かれるようになっていった。すると今度は貞男は戸籍から抹消されている。何でも、失踪届けを出して五年だか経過すると戸籍から抹消されるそうで、和子が届け出たそうだ、などまことしやかに囁く人まで現れたりした。

それにも飽き足らないのか、和子が出稼ぎ先の貞男に離婚届を郵送し、署名捺印させてとっくに離婚が成立しているのだとも。トミボはこちらを信用したがっている。そうして私もこれが真実であって欲しいと思っている。ただ、一つはっきりしているのは貞男の行方の真相は誰も知っていないことである。が和子はどうだか、これもまた謎のままである。

（三）

トミボからそんな話を吹き込まれて十数日後、シルバーカーにすがりついたオギヨが四度目であったか五度目であったかの来院をしたのだが、どうもトミボの話に洗脳されてしまったらしい。それまでのオギヨは年齢にそぐわない脂粉かぶりの変人といった印象しか持たなかったのだが、その日はいつになく口数が少ない。

肌着一枚になって治療台に横たわっても腰の愁訴をしなかった。これまでなら立ち上がるときはどうの、勢い欲振り向いたらビリッと痛みが走ったなど、多少オーバー気味にザラザラとしゃべっていたものだ。私はいつもの手順で手を動かす。そうして右肩甲間部に手を添えたら「おやっ」と思った。ブラジャーを装着しているではないか。

これまではなかったことだ。彼女に限らず、八十代過ぎでブラジャーを装着している女性などこの界隈では皆無なのだ。いわんやシルバーカーにすがりついて来院する人をや。

なのに今になってどうして。すると脂粉の臭いまで前回までより強く感じてしまう。何か意図があってのことなのか。まさかあり得ないことだ。どうやらトミボの話しに洗脳されてしまったらしい。

揉捏の力で体が揺すられると、ウフッと他動的に鼻から無声音が漏れることがある。オギヨに限ったことではないが、こんなとき男であれ女であれ年齢に関係なく吐き出されるものだ。がこれさえ今の彼女から聞かされると意図的に受け取ってしまい、つい力を抜いてしまう。

（トミボに吹き込まれたせいだなこれは）

私は苦笑する。

「何が笑しいぎゃ、ヒンヒ」

オギヨが低くザラついた声音で言った。声に出さないで笑ったつもりだが無声音ながら出してしまった。年齢のわりに聴力は衰えていないとみえる。

「いやな、オギヨさん。年齢のわりに若い体してると思ってはいたんだが、体だけでねえく気持ちも若かったんだ。この年でブラジャーしてるんだ。どんな色のブラジャーだべって思ったらつい笑ってしまった」

「ウーフッフ」

オギヨが今度は鼻孔から意図的に漏らした。ブラジャーで私の方から彼女の好色性を刺激してしまった。

「ウーフッフ」

少し時間を置いてまた漏らす。オギヨは男の感情を読むに長けている。老いたとは言えそれは今でも健在らしい。魚心あれば水心。私に魚心をもって試そうとしているのかも。ここにきて私は真剣に疑う。四十年とか三十年前のオギヨなら、鼻孔から漏らす無声音と流し目だけで男をコロッと参らせるに十分であったろう。さすがこの年齢になってしまっては通用しない。何より相手を間違えた。それにしても、今になって昔を取り戻す気持ちになったのだろうか。

「オギヨさんやあ、あんたもしかしてまだ男さ興味持ってらんでねえが。七十歳過ぎでも浮いた噂あったっていうがら。他の女なら考えられねえども、あんたは今でもこうだがらもしかして噂は本当であったんだ」

私はあえて茶化す口調で言ったのだが、心の内ではもはや確信している。

「ウフフッ。トミボがら聞いだじが」

「ああ、んでもトミボだけでねえ。他の人だって言っているよ」

トミボをかばうために第三者を巻き込む嘘をついてしまった。

「ウフフッ。男はおなごご好ぎだし、おなごだって男を好ぎだもんだもの。ヒンヒだって真面目そうなツラしてるども、おなごどご好ぎだべんし。ヒンヒ、年なんぼなのげ」

「六十九歳。あとふた月で七十歳になるよ」

「ひばまだまだでぎるべしゃ」

「もうハア、だめらしい。気持ちだけはあるども。あんたは何年前までできてあったんだ、ホントのどごろは」

「あいはあヒンヒったらあ。おなごは灰になるまでって言うべんし」

「確かに確かに。ひばオギヨさん、あんたならまだでぎるってえごどか」

「ウフフッ、ウフフッ」

オギヨは明らかに肯定する笑い方をした。女は灰になるまで、とはいつの時代から言われてきたものか。女性の平均寿命が八十七歳になっている今なら通用しないことだ。江戸時代とか明治大正、昭和なら戦前がせいぜい、平均寿命が六十歳に到達する以前のものだろう。その時代ならさして誇張とまでは言い切れない。

「男だって奥さんどはでぎねぐなっても、よそのおなごならでぎるもんだよヒンヒ」

つらつらとあらぬ方向に思いを馳せていたらオギヨが断定する口調で言った。これはもうあからさまに魚心をもって水心を誘ってきている、とみなければならない。根っからの好色なのだ。トミボの話から分かってはいたことながら、当人をもって追認することとなった。

オギヨのザラザラとしていながらかつ膨慢とした和らぎも含まれている声音、これもまた男どもの聴覚を刺激する重要因子になっている。この声音、昔の女優でいうなら山田五十鈴とか嵯峨美智子か。するとどうやら体つきまで山田五十鈴に似ていそうに思ってしまう。この前杉村春子やソフィアローレンまで引き合いに出した。オギヨのために彼女等を引き合いに出すなんていくらなんでもひど過ぎるではないか。

それはともかく、今になってゾクゾクッと悪寒めいたものが揉んでいる指先から這い上がってくる気配がする。何かこう、おぞましい物体に触れているような不潔を伴った不快感。

「三千円。三千円。三千円」

施術したくないお客さんを施術しているとき、私は心の中でこれを呪文のように繰り返し唱え、時間を凌ぐことにしている。これが終了すれば治療台三千円が手に入るのだ。辛抱辛抱というわけである。この先この呪文をオギヨにも適用しなければならないようだ。

数日後、私はこんな話を交わしたことを猛烈に反省させられることになった。オギヨが短い日数を置いて来院した日のことである。彼女が治療室のドアを開けて入ってくるといきなり強烈な化粧の臭いが鼻孔を突いたではないか。いくら何でもこれはひど過ぎる。臭いは嗅覚の奥の副鼻腔から気道、肺胞まで浸潤し、ついには体の全細胞六十兆個全てを席巻してしまった。

これまでだって強烈ではあったけれど、それは脂粉のものであった。

が今日のは別なものが加わっている。

女は灰になるまで。オギヨが言っていた。もしかしてまさか、それを私に実証してみせようともくろんで来たのだろうか。あのとき彼女はそれをさも肯定するような笑いをしたのだ。そこまで考えたら背筋にゾクッと悪寒が走った。肌着の上からであれ手ぬぐいの上からであれ、施術しなければならないのだが容易に手を前に出すことができない。どこにも触れたくないのだ。

しかし追い返すことはできない。

「今回は何日も置がないうちに来てけだども、よっぽど腰が痛いんだか」

「うんにゃあ」

オギヨはそれしか言わないで治療台に横になった。接触したくない。「三千円。三千円。三千円」の呪文どころではない。揉まなくて済むならこちらから三千円を差し出してもいい。治療台に横たわっているのはおぞましい、としか言い様のない女の肉体。それが息づいている。加えて異様な臭気と言っていい化粧の臭い。こんなに強く忌避したいと思ったことは、オギヨの前にも一度あったのを思い出した。それは七十一歳の男ではあったものの、忌避感は彼女と共通する。

（四）

その男の好色ときたら生まれつき遺伝子に組み込まれていたに相違ない、と初回の彼が帰った後つくづく思ったものだ。男は四度しか来院しなかったのだが、初来院からいきなりどぎつい話を展開したのであった。初めて来院したのは師走も半ばを過ぎた猛烈な吹雪が三日続いてようやく終息した日であったと記憶している。

男は六十八歳までとび職として出稼ぎをしてきていたのだが、出稼ぎをやめて三年になるという。四十五歳からは若者数人を束ねた小頭として荒稼ぎをしてきた。

現場仕事では辞めるまで若者たちに引けを取ることはなかった。

なるほど、男の体はそれを裏づけるに十分過ぎるほど筋肉が走っていて無駄な脂肪など触覚することはできない。身長百六十六センチメートルの私より一，二センチメートル少ない。体重も五十五、六キログラムそこそこか。身のこなしの俊敏さも体位を交換する仕草から分かる。

男は猛吹雪が一段落したとは言え、戸外は真冬日なのに治療台にはアンダーシャツも股引も脱いで横たわっている。初来院者は必ずうつ伏せにして脊中から足先までなぞるのだが、尻に触れて私は驚愕した。Tバックではないか。女なら知っている。智識としてだけれど。が男物にもこれがあるとは知らなかった。知らなかったもなにも、果たして現存しているかどうかさえ疑わしい。ならこれは女物だろうか。するとたんにこの男が薄汚く忌まわしい物体になってしまった。

それでもようやく気を取り直して発来院者の手順どおり、主訴とか既往症、仕事の内容とか鍼按摩マッサージの経験の有無、施術の強弱などを聞きながら手を動かす。

「おらあ、酒もタバコもやらない分、女には目がねえんだ。親父ときたら酒飲みもいいどごでよ。外では暴れるし、家に帰ってもカガアにまで手を出して暴れるもんで、母親は俺と二つ下の妹の手を引いでよ、真夜中だろうが雨降りだろうが吹雪だろうが外さ逃げたものだ。それで育ったおかげで酒飲みだけには絶対ならねえってきめでだな」

「それで女好きになったのか」

「んだ。今もここさ来る前『山の上温泉』で一発やってきた。あんな所でやらせる女だから自慢するほどでもねえけどよ」

男は撃てば響く速さで言った。あからさまもいいところ、この年齢で精力の旺盛さを誇示したいのだろうか。嘘ではないらしい。男の肌は奇妙なほど滑らかであった。

裸に手ぬぐいを置いて施術しているものの、しばしばずり落ちる。男の肌にはうぶ毛一本生えていないどころか、そのせいなのかまるで女以上に滑らかなのだ。足を施術しても毛一本として生えていない。これがまた男のいやらしさを倍加してしまう。

「昔から朝立ちするもんでよ。若げえころだば手でこすって落ち着がせだども、さすがこの年では射精の気持ち良さも薄くなってしまったな。おなごさあてがえば何たらごどねえ。むしろ若げえときより満足だよな。あど何年続ぐごどやら。今のうぢだ」

初来院日、三十分ほどをかけて右側臥位の揉捏を終え、左側臥位で施術しはじめてすぐこんなことを言うのだ。いったいどういうつもりなのだろう。からかっているのだろうか。

そうでもないらしい。口調で分る。

「………。何だこの男ときたら」

私は一瞬絶句してから思った。Tバック一つで治療台に乗ったときから背筋にゾクゾクと悪寒が走るほど嫌な客だと思っていたのに、のっけから露骨な話をするではないか。

下ネタ話をする客はいるものの、この男のそれは茶化したりゲラゲラ笑える話をする類とはまるで異質なのだ。それで私は口を噤む。

「シルバー人材センターに登録しろって頼まれだもんで、登録したらすぐ寒波だべ。それが三日も続いだべ。大晦日までこの体、調整しておがないどな。正月明け前にもうハア、次の寒波やってくるって予報だ。今の予報、昔ど比べられねえほど的中するもんでな。体が慣れでねえうぢにこれだがらよ。昨日ようやぐ休みが出だもんで『山の上温泉』のサウナさ行って今の時間までのんびりしてきたども、まだ節々が凝ってるみでえでな。そうしたら一緒に行ったおなごがらこごの治療院紹介されだもんで。何でもあのおなご、こごさ来てるような口ぶりであったな」

男は今ごろになって来院の経緯をしゃべっている。本来なら朝立ちとか一発やったなどを話す前にこれをいうべきだが順不同ではないか。「ああ、それはどうも」

もし私が相手の女性を聞き質したら彼は待ってましたとばかりペラペラしゃべるに相違ない。言外にそれを匂わせている。けれど私は聞きたくもない。

「あのおなご、治療に来たのは三度や四度ではねえような口ぶりであったな。五十の半分を過ぎたと言ってだども」

「………」

男は女の名前を告げたくて仕方がない。なのに私はもはやあまのじゃくになっている。こんな男とまぐわう女など興味もないどころか、不潔な不愉快さをいや増すばかりだ。いわんや女がこの常連客ならなおさらのことである。演歌の世界なら男女は温泉のホテルとか港町と相場が決まっている。

この男ときたら町の第三セクターが運営する、大広間プラス鍵さえついていない三つ四つの小部屋があるだけの施設だ。大広間では老人どものグループが休み無く空オケを怒鳴りまくっている。部屋を仕切る壁は石膏ボードにクロス張り、まともなまぐわいなど成立するはずがない。野合と言っていいくらいだ。

開業して三十年近くになるが、こんな男は初めてのことだ。

「三千円。三千円。三千円」とこいつにも呪文を唱えながら施術して堪える。

「蛇の道はヘビって言うべ。魚心あれば水心ってえのもあったけが。あれだよあれ。俺なんかオナゴど目が合った瞬間分かるよ。オナゴだって同じ。こっちが目を外らさねばオナゴも外らさねえ。声かけで昼飯でもおごってしまえばたいてこっちのものだ。んだなあ、三回目には部屋さ誘って、モチャモチャッと手え出していればたいがい預げでくれるもんだ。二回目でオーケーするおなごもいるよ」

二度目に来院したとき、取り立ててその方に話が向いていなかったのに男は勝手にしゃべり出したのであった。もしかしてこの男に私がこの手の話を聞きたがっている、と思い込ませるシグナルでも送っていたのだろうか。違う。話を聞かせたくって聞かせたくってウズウズしていたのだと思う。

幼いころからしかも家族同士単位で繫がっている集落内ではこんな話は絶対禁句だ。私なら第三者的部外者に他ならない。それで心置きなく自慢できる。そうした雰囲気を駆り立てるには裸一番、Tバックで度肝を抜かせた上なら話し手も興が乗るというわけだ。

私は相槌を打つこともしなかった。

「今日もマツ子ど『山の上温泉』さ行った帰りだ。車がらケイタイしたらちょうど空いでだがら運良がった。この前もマツ子ど一緒だったども。五千円渡したらもう一枚上積みしてけれって催促されでしまったよ。二度目にしてこれだ。それでかえってこっちのペースでやり易ぐなった。

たかだが千円のごどでな、あれも大したごどねえおなごだ」

施術が終わって治療台から下り、衣服をまといながら男が言った。たぶん今日こそマツ子という女とそんな関係になっていることを私に告白してやろう、と勇んで来院したのだろう。女がこの治療院を利用していることをほのめかしているのに、私が突っ込まなかったのをやせ我慢と受け止めていたのかもしれない。私の方から聞き質そうと仕掛けてくれないのがじれったくってじれたくって自分からしゃべってしまったのだ。もくろみは外れたけれど、しゃべらないで帰るのもしゃくであったのだ、きっと。

山の上湯温泉なる第三セクターの入浴料は五百円。小部屋の利用料までは分からない。こんな施設でのまぐわいなど、ドラマや演歌の世界とは似て非なるもの、じゃなくて似てもいない非なるものでしかない。言ってしまえば野合だ。

マツ子ならむろん知っている。一度や二度の来院どころか、四、五年前からふた月ほどの間隔で今も通院してくれている。マツ子はこの辺ならどこにでもいる普通の女性である。町で誘致した弱電部品会社に勤めていたのだが、それが撤退した一昨年からは清掃会社のパートとして週四日、一日五時間ほどを最低賃金そのもので働いている。

夫は土建会社で外仕事をしているのだが、糖尿病の持病があって六十歳を過ぎたところで人工透析をせざるを得なくなってしまい、近ごろはほとんど仕事に出なくなった、とマツ子がこぼしていた。それで一ヘクタールほどの水田を昨年から委託耕作していることも知っている。

マツ子はどこからどう見ても好色性を見出すことができないし、男性を引きつけるいかなる因子とて身につけているとは思えない。男と彼女の間に魚心と水心があったのだろうか。蛇にもヘビにもなれない私には彼等の道は探せない、ということか。

四度目に男が来院したとき、さすがに彼は私の不快感を察知したのだろう。ほとんど会話らしい会話をしないまま施術を終えることができた。そうしてそれっきりとなっている。たぶんだが、私の忌避反応が男に察知されたか、さもなければ話に乗っていかない私に興をそがれたのかもしれない。

（五）

オギヨが発散する臭気に耐えるだけでも容易でない上、マッサージで体が揺すられる度、臭気は波状的に押し寄せる。揉みはじめてからも彼女は依然として無言であった。

むろん私も話しかけないばかりか、口を堅く閉ざしている。

私は幼児期からそうであったのだが、嫌な臭気を嗅ぐとたん、口を密閉してしまう癖がある。鼻から肺までの経路なら呼吸器官として空気の出し入れのためのものだから、臭気を伴う空気であっても止めるわけにはいかない。口は違う。口呼吸は鼻と違ってひと口で大量の空気が一直線で肺に到達し、たちまち体中に運ばれる。

こうした観念が幼児期のうちに確立していて今になっても不動なのだ。

その日のオギヨは無口になっているばかりでなく、いつものように体から力が抜けきっていない。それに「ウフッ」という無声音も察知できない。それにしてもこの沈黙は何なのだ。そうしてこの臭い。オギヨの聴力は衰えていない。会話中、聞き返すことなど絶対と言っていいほどないのだから。だが嗅覚はかなり衰えているのかもしれぬ。でなければ自分ですら辟易するはずだ、いくら何でもこれでは。

マッサージの手順は初め右を上に横臥して、頚部から足底までを三十分ほど揉み、同様に左半身を施術してから伏臥位にし、肩甲間部から腰部まで軽く揉捏した後、脊中の両側、第七頚椎から第五腰椎までを母指圧迫し、殿部から両下肢を軽擦して終わる。この間、彼女は無言で通した。不断なら脊中両側の母指圧迫では「ウフーッ」と漏らすのが常であったものだが。

最後の行程。これをやらなければならない。やらなければならない、と心の中で気合を入れる。

「仰向けになって」

いつもならこう言ってからうつ伏せになっている肩に手を差し込んで介助するのだがこれができない。オギヨは両手と両膝で四つん這いの姿勢になってから右肩を入れるようにし、ゆっくりと仰臥位の体位になっていく。これは気配で分かる。腰に捻りをかけることができないから動作は緩慢そのもの、ここでも肩と腰に手を差し入れて介助するのだがやはりできない。

はじめ、後頭部から顎関節に掌を差し込んで頭部と頚部を軽く持ち上げるようにして数回牽引する。それから両腕の肩を内外旋したり屈伸したり牽引したりの他動運動、同様に両下肢の股関節と膝、足関節の他動運動をしなければならないのだが、とりわけ下肢には時間をかける。股関節も膝関節も外反し、可動域が狭くなっているからである。

あと少しの辛抱、終わりが見えてきた。

オギヨに限ってのこと、下肢の他動運動をしていると言い様のない不快感を覚える。脱力している股関節を大きく内外旋すると茂みの奥から脂粉とは別な臭気が漂い出してくる妄想に捕われてしまうのだ。重ねてことわっておくが年配の女性を施術するとき決まってこうなるのではない。この女、オギヨに限ってのことである。

「ヒンヒ、ちょっ、ちょっと待ってけろ」

施術にかかる寸前、オギヨが初めて声らしい声を出した。

それも切羽詰まったというか緊張しているというか。私は彼女の膝と股関節の中間あたりに立っていたのだが、思わず一歩退いた。何やらモゾモゾ体を動かしている気配がする。何をしているのだろう、不可解な時間が過ぎていく。が間もなく静止したようだ。が何とも言わない。

「じゃあいいか」

「うん」

オギヨは無声音で答えた。私は再度治療台際に立ち、左掌で腸骨稜を軽く抑えながら右手で膝頭を握って矯正のための力を徐々に加えていく、のだが腸骨稜に触れた右掌が着衣でなくて肌に触れたではないか。私は膝頭にあてがおうとしていた右手を反射的に引っ込めた。

オギヨはこの年齢にそぐわないパンティを履いていてその上にパンストを重ねている。彼女以外ならブリーフというかズロースといった方が妥当かもしれないものが普通である。さっきモゾモゾと動いていたのはそれをズリ下げるためであったのだ。

「ヒンヒ」

あっ気にとられ、またしても一歩退こうとしたらオギヨの右手が一瞬早く私の左手首にギリッと巻きついてきた。意外なほど力がある。思い及ばぬ行動であったせいで私は後手に回ってしまった。ふだんはまるでスローモーションビデオ並みにモゾモゾと体を動かしている彼女のどこにこんな俊敏さと力が備わっていたものか。

我を取り戻し、握られて手を引っ込めようとしたら彼女は半身を起こしてなお力を加えてくる。腰痛の彼女にとってこれはかなりの苦痛を伴っているはずなのに、今はそれどころではなかったのだろう。

オギヨの手からどうして逃れるか、思考がまとまらないのは私の頭が混乱しているせいだ。

「ヒンヒ。あんたさ頼みでえごどあっとも。ちょっとでええがらオレのあそこさ、あんたのチンポコ入れでけれじゃ。頼むがら、ちょっとでもええがら」

この日、やはりオギヨは決意してやって来たのだ。私は彼女が言い終わらないうち、手を引っ込めようとしたのだが必死の力で手首に五指を食い込ませてくる。

「何また、バガなごど言うもんでねえよ。でぎねえ相談だよオギヨさん」

言いながら手を引っ込めようとするものの、オギヨの手首と指の関節が満身の力を込めている結果、硬直を起こしてしまっているかもしれない。

無理して振り切ると彼女の関節に障碍を起こす危惧がある。

「なにな、ちょっとだげでええ。入れでけなくても、ただ当てがってけるだげでもええがら、なんとがお願いする。頼むがらヒンヒ。ちょっとだげでもええ」

オギヨは必死に頼み込む。切々と哀願していると言ってもいい。おなごは灰になるまで。これは今の時代に至るまで通用するのだろうか。おなご一般にはどうなのかはともかく、このオギヨには通用するらしい。だが彼女とてもはや何年来、久しく途絶えているのは疑う余地のないことだ。それ故これが最後になる、という悲壮な思いで事に臨む決意をしてここに来たものと考えられる。先日の私とのやり取りで希望を持たせてしまったらしい。

「オギヨさん、それはできないごどだ。俺もあんたも年だもの。年のごどだけでねえ。何につけでもしてはならないごどだよ」

抽象かつ曖昧な言い回しになってしまった。まさかとか、もしかしたらとか想定してはいても、いざその場に立たされたら気が動転してしまっているからなさけない。

オギヨの握力は衰えることがなかった。

「んだがら、ちょっとだげ。ちょっとだげ、ヒンヒのチンポコ、ちょっとだげ入れてみでければええんだがら。あてがってけるだげでもええ。頼むヒンヒ、な、ちょっとだげ入れてみてけろ」

言いながら、私の手首をそこに引き寄せようとなおも力を込めてくる。振り切るとしたらかなりの力で一気に引き離さなければならない。

が躊躇する。それをしたらオギヨの手関節か肘関節に障害を与えかねない危惧がある。

「んだばヒンヒ、撫でてけるだげでもええ。ちょっとでもええがらやってみでけれ。それぐらいならええべ」

オギヨが譲歩する。私は黙りこくることにした。

いくら何でも握っている力はじきに弱ってくる。そうしたらオギヨだって諦める。

「こんなに頼んでもだめなのげ」

オギヨがかすれた低い声で言い、そうして握っていた手から徐々に力が抜けていった。

が握っている手を開こうとはしない。解きほぐそうとしたらオギヨの五本の指がやはり硬直している。私はもう一方の手で揉み解してやる。

「ごめんしてけれなオギヨさん。なんぼ頼まれでも俺にはしてやれねえんだ」

このときになってオギヨがかわいそうになっている。それで言った。

「………」

オギヨは何も言わなかった。私は治療台を離て机の椅子に座る。間もなくオギヨが身じろぐかすかな音がする。そうしてひっそりと身支度を整えている。この間も無言のままであった。

巾着袋から金を出してレジの横に置いた気配がする。ついに彼女は一言も発しないまま治療室を出て行った。玄関の引き戸が閉まる音を聞いたとき、私は一気に緊張から解放された。

オギヨにもプライドがあったのだ。言い訳も謝罪も、むろんくだくだと悪態をつくことなく、オギヨは一切無言のまま出ていったのはそのためだ。

彼女は性の快感を得ようとしたのではなかった。昔を懐かしく思い起こしたかっただけのことだ、と今は断言できる。それがかなえられたなら彼女は遠い昔から延々と繰り返してきた情交にまつわる数々の追憶を、それこそ走馬灯のように思い起こすことができたろう。

私だが、あのとき道徳的に拒んだのではない。

言ってしまえば無条件反射。身の毛がよだつほどおぞましかったのだ。

「あんなに切実に頼んだのだから、せめて気の済むまで掌をあてがってやればよかったかもなあ」

椅子に座ってしばらくの間ぼんやりとしていたら気分が落ちついてきた。するとオギヨがひどく可哀想に思う。無言で治療台を下り、無言のまま玄関を出ていった彼女の寂寥というか孤独。三千円の支払いを忘れることもなく。忘れたまま帰ってくれればよかったものを。

九月の末、治療院の傍の道路をコンバインがガタガタと建物を震わせて通り過ぎていく。稲刈りが始まったのだ。あれ以来、オギヨもトミボも来院していない。数年来の常連だと思っていた客でも、何の連絡のないままパッタリ途絶えてしまうのは珍しいことでもない。

がトミボはそうした一人ではない。秋の農繁期と共にまたぞろ何回か来院してくれることだろう。収穫の秋、手伝うつもりでちょこまかと動き回って疲れた果てに叱られてしまうのだが、それでも何もしないでいられない。

そうして疲れと多少の愚痴を取り去ってもらうために彼女はやってくる。

オギヨはもはや来院することはない、とこちらは断定できる。

それはいいのだが、あれがきっかけとなって一気に活力を喪失しかねない。まさかだが食欲をなくすとか外歩きをしなくなってしまうとか。仮にそうであっても私として良心のとがめを受けることはない。ただ危惧するだけだ。

そんなことなど、つらつら考えていたところにトミボが来院してくれた。

これも不思議なのだが、久しく来院していないお客さんをつらつら考えているとき、ヒョイと来院することがあるのだ。トミボはまさにそうしたタイミングで現れたのであった。

「えっ」

私はそれっきり絶句した。施設とは老人向けの福祉施設のことである。

娘の和子とはずっと不仲であったとは言え、そこは娘と母ではないか。オギヨは足腰が立たないというわけではない。シルバーカーにたどじがってではあっても、外を歩けるうちは施設などに入らない方がいいに決まっている。入ってしまったらじきに寝たきりになること必定だからである。

トミボの話によるとこうであった。オギヨが最後に来院したあの日、娘の和子が帰宅して大喧嘩になった。和子が大切に使っている化粧品が荒らされていたのだ。口紅はむろん、あれこれの蓋が開けられっぱなしになっていて、オーデコロンの蓋まで開けられたままだったという。

母オギヨの男狂いから解放されてもはや久しい年月が過ぎた、と思って安堵していたのに、それがあっさりとくつがえさせられたのだ。このとき和子の落胆とショックはいかほどのものであったことか。

「このキチガイババア!」

逆上した和子が絶叫してオギヨの胸を強く突いてしまった。

勢いよく尻餅をついたオギヨは立ち上がることができなかった。脊椎圧迫骨折、それも二ヵ所。

彼女は救急車で病院に運ばれ、一ヵ月後退院したもののそのまま施設送りになってしまった。

「まさがなあ。オギヨ、あの年でまだどっかの男さ会いに行ったのだべがな。いくら厚化粧したどごろで、今さら手を出してける男っていねえよなヒンヒ」

「ああ、んだよなあ」

私にはそう答えるしかない。トミボの問いは半信半疑、まさかと思いたい半面、オギヨのことだからもしかして、と疑念の傾きを大きくしているような言い方になっている。

あの日オギヨがここに来た。幸いなことに彼女が治療院の玄関を入るときも出て行くときも誰からも見られていなかった。

私はあらためて思う。オギヨにまつわる昔からの噂の全ては事実であった。尾もひれも着けられたのではなく、それも含めて事実であったのだ。

やよい

（一）

その日も雨が降っていた。その日も、というのは六月の二十日を過ぎたころからほとんど雨続きなのだ。三日前に降り出した雨は昨日の午後になって止んだものの、深夜になってパラパラとトタン屋根に落ちる音で目を覚ましてしまった。

さして強くもない雨音ですら起こされてしまうのは七十歳を過ぎた年齢に由来するものか。雨はさして強くもならず、気がつけば止んでいたり、気がつけば降り出していたりして午後になっても続いている。

そうして今は七月に入っている。昨今の天気予報の確率はかなり高いものになっている。気象衛星とか電算機の進歩のたまものだろうけれど、こうなると少しばかり外れて欲しいものだ。

玄関をソロリソロリと開ける音がする。駐車場に止めた音がしなかったし予約している客もいない。飛び入りだとしたらありがたい。雨の降り方がやや弱くなってはきたものの、午後三時を過ぎていたものだから、もはや来客はないものと決め込んでいた。

治療室のドアを半分開けて玄関から見える位置に半身を出す。

「マッサージお願いしたいんですが。突然来てしまったけど、どうでしょうか」

「ああ、ちょうど空いてますから、どうぞ入って下さい」

ちょうども何も、今朝からずっと空きっぱなしなのだ。

「やれやれ、やっと一人来てくれた」

私は安堵した心の中で呟く。まる一日来院者がないとさすがに堪えるものだ。女性は「運がよかった」とか小声で独り言のように呟きながら履物を脱ぎ、「はい失礼しますね」とやはりこちらの応答を求めるでもない口調で言いながら、私より先に治療室に入った。

七十歳前後、私と同年輩らしい雰囲気、背丈は私の耳に届く声の角度から推し量って百五十センチそこそこか。言葉つきから農家の主婦ではないらしい。

彼女の名前は藤井やよい、年齢七十三歳である。主訴は全身の疲労、それに不眠と不整脈。不眠は九十三歳の夫の介護によるものであること、不整脈は自分で脈を診てのものである。十年ほど医者にかかっていないし、薬も飲んでいない。初来院者だが他の治療院などに通っていた経験があるかもしれない。説明に淀みがなく、こちらの問いたい要所を得ている。

「雨続きのせいだとは思うけども、ここ数日頭がスッキリしねえもんで。鍼でも打ってもらえたらと思って」

「鍼とがマッサージは経験ありますか」

「それが、先生に言うのも何ですけど、うちの人鍼師であったもんで。数えの八十八歳まではやってたんですよ。ホホホホホ」

藤井やよいは淀みない口調で言う。

ホホホホホは同業者の気安さ、あるいは仲間意識を共有しようとする意思表示のつもりなのか。藤井鍼師なら知っている。原因まではしらないが中途失明だと聞いている。戦後間もなく盲学校に入学しているから、私にとっては大先輩ということになる。私が盲学校保健理療専攻科を卒業して能代市内に開業するにあたり、藤井鍼師を表敬訪問し、一時間ほど話をしたものだ。

当時、藤井鍼師の年齢は今の私と同じ七十歳直前であったと記憶している。ずいぶんな老人だと思って話を聞いていたものだが、あのときの彼と今の自分を重ねるにはかなり抵抗がある。

市内常磐町にあった藤井鍼灸堂は普通の住宅をほとんど手を加えることなく使っていた。通路の角に「藤井鍼灸堂」と書いた標柱が立っているのだが、うっかりすると見落としかねないもので、タクシー運転手が知っていたから直行することができたのであった。

そこは旧家然とした大きな家で敷地も広く、玄関前だけで乗用車なら五，六台が楽に駐車できるばかりか、タクシーがバックを一回したきりでユーターンして帰った。

玄関から続いて、今ではめったに見られなくなったたたきがあり、幅広の踏み板があって、大きなガラス戸を明けるとすぐ客間になっている。ここの客間を待合室にしていた。

右の引き戸を開けた所が治療室になっていて、そこには敷布団が敷かれているだけ。治療器具もあったとは思うが、手で触れて確認する気持ちにはならなかった。

待合室も治療室も畳敷きである。ひと昔どころか、ふた昔も三昔も前の鍼師のやり方だと言える。これが私が受けた第一の印象であった。

しかし藤井鍼師はほとんどここでの治療はしていない。がどうしても断りきれない場合がある。昔から昵懇にしている身近な人とか、彼等が連れて来る患者もいる。

せいぜいがそれくらいでしかない。盲学校を卒業した弱視の青年を弟子を自宅に住み込ませ、彼と二人で出張治療に専念していたのである。

「おまえさん」

藤井鍼師は初対面から私をこう呼んだ。

「今の時代、何も汗水たらして力仕事しなくってもいいんだぜ。整骨院より有利にやっていぐごどだってでぎるもんだ。現に俺がそうしてるんだから。能代市内で開業するがらって、わざわざ挨拶に来てくれたのはおまえさんだけだ。なんぼでも相談に乗ってやる」

私が按摩マッサージを主体に一時間半ほどをかけて施術するつもりでいることを説明すると彼がこう言ったものだ。彼を訪ねたのはこの一回きりでしかない。

私は健康保険金稼ぎなどまるでしたくない。出張治療は一歩外に出ただけで出張費として千五百円が出る。半径二キロメートルを越えると距離に比例して加算されるから、十数軒を訪問するならこれだけで採算が合うというものだ。

治療代が二千円ほどだとしても患者が支払う額は五百円でしかない。後期高齢者なら三百円で済む、と聞いている。施術時間は二十分そこそこ、長くても三十分を超えることはない。

当時、藤井鍼師はこれを弟子と二人でやっていた。私が訪ねたとき、中年とおぼしき女性がお茶を出してくれたのだが、彼女は事務処理をしたり、車を運転して藤井鍼師と弟子の二人を訪問先に降ろしたり乗せたり、時間配分を考えながら回していた。

「この人は鍼灸あん摩マッサージで健康保険を食い物にしている」

あのとき藤井鍼師から受けた印象を私は今も訂正するつもりはない。

だがどうだ。今では邪道と思っているこれが正道扱いになってしまっている。それもかつて藤井鍼師がやっていた個人営業ではなく、業者が束ねて会社化しているのだ。健康保険の赤字が雪だるま式に累積するのは当然のこと。

しかしこれは私がたまたまこの分野を垣間見ることができたから知ったまでのこと。整骨院も同様だし、いわんや医療一般に拡大するなら健康保険がどれほど食い物にされているかは計りしれない。鍼灸も整骨院も病院に比したらＰＰＭの範疇でしかないだろうけれど。

私が藤井鍼師を訪ねて一年足らずのことであったと記憶している。彼が嫁さんをもらったというではないか。これには驚いた。

相手の女性が能代市内なら知らない人がいない、加賀富銘木の一人娘だというからまたしても驚いたし、にわかに信じがたく、複数の人から伝わってきてようやく信じたものだ。

そうしてこの噂が下火になった頃、今度は藤井鍼師が出張先の二階から転落し、右大腿骨と膝を骨折したというのだ。一年ほど入院して帰ったときは弟子も去っていたし、車の運転や事務処理をしていた女性も他の働き口に就いてしまっていた。

私が訪ねたとき畳の上に布団を敷いただけの治療室とも呼べないあの部屋、その後どれほど来院者があったのか。たぶんだが今の私とどっこいどっこいか以下であったかもしれぬ。

そうして藤井鍼灸堂なる存在が私も含めた人々から忘れかけられていたのだが、五年ほど前、彼が私の住む集落に妻と共に引っ越しをしてきたのであった。

それもさして新しくもない空き屋だという。生活に困窮し、市内の大邸宅を売り払って辺鄙な集落に引きこもることとなったと思われる。

治療台に横臥している藤井やよいなる女性が彼の妻だということか。だとすれば加賀富銘木社長、加賀重次郎の娘ということになる。娘といってももはや七十を過ぎている。それにしてもこの女は父である彼を彷彿させる何物も持ち合わせていないではないか。それで私は戸惑う。

後述するが私は加賀富銘木を知っているし、社長の加賀重次郎も知っている。

それはそれとして、初来院者にしては馴れ馴れしい藤井やよいの雰囲気も、元鍼灸師の妻という同業者意識から発していたとすれば納得がいく。

(二)

加賀富銘木の社長、加賀重次郎なる人物を私は能代営林署に転勤して知るようになったが、彼に娘がいたことまでは知らなかった。というより家族構成そのものなど知る由もないのだけれど。

私は持病である網膜色素変性症の悪化のため、四十二歳でそれまで勤めていた営林署を退職したのだが、その前の六年間、能代営林署販売係に席を置いていた。与えられた仕事が市況調査、月の半分を係長と手分けして市内の製材所や原木販売業者、建材店など木材関連企業を訪問して聞き取りや資料収集をしていて、加賀銘木にも年に数回訪問していたのであった。

それで社長の加賀重次郎は熟知していると言っていい。

だがあのころ、木都能代とまで冠されていた木材産業はすでに衰退の半ばを通過してしまっていて、倒産は珍しくもなくなっていた。加賀富銘木は倒産を免れて会社を畳むことができたのはせめてもの幸いであったのだが、これは社長の加賀重次郎の手腕によるものだろう。

もっとも、手腕と評するには少しばかり甘すぎるとは思う。仕事上、木材関連企業にいささかなりとも通じているものだから自ずと情状酌量しがちになってしまう。

加賀富銘木の敷地は広大で、家も会社も敷地内にあったのだが、さすが銘木会社だけあって豪邸そのもの、私など一介の吏員である身では外から眺めるだけで玄関を跨ぐことなど一度とてなかったのだが、造作のあれこれに天然秋田杉その他銘木の類をふんだんに使っていて、一日中眺めていても飽きない、など耳に入ってはいた。会社をたたむにあたり、家屋敷は人手に渡ってまもなく市内で三本の指に数えられる料亭に変貌したものの、これは時節を誤った。

料亭が栄えた時代は木材産業の衰退と歩を同じにしていたのである。

藤井やよいの父、加賀重次郎なる人物の印象は、と問われると答えるのが難しい。木材関係者とか営林署内での彼の評価は気難しくてつき合いにくいという一点で共通していたものだ。

私もそう思う。それで彼を嫌っていたかといえばそうでもなかった。

市況調査のため加賀富銘木の応接室で待っていると、社長である彼が引き戸を開けて無言で入ってくる。

「お忙しいところ、お邪魔いたしましまして恐縮です」

「いや、どうも」

立ち上がり、深目に腰を折って挨拶をすると、彼はムスッとそれだけを言い、私より先にズシリと尻を下ろす。そうして胸ポケットから紫色のハンカチを取り出し、縁無しの眼鏡を外して丹念に磨きはじめるのであった。女性事務職員がお茶を運んできて「どうぞ」と無声音で言うので、私も「どうも」と無声音で応える。

加賀重次郎のいる所、半径数メートルは空気が琴線のように張り詰めている。彼はお茶に手を伸ばすでもなく眼鏡を磨き続けているものだから、私も手を伸ばすことができない。

「ご用件は？」

　加賀重次郎はようやく眼鏡を耳にあてがってから、初めて私を直視し、口でなく目でそう伝えてくる。彼とは四十歳を挟んだ六年ほど、こうして向き合ってきた。取りつく島がない、というと実はそうでもないのである。

　私が所定の調査項目など尋ねるとこれが意外なほど丁寧に応答してくれるのであった。

「このところの製品の流れ具合はどんなもんでしょうか」

「いやあ、漸減漸減の連続ですよ。住宅着工件数には上向く気配がないし、そこにもってきて外材は増える一方だし。それだから国内産造林杉ですら叩かれっぱなしですから。まして銘木となると大手住宅産業から地方の工務店に至るまで見向きもしてくれませんな。集合住宅どころか戸建住宅まで昨今は和室なんか造らなくなってしまいましたからな。我々の造る天井板とか磨き柱も必要ないというわけですな。戸障子がないから敷居も鴨居もむろん必要ないわけですな。見ていただいて分かるように在庫が増える一方ですよ。それでいて原木の入札ときたらこれが手の届かない高値で落札するもんで。あれは皆関東以南からの郵便入札ですからな。まあ営林署勤めのあんたには言うまでもないことです。我々、何とかして指名競争入札の枠を少しでも広げていただきたい、と事ある毎にお願いに上がっているんですが。営林署も赤字とかでどうも……。従業員も養っていかなければならんし」

　加賀重次郎は目を合わせることなく、相槌を求めるでもなく、お茶に手を伸ばすこともなく低い声で淡々と述べるのである。訪問の都度、事務室に伺う前に倉庫を見てきているので製品に動きがないことも、在庫が増えつつあることも分かる。

彼が述懐したこと、通称「材通」と呼ばれている業界紙「木材通信」を読んでいると述懐以上の現実が数値をもって客観的に納得できる。けれど紙と現場では重みが違うものだ。

加賀重次郎は必要以外のことなど、こちらが間を置いて返答を待っても無言で通されてしまう。関連した問いでも分かりきっているとおぼしきもの、言うまでもないことだ、と彼が判断するなら「メーっ」とばかり黙殺されてしまうのが関の山である。これが敬遠される所以であるのだ。それで私は関連した質問をせいぜい二つほどしてから、事務職員のためにお茶を飲んで帰る。

一度だが彼にお願いして天然秋田杉の磨き天井板や張り柾製造の工場を見せてもらったことがあった。社長の加賀重次郎を認めたとたん、従業員たちが一様にピリリと緊張するのが伝わってきたものだ。

藤井やよいが彼加賀重次郎の娘であったとは、と私は半ば悄然として思う。

彼女からは父親がかもし出す、今で言うオーラみたいなものは皆無である。滑らかすぎでやや早口、七十三歳にしては若い印象を受けるのはこうした話し方が原因しているからだろう。もっとも、今の私は表情など観察できないからこれに頼るしかないのではあるけれど。

私の心は営林署員であった昔をタイムトラベルしていたのだが、ここにきて我に返る。仕事中なのだ。

「医者の薬飲んでいないところをみるど、よっぽど健康で過ごしてきたんですな」

「まあ、そう言われればそんなどごろですがね。だって先生、うちの人は鍼師だったんですよ。

それでちょっと具合が悪ぐなれば鍼打ってもらってお茶を濁してきたもんでね」

なるほど、健康維持には普段の鍼がいいということか。がそれには少しばかり抵抗がある。手前味噌だが私はあん摩マッサージの方が鍼より優れていると思っている。これはもう確信犯に近い。

私は二十台半ばからずっと慢性鼻炎に悩まされてきていた。机にへばりつくようにして事務仕事をしていると、ひっきりなしに鼻水が出てくるのである。ティッシュペーパーなるもの、都会は知らず、片田舎の町にはまだ流通していなく、ひと束五十円の『千羽鶴』とか『梅若』印のちり紙を一日でまるまる一束使い果たすこともしばしばであった。

盲学校の保健理療科に入った一年生当時、月曜日から金曜日、午後の二時間をあん摩マッサージ指圧の実技指導を受けながら、生徒同士がペアを組んで施術者と客の役を交代しながら学ぶのである。そうして二学期が終了するころ、いつの間にか慢性鼻炎が治ってしまっていたではないか。一年生の生徒同士の練習であったから技術的には初歩もいいところ、経穴（ツボ）とか施術法も関係なく、基本を覚えて手指を鍛えるためではあったけれど、にもかかわらず効能が現れたことになる。鍼灸の実技は二年生になって加わるから、これは純粋にあん摩マッサージだけから得たものというべきだろう。

鍼灸あん摩マッサージは自律神経を整えるのに最適の手技である。これが免疫力、ホルモンバランスなど体内環境の調整に大きく寄与する。これが言うところの恒常性維持機能（ホメオスタース）を整える効果である。鍼灸あん摩マッサージなるものの効用など半信半疑というより、ほとんど否定しつつ、失明したらこれしかないという気持ちで踏み切らざるを得なかった苦渋の選択。私は自分の体によって目からうろこを落とされることとなった。

躊躇したが藤井やよいには通常の手順通り全身マッサージから入ることにした。

「ああ気持ちいい。もっと早く来ていればよかった」

治療台に右を横にして横臥させて頚部から揉みはじめ、肩甲間部を拇指で揉捏していると彼女はさも満足気に言った。聞くと本格的なマッサージは初めてだという。

彼女を施術しながら話を交わしていると、言葉つきにやはり同年輩の集落の女性たちと違うものがある。零落したとはいえ、加賀富銘木の一人娘として育ってきた名残がある。

施術していて分かったのだが、背筋など骨格の並びがしっかりしている。とりわけ頚部骨格がスキッと気持ち良く立っていてなで肩なのだ。お茶とか生け花など、ひと通りを習得していく中で和服を着こなしてきた人であることが分かる。

筋肉に弾性が失われているのは七十三歳という年齢によるものだが、健康に注意をして体を動かしていたらこうはならない。もの事にこだわらない性格らしいところから察して、意識してそれらしいことはやっていないだろうと思う。

が、気になることがある。育ちがいいはずなのに頭部から異臭めいたものが漂ってくる。身だしなみはそこそこらしいけれど、この年齢になると頭の手入れまで気が回らなくなるものだろうか。そうではない、旧能代市街地を離れたこの集落近辺の農家の主婦さえ異臭を感じさせる来院者はほぼいない。この女性はそんなことに頓着しない性質（たち）なのだろう。

「あーあ気持ちよかったーっ。鍼も打ってもらえますか」

ほぼ一時間半をかけて全身のマッサージを終えたとき、やよいが遠慮がちに言った。どこがどう悪いということでもない。彼女の愁訴は自律神経を整えるだけで取り除かれたはずだ。じっくりと時間をかけて全身を揉みほぐしたのだから。だが長年夫からやってもらっていた鍼を懐かしく追体験してみたかったのかもしれない。夫なる藤井鍼師と私の技量を比べられそうな気持ちがあって、あんまりやりたくないのが本音ではあるけれどここはやらなければならないだろう。

全身が疲れたと言っていたが、これはマッサージでほぼ解消したと思われる。眠りが良くないと言っていた。頭もすっきりしないとも言っていた。これを考慮して経穴を求めればいい。後頭部と頭蓋骨後縁の接点辺りから大後頭神経が出ている。ここに刺鍼するとズーンとした鈍痛がある。私は頭痛や頭重を訴える人に必ずここを使う。

頭痛の大半は頭蓋骨の外側、筋肉や血管の緊張が主な原因になっている。これを支配するのが大後頭神経と一部の三叉神経である。ここから一寸五分外側には天柱、風池という重要な二つの経穴（ツボ）が並んでいるので、これも必ず使っている。肩では大杼（だいじょ）と頸椎の中間、肩甲骨上部内側にある曲垣（きょくえん）を使い、下がって心兪、肺兪膏肓。腰部のウエストまで下がり、ここでは腎兪とその外側の志室を使うことにしている。

それから仰臥位にして胸の真ん中、胸骨と左右の乳頭の交わる点にある壇中を選び、左右肋骨の交わるところの鳩尾、下がって臍の左右外側一寸五分の天枢、臍下二寸五部の関元（丹田）の三ヵ所を選ぶ。あとは足。膝下脛骨外側三寸の三里。それと脛骨内側下方の三陰交で女性なら右、男性なら左を鍼し、これで終わりにする。

こうしたツボの選び方は東洋医学に依拠したもののほか、解剖学的検知によるものがある。私はどちらかと言えば後者を重視するのだが、藤井鍼師を意識したせいでやよいには東洋医学に重点を置いた選び方をしてしまった。

蛇足だが、東洋医学では百五十センチメートルのやよいの身長も、ジャイアント馬場の身長もおしなべて七尺五寸と規定している。同様に頭の周囲、肩から腰まで、肩から肘、肘から手首、腰から膝、膝から足首、足底などあらゆる部位の長さが誰彼かまわず統一されているのである。

誰でも知っている足の三里というツボ、これを例えば膝のくぼみから十五センチメートルと規定してしまうとどうなるか。やよいの十五センチメートルならスネの中央部になってしまう。ジャイアント馬場もなら膝に寄り過ぎる。これだと困る。それでやよいの膝から下も馬場も膝から足首までを一尺二寸と規定しておくなら、どちらの三寸も体格に符合することになる。

一寸の長さをどう求めるのか。施術対象者の人差指を軽く曲げた際にできる二つの関節に横紋が現れる。この間がその人の一寸に該当するのである。

メートル法ではメートル原器で世界を規定しているのだが、東洋医学では各人ごとにこれを供えているということができる。まことに理にかなっているではないか。

「ああ、効いたみたい。ジーンと響いてきました。良かったです」

やよいは満足げに呟いた。さすがに安堵する。彼女は普通一般の客ではなくて元鍼師の妻なのだ。もっとも、やよいには東洋医学のあれこれの知識があるとも思えないし興味をもっていそうにもない。初対面だからそう規定する具体的な裏づけはないが、強いて言うなら話しぶりに重さとか厚みがない。咀嚼するでもない空気と同じ比重の言葉がほろほろと出てくる。だから経穴を選ぶにも鍼を打つにも比較されているという気配がなかった。どうも私には初対面の人をこんな具合に査定する習癖がある。

やよいをそのように査定したものの、やはり鍼師の妻であるには相違ない。

「またお邪魔してもよろしいですかねえ。マッサージってこんなに気持ちいいものだなんて、この年になって初めて分かった」

「それはどうも。たいていこれぐらい時間をかけげで施術しますから、来院のときは事前に電話して下さい」

私は即答する。どうやら常連客になってくれそうだ。

（三）

藤井やよいはその後二週間から長くて二十日ほどの間隔を置いて来院するようになっているが、希には五日ほどで来院することもある。九十三歳になっている彼女の夫、藤井鍼師はすでに廃業しているとは言え、二人は二十五年近く一緒に暮らしていることになる。が彼女には自分が鍼師の妻である、という認識が今は希薄になっているようだ。いや、今はというより元来がそうであったのだと思う。

やよいの口から夫である藤井鍼師にまつわる話がほとんど出てくる気配がないのだ。

それ以前のこととして、夫婦とか家庭という認識そのものが希薄であるように思われる。良きにつけ悪しきにつけ、家庭とか夫婦にはそこから醸し出される雰囲気があるものだが、彼女からはそれを感じ取ることができないのである。一人で漂っている。誰も気に留めないし、淋しくもなければ疎外感もない。むろん孤立感もない。

「先生だって二十歳も若い奥さんと再婚してるって聞きましたよ。ホホホホホ」

三度目、やよいがさも「知ってましたよ」と言いたげな口ぶりで言ってから意味あり気な笑いをする。お互い二十歳も年の離れた再婚同士だからこれが同類項になってカッコでくることができる。そんな親近感でもあるのか。事実、やよいは無防備で私と接するようになっていった。

藤井鍼師は能代市周辺の生まれではなく、県南部、山形県と境をなす旧象潟町出身と聞いている。いつどんな経緯でこの地で開業するようになったか、むろん知る由はない。知っていないのには理由がある。私は鍼灸あん摩関係業界団体に一切関わってきていないものだから、同業者のあれこれについて藤井鍼師に限らずほとんど知らないままきている。煩わしいのだそんなことは。

「うちの人が使っていた鍼とか鍼管、じっぱり残っているよ先生。今度来るとき持ってきてあげるね。鍼なんか封を切らないものばっかり十包みはあった。鍼管も十本はあるよ。それも全て銀製だよ。持ってきてあげるね。捨てるのもったいないから」

「……はあ」

私は曖昧に答えてしまった。可能であれば断りたい。

私は盲学校保健理療専攻科を卒業してすぐ開業しているのだが、開業と同時にディスポ鍼を使用している。当時エイズが蔓延し、世界中が感染経路の犯人探しに躍起になっていて、治療が鍼を使い回していることが問題になりかけていた。

使い回しではなく、アルコール消毒や高熱滅菌処理はしていたものの、これは学校だけであった。自営業の大半はアルコールがせいぜいであったはずである。ディスポ鍼が普及するには時間差があった。年配の藤井鍼師はこうした変化に対応できなかったのだろうけれど、やよいの口調から察するに、ディスポ鍼なるものがあることすら知らなかったとおもわれる。

「じゃあ今度来るとき必ず持ってきてあげるね。じっぱりあるからもったいないよ」

やよいは念を押す口調で言った。私が遠慮して返事を曖昧にしている、と自分本位に錯覚したものだろう。いったん貰い受けて忘れたころに廃棄処分するしかない。

彼女はそれから三度来院しているのだが、あれほど勢い込んでいた鍼を持ってくることはなかった。忘れてしまったのだろうか。

度忘れとか健忘症ならせいぜい二度くらい、三度ともなればもはやスッポリと抜けてしまっていると思って差し支えない。そう思って安心していたらお盆が二日後にせまった十一日、朝といっていい九時ごろ早々と来院した。

何やらカサカサとレジ袋らしき音をさせて治療室に入ってくる。

「はい先生、鍼と鍼管。鍼箱も指頭消毒器もあったし、ローラー鍼も小児鍼もあった。それから……梅花鍼だったっけこれ。カット綿も封を切らない箱あった。どうせ使わないものだから」

「やあ、それはどうも。後でボチボチ使わせていただきます」

あれこれ言うより受け取るしかない。最初に断れなかったのだから。それにしても、もっと感謝の意を込めたお礼の言葉を述べるべきなのに私にはそうした演技ができないのだ。

幸か不幸か、彼女はこちらのそうした戸惑いなど一切気がつくことなく、持ってきてあげた高揚感に浸ったまま治療台に横になってくれた。

「鍼、十包もあったよ。ひと包み五十本だから五百本だよ先生」

やよいはやはり高揚感に浸っていた。鍼など数えながらレジ袋に入れてきたのだろう。夫の藤井鍼師が何年前に買ったものか。もしかしたら十数年前のものかもしれない。業界を渡り歩いている販売員の口車に乗って千本ならなんぼ、二千本ならなんぼ割引できるとか言われて。

「これだけあれば八十五歳まで働いても十分だよ先生」

藤井やよいは私の仕事分まで計算してきていた。よっぽど善行を施したと思っているのだろう。これだけの本数で八十五歳前後まで使用できるとしたら、藤井鍼師は一本で何人を治療していたのだろう。彼の時代でそうした治療は終焉しているのだ。

「ああ、久しぶりに人と話をした感じ」

その日、藤井やよいは身仕度を整えてからも治療台に腰をかけ、ひっきりなしに話をしていたのだが、さも満足気に言ってから腰を上げた。

高齢者二人きりの毎日である。彼女は七十三歳だけれど、夫ときたら九十三歳になっているのだ。今では言葉がもつれ、記憶の蓄えがおぼつかなくなっている。

初めて認知症の兆候に気がついてから足かけ二年になった、と言っていた。やよいはだから、夫に話しかけられてもイライラするし、話しかけるのも必要最小限にしている、と何ら抵抗なく本音を吐露してはばからなかった。私に気を許しているのだろうけれど。

事実は必要最小限の限界以下ですらあるのが言外に伝わってくる。

「今朝起きてからここに来るまでひと言も口開いてないよ。だって話すことないし、言おうとするだけでイライラするもの。何んでだろうねって、自分でも思うよ」

「………」

やよいはあからさまに言うようになっていた。ここに来ると体を揉んでもらって自律神経を整え、ストレスのあれこれを吐露して身軽になって帰りたいのだ。もともと愛情を育てた上で結婚をしたのでもなく、老後をいたわり合うためのものでもなかった。

あったのはやよいの一方的打算だけ、と決めつけたら酷か。

旧市内を抜けたここの集落は土着の者たちが殆どであり、かつ高齢者が大半である。なら高齢者同士としてやよいが入っていけるのかとなると難しい。

加賀富銘木の一人娘として育ってきた生い立ちもあるだろうけれど、それ以前のこととして彼女は共同体意識を持ち合わせていないのである。

たぶんだが、やよいは藤井鍼師と結婚してこの方、夫婦らしい話を交わすこともなく過ごしてきたのかもしれぬ。二十歳も歳が離れているばかりでなく、夫は全盲なのだ。

いじゃり（いざり）、めぐら（めくら）、おっち（おし）。これ等三つは甲乙つけ難いかだわ（かたわ）者という風潮がここでは今も厳然としてはびこっているのだ。訂正しよう。厳然として、は少し言いすぎかもと。

加賀富銘木の一人娘、やよいがどんないきさつで二十歳も年上の藤井鍼師と結婚したのか。それは彼女の打算以外の何物でもない、と言っていいものだ。彼女の義父、とここからは加賀重次郎を父の上に義の一字を記すことにしなければならなくなった。やよいの話の中で判明したからである。

加賀重次郎が若いころから藤井鍼師をひいきにしていた。義父には慢性胃炎があって、彼は医者より鍼灸に頼っていた。やよいもだからその当時から藤井鍼師を知っていたことになる。

藤井鍼師が失明したのは、戦後にメチルアルコール入りの焼酎を飲んだせいであることも彼女によって初めて知った。

「加賀富銘木社長の加賀重次郎社長、俺知ってるよ」

お盆が過ぎて間もなく来院したやよいに私はこれを告げた。加賀重次郎は彼女の義父であるのだ。彼を以前から知っていたのに知らないふりをし続けるのはやよいの人格をないがしろにしていることになる。

ここまで秘匿し続けてきて、私の心にチクチクするのを感じるようになってきていたのである。

「……ええーっ」

これを告げたとき、やよいは一瞬絶句した。頭の整理がつかなかったのだろう。一、二秒を置いてから治療中の半身を捻じ曲げ、驚きの声を発しながら振り向いた。もしかして彼女が萎縮してしゃべらなくなってしまうかもしれない。

加賀重次郎には死後でさえ拘束力がありそうな気がするのだ。

とりわけ多弁なやよいには。が杞憂であった。それどころか、夫である藤井鍼師と同業者としてのよしみがあり、それにも増してずっと以前から義父加賀重次郎を知っていたことで一層の親近感を増したようであった。

その日のやよいは私の話を聞く側に回り、私がしゃべる側といういつもの逆の形になった。営林署販売係、市況調査など、そこそこに説明するところから始まって、あっちこっちの木材関連業者を訪問する中で加賀重次郎とも会っていたこと。悪い印象を避けて差し障りのないものにして。やよいは「ふーん」とか「それでそれで」とせき込んで先を促したり、いつにない神妙さでうなずくのであった。たぶん、新鮮な驚きと共に懐かしかったのだろう。

秋になると藤井やよいの通院間隔は少しばかり開くようになってきていた。どこがどうのと愁訴することがほとんどなくなっていたから、たぶんだが私を相手に藤井鍼師に加え、義父加賀重次郎の話を交わすことで孤立とストレスを解消したかったのだと思う。夫である藤井鍼師にはすでに認知症が進行していること、今ではより顕著になっていること、もはや疑いようがないところまできていた。お盆過ぎからはそれまで週二日、午前に一回であった訪問介護を朝と夕、それも毎日に増やすようになっていたし、週一回の入浴サービスも受けるようになった。

「だってうちの人、体格いいから私なんかちょせない（動かせない）よ」

朝と夕、それも毎日の訪問介護を受けなければならなくなったのは下の世話が必要になったせいではないか。やよいは言わなかったが正解だろう。

「下の世話から掃除や洗濯、買い物や食事の仕度など、この人はこまめにやっていない」

やよいの話を聞きながら私の疑念は確信に固まっていく。

毎日とは言え、午前と午後二回の訪問なら夜から朝の時間帯の下の世話はやよいがやらなければならない。やっていないだろう、と思う。

自分の頭だって週に一回洗っているかさえ疑わしい。このころになって、あれこれの話から夫藤井鍼師の話に移ると、それまでほろほろと鼓膜に届く声音だったのがとたんにトゲトゲと鼓膜に突き刺さってくるようになっていった。

のみならず、彼女の身体からさえ加齢臭とは別な不潔臭が漂うようにさえなってきている。頭部だけでなく自分の着衣すらまともに洗濯していないのは確かだ。夫である藤井鍼師にあれを作って食べさせた、これを作って食べさせたなど、食事にまつわる話に至っては初めからなかったことだ。

（四）

秋分の日の三連休の三日目、孫の太朗とさゆりが娘に連れられて治療院に来たとき、やよいが初めて三人と顔を合わせた。五歳と三歳の二人は五分そこそこを騒ぎまくってたちまち引き上げた。来院者がいなければ思い存分騒ぐのだが、その日娘は用件を済ますとすぐ引き上げた。

「先生にもあんな大きな娘さんとお孫さんがいてあったんだあ」

玄関が閉まる音を確認し、やよいがいかにも意外そうな口調で言った。

私に関して何か錯覚とか早飲み込みらしきものがあったらしい。彼女が私に話して聞かせる何十分の一すら私自身については話していないのだ。

「私の孫なんかもう大学生になってしまった。中学三年生もいるんだけど。どっちも男。女の子一人欲しかったな。双子の娘、二人とも東京で暮らしているけど、一人はもう結婚する気持ちがないんだって。二人とも帰らなくなって四年なるんだか五年になるんだか。もうハア、待たないことにした」

やよいは今度はしょんぼりと言った。彼女の双子の娘たちが東京で暮らしていることも、男の孫が二人いることも、里帰りしなくなって久しいこともこれまで一度ならず聞かされている。前に言ったことを忘れて繰り返しているものではなく、淋しさに促されてつい言ってしまうのだろう。

一人娘のやよいは二十六歳の年に婿養子を迎えたものの、どうした理由からか一ヵ月そこそこで離婚している。そんな短い結婚生活であったのだが、彼女は双子の女児を生むこととなった。銘木会社の一人娘とは言え双子の女児をかかえていたせいだろう、再度の婿養子を迎えることなく婚期を失してしまった。

ここに木材産業の急速な低落も重なってしまったものだから、五十歳を目前にして二十歳も年の離れた盲目の鍼師に嫁がなければならなくなってしまった。世が世であればこんな不遇に遭うことなく、加賀富銘木の一人娘として何不自由なく暮らすことができていたことだろうに。ところが次のひと言から事情は一変した。青天の霹靂とはこのためにある熟語でこそある。

「これ言ったら先生驚くよ。ホントのこと言うとね。………フフフフフ。双子、実は義父の重次郎の子どもなんだよ」

やよいはまるで私をからかう口調でこんな重大な打ち明け話をするのであった。担ごうとしているのではないらしい。冗談などで持ち出せる代物ではないのだ。それでも私は解釈に手間取ってしまった。双子はやよいの娘ではなくて、母トミと重次郎夫婦の間にできたということだろうか。それをなぜやよいが生んだことにしなければならなかったのだろう。それとも………。詮索はここでウロウロと立ち尽くしてしまう。加賀重次郎なる人物を知っている。それがかえってやよいと結びつける妨げになっているのだ。

「何、それ」

私はしばらく間を置いてからようやく言った。

「これ言ったら驚くよ。この世の中で知っている人、私のほか誰一人としていなくなってしまったな」

やよいは得意然とした口調で言っている。興奮しているのだ。

「こいつは何という軽佻浮薄な女だ」

ここにきてようやく、私はやよいが生んだ双子が加賀重次郎との間にできた子であるのを確信した。そんな重大なことをこの女はまるで取って置きの秘密を打ち明ける子どものように興奮して打ち明けている。たぶんだが、私がのけぞるほど驚愕すると期待してのことだろう。

小中学校の子どもならいざしらず、彼女は七十三歳ではないか。

秘密は大きければ大きいほど、自分ひとりの腹に収めておくことができないものかもしれない。王様の耳がロバの耳であることを知ってしまった床屋がとうとう耐えきれず約束を破ってしまった。雪女と結婚した男も約束を破ってしまった。二人とも命がかかっていたというのに。

が、やよいの場合、二つの童話とは似て非なるものだ。

彼女はまるで子ども、誰も知らない秘密を打ち明けたくって打ち明けたくって全身をウズウズさせるように血が滾っている。それから解放されたときの瞬間の快感。あれなのだ。なのにことの重大さがここまでブレーキをかけてきていた。そこに私が現れた。

「この人なら口外する心配はいらない」

彼女の義父である重次郎を以前から知っていた、と告げてから彼女はしばしば彼についての話をすることが多くなってきていたのだが、それが徐々に警戒を緩めていったばかりでなく、逆比例して打ち明けることで私が驚く様を見たいという幼稚とも言える興奮を禁じ得なくなっていったものだろう、きっと。私の娘や孫たちが来たことで気持ちが一気に促されたのかもしれぬ。しかもマッサージを受けて心が緩んだ。

加賀富銘木はやよいの祖父である加賀重衛門によって創業された。明治二十一年のことである。天然秋田杉は明治期から大正時代が黄金期であった。昭和になって戦後ここでまた黄金期を謳歌することができたのだが、これは一過性のもので、戦後二十年を待たずして峠を越えてしまった。

明治末期から大正期、やよいの祖父重衛門は天然秋田杉の磨き板で巨額の富を手にした。腕のいい職人に恵まれたことと、東京のみを相手に商売をしたのが当たったのである。創業者の祖父が不幸であったのは跡取り息子に恵まれず、娘が一人しか授からなかったことであった。

娘の名はトミ。やよいの祖父は彼の遠い親戚に当たる祐吉をトミの婿養子として迎えた。いや、迎えたというのは妥当性に欠ける。祖父は娘が一人しか授からないと悟った時点で身内から養子に適う人物を物色し、祐吉に白羽の矢を射た。祐吉、尋常小学校四年生のことである。

三人いた兄の誰も高等科に進むことができなかったのに、祐吉だけが高等科二年を終えることができたのは重衛門の庇護があったからである。

その後は重衛門によって徹底して叩き上げられた。重衛門は彼を工場長に仕立て上げなければならなかったし、祐吉はそれに応えなければならなかった。

娘であるトミに婿養子となった祐吉はやよいが八歳になった年、彼二十九歳、終戦、一年前に召集され、南方に向かう輸送船が撃沈されて戦死した。会社を維持するため加賀重衛門は勇吉の一周忌が明けた一年後、終戦の秋、従業員で復員したばかりの重次郎をトミと再婚させた。

重次郎もまた十衛門と血の繋がる親戚であった。重次郎には自分重衛門と同じ「重」が頭についていることで運命的なものを感じたのかもしれぬ。トミは三十歳になっていて、婿養子の重次郎は彼女より五歳も若かった。

祖父重衛門は重次郎が三十一歳の正月、それまで加賀銘木としていた社名に「富」の一字を加え、加賀富銘木に改めた上で社長の椅子を重次郎に譲った、とここまではやよいの口から聞かされていたことだ。社名に「富」の一文字を敢えて加えたのは一人娘であるトミへの思い入れがそうさせたのか、重次郎をまるごと信頼するまでに至らなかったからなのか、どちらでもあったのかもしれない、と私は推測する。なぜ推測するか。加賀重次郎を知っているから。

やよいが新制高校の二年生になったばかりの春、義父重次郎によって陵辱された。

「はじめ、何が何だか事態が分からなかったな。熟睡してたからね。驚くより先に怖くて怖くて。重次郎だって分かったら、今度は人に知れたら大変なことになると思って声を出してはいけないと思った。それがいけなかったんだと思うよ。続くことになってしまったんだから」

母トミと重次郎の夫婦仲がどうであったか、やよいは言わなかった。だが重次郎にとってこの結婚は創業者であるやよいの祖父重衛門による有無を言わせぬ命令的なものであったのではなかったのか。彼にとってトミとの結婚は男の沽券をかなぐり放棄しなければならないものであったのだ。「小糠三合あったら婿に行くな」と言われるほど、男にとって婿養子にはなってはならないものとされている。時代が大きく変わった今でもそうした風潮はさして変わりはない。

男共が集まる所、ほとんど決まって酒が出る。酔いが回ると婿養子は必ず肴にされる。それが棺桶に入るまでどころか、墓の下に納まってさえ肴にされるのに耐えなければならない。

酒の肴になるだけならまだしも、加賀富銘木という会社の名が出る都度「あの会社の社長は婿養子で………」と、話のどこかにこれが必ず挿入されるのである。

わけてもトミは再婚であり、かつ年上なのだ。年上の妻は「ヘラ」とこれまた婿であるなしに関係なく蔑視と揶揄の対象になるのだ。加えてやよいという娘がいる。

後添えの婿養子、かつ相手はヘラ、プラスこぶつき、三拍子も四拍子も揃っている。加賀銘木という社名にわざわざ「富」を書き加えて譲渡されたのも屈辱であったはずだ。

加賀重次郎なる人物を私は知っている。まことにとっつきにくい人物であったのは前述しているのだが、だから彼を嫌っていたか、と問われればそれはなかったことだ。むろん好感を持っていたのでもないけれど。ここまでやよいの話を聞いてきて思う。結婚にまつわる重次郎の鬱屈したあれこれが彼をあのような人物に仕立て上げてしまったのではないのか。やよいと肉体関係を続けてきたのも、事の善悪を別におくなら、彼を知る私には世間一般の常識並みに排斥できない。

昔、と言っていいあの当時、会社の応接室に待たされ、社長の重次郎が頭を下げるでもなくむっつりと渋面そのものの顔でソファに腰を下ろすと眼鏡を外し、胸ポケットから紫色のハンカチを取り出して丹念にレンズを拭いてから、「で、要件は」と口でなく冷たい切れ長の目で問うてくるあの仕草。そこにはそれなりの背景があったということか。

今になって懐かしい、というより切なく思う。

やよいが義父重次郎に文字通り処女を奪われた高校二年生当時から、二人の関係は十数年続いていたか。数が曖昧なのはやよい自身に年数を数える認識が希薄であるからだが、希薄はたぶん、彼女が七十歳を越えたせいだけでなく、元来がデリケートを持ち合わせていないせいだろう。

重次郎に寄せるひたむきで切ないほどの情熱は最初からなかったのは確かだ。性の充足感ならあったかどうかそれさえ私には疑わしい。

重次郎にしてもやよいへの愛情はなかった。とこれは断言できる。あの彼がこんなに軽佻浮薄なやよいを好きになるはずはないのだ。体が求めていたとも思えない。

木都能代は米代川河口にひらけた港町でもあるから花街が発展する条件が揃っている。「妾は男の甲斐性」、という風潮が罷り通っていたし、わけても製材業の親方どもはこうした手合いが風を切ってのたうち歩く土地柄であったこと、古老と言っていい昔の親方を治療することがあったが、彼等は一様にそうした昔を懐古していたものだ。

重次郎もそうであったかどうかは分からない。分からないが私はそうではなかったと思っている。やよいとの関係を継続した背景として考えられるのは、トミの婿養子として自分をあてがった創業者である義父重衛門に向けられた謀反心と、自身への謀反心に突き動かされてのものであったのではないか。虚無と言ってもいい。

「一度や二度はともかく、一つ屋根の下に住んでいで、母親が何年も気がつかないでいだどは、俺には考えにぐいども」

「気がついてたよ、そりゃあ」

やよいがにべもなく言った。重次郎にはやよいとの関係を、やよいの母であって自分の妻であるトミに秘匿しておく気持ちはなかったのだろう。そうしてやよいは元来が軽佻浮薄だから、母を慮る配慮などまるでなかったとはさすがに断定しかねるものの、身も心もなりゆきに任せるだけであったと思うしかない。

「それで何とも言わながったの、母さん」

こんな女に何も根掘り葉掘り聞き質すことはないのだが、そうしたところでこちらが不愉快になるのも分かっていながら言っている。年齢を重ねたせいで、悪い意味で私も丸くなってきている。それと加賀重次郎を知っているから。

「言わなかった。苦しかったと思うよそりゃあ。家のこと何もしなくなっていって、奥に引っ込んでばかりだったな。台所なんか全部女中任せにしてたな」

「あんたは苦しくながったのが」

私は思わず「あんた」呼ばわりしていた。やよいのペースに乗せられて下種（げす）になっているのがなさけない。

「だって……。男と女の関係ってそんなものだと思うよ」

そんなものとはどういうものなのか。しかし私はこれ以上問い質すことをやめた。

母トミへの呵責は多少なりともあったとは思いたいけれど、問い質したらかえって落胆しかねない公算が大きくなるばかりだ。

（五）

季節が秋たけなわの十月半ばを過ぎようとしている今、稲刈りがすっかり終わった田圃は切り株から伸びた薄緑色のひこばえが涼風になびいていることだろう。紅葉にはまだ間がある。晩秋になる一歩手前、雁や白鳥は鳴き声を交わしながら屋根の上を南下していく。

日中天気がいいと窓を開けたいのだが車の音がうるさい。間断なく通るほどではないのだが、全盲の私の読書は専ら耳に頼っているので外の音に邪魔されたくない。

点字図書館に登録している音声ボランティアによって朗読された書籍は数年前までカセットテープ録音であった。一冊の単行本を耳で読むとき三十分毎に裏返して交換しなければならず、これを十数回から二十数回も繰り返さなければならなかった。

今はデジタル化されたものをダウンロードして取り込むようになっている。以来、読書量が一気に増えた。増えた原因はこればかりでなく来院者が減ったことも大きいのだが。

それで窓の全てをペアガラスに変えた。これだと二枚重ねガラスの中が真空になっているので騒音は気にならないと言っていい。

ペアガラスの窓を閉じると人が通り過ぎる音は神経を集中させてすら、子どもたちの嬌声以外は聞こえて来ない。仮に窓を解放していたにしても、過疎と高齢化が完結してしまっているこの集落では行き交う人との会話が聞こえてくることはめったにない。それでも旧国道端ではあるし、小さいながらもスーパーもある。

そうして無人駅も。そこから時おり発車を告げるオカリナの音がまるで遠くからのように届く。旧市街地からそんなに遠くないこともあって、治療院の客の大半はそちらからが多い。多い、などと言えば聞こえはいいがたかが知れている。

そんな中、藤井やよいは集落内で唯一のリピーターになってくれているからありがたいと言わなければならない。もっとも、来院する間隔が当初に比べたら漸減し続けてはいるけれど。

「エアコンがあるといいねえやっぱり。うちの人なんか、開業していた当時からエアコンつけてなかったたな。ここみたいにあん摩マッサージとかの力仕事でなくって鍼専門だったからね。古い家であったから、冬は隙間風入ってくるしね。そのくせ夏は暑かったな。戦後間もなく建てた家らしいけど、十年も住まないで抵当に取られたのをうちの人が買ったてたな。どうしてあんな大きい家屋敷買ったんだかね」

その日、今夜遅く台風十三号が日本海沖を通過するという予報が出ていた。

フェーン現象のせいで、気温は午前十時前からすでに三十度を越えていた。ペアガラスの窓は今朝から閉め切ったままになっている。もっとも、七十歳を過ぎたやよいではあっても施術中は肌着になってもらわなければならないから窓は閉める。

話は重複することもあるし重複しないこともあるものの、つじつまが合わないほどのものはない。窓を開ける開けない、冬がどうのこうの。彼女の話はどうということもないものから、夫である藤井鍼師に及ぶ。すると声までがこれにリンクしてザラついたものになっていくのだ。私はほとんど聞き流しているのだが、合間に「うん」などと合いの手を入れる。一度だが黙りこくっていたら「聞いているの？」と叱責されたことがあった。話は一連の終止符の所までは続く。たぶんだが、私が不快がっていようがいまいが、そんなことなど一向に頓着しない性質なのだ。

やよいに妊娠の兆候が現れたとき、急遽結婚が整えられた。選ばれたのは会社の職人で名前は作治、職工としての腕はまだ発展途上ながら、善良だけが取り柄の男であった。この噂は会社だけでなく市井の人々をも驚かせた。加賀富銘木の一人娘に迎える婿養子にしてはいかにも不釣合いではないか。がこれを詮索して事を重大視するまでに噂は発展しなかった。

「だって、私と義父の間に子どもができたことが世間に知れたら大変じゃないの。とにかく大至急結婚式をあげて、それですぐ離婚したわけよ。一ヵ月もしなかったな。二週間そこそこで出て行かせた」

これ等一連の出来事は創業者である祖父重衛門によって進められた。

祖父の内奥はどんなに重次郎への憤怒の炎が燃え上がっていたことか。やよいは結婚してすぐ離婚したものの、不幸にも妊娠してしまった。世間的にこれが通ることになる。そのための、言うところの偽装結婚であったのだから。

そうして彼女は帝王切開で双子の女児を生んだ。

双子であったのが幸いした。偽装結婚から数えるなら二ヵ月近い早い出産であった。双子であったから予定日まで置くと出産が困難になる。初産であることなどから早期ではあるけれど出産させなければならなかった。こうした弁明が成立する。

重次郎がこれをどう受け入れてきたのか。開き直った、と私は思う。たぶんだが彼は望んで婿養子に入ったのではなかった。創業者に請われてのことだろう。重次郎のような傑出した人物が職工として自分の会社にいたことは創業者にとって天佑であったに相違ない。やよいを妊娠させてしまった時期、重次郎はすでに会社にとって欠け甲斐のない座を占めていたと思われる。

重次郎の妻であり、やよいの母であるトミにはどうであったかについてやよいは触れることはなかった。やよいには母を斟酌する心のデリケートさなど最初から欠落しているのだ。重次郎はまた、やよいとは真逆な性格、虚無でさえある。

むろん彼も誰に相談もしなければ告げもしなかった。

だがトミとて彼等二人の関係を気がつかないはずがない。それも早い段階で。

トミはやよいに問い質すことはしなかった。彼女は娘やよいの軽佻浮薄さと、夫である重次郎の冷徹さに翻弄されるしかなかったことも容易に察しがつく。

自分は創業者である父重衛門が一代で木都能代の銘木業界を代表するまで育て上げた加賀銘木の一人娘なのだ。不祥事を門外に出してはならない。トミは厳しく自分を戒めていた。見ざる言わざる聞かざる。三猿を一身に取り込んで耐えなければならなかったと、私には容易に察しがつく。

間もなく木材産業は急速に淘汰されていった。大量生産大量消費こそ美徳、裏を返せばと言うより表も裏も軽佻浮薄で成り立っている見せかけは、天然秋田杉など銘木と評価されて値のはるものから順治イミテーションがはびこり、造林杉すら巻き込んで安価だけがとり得である外材の席巻を思うままにさせていくのにさして年月を要しなかった。

新築した家たち、マンションは言うに及ばず、瀟洒な戸建て住宅ですら床はフローリング、襖も障子もない、従って敷居も長押も、むろん欄間もないし床の間は論外。壁は合板にクロスを貼りつけたものになっている。今では柱が見えて畳の敷かれた部屋はほぼ消え失せた。

一時期ながら営林署という木材を扱ってきた職場に籍を置いてきた身にしてみれば、木材界は末法の世に立ち至っている。

などと勢いに任せて綴ることがはばかられる。

私自身、中古住宅を買って改造するさい、古い壁にはクロスを貼ったし、お客などめったに来ないのを口実に客間の床の間を取っ払い、畳を剥いでフローリングにしてベッドを置いているのだから。経済的にこれしかできなかった、とささやくような声で弁明しなければならない。

旧市内で開業していたころ、昔製材所で働いていたという老人が来院したことがある。昭和三十年代のはじめ、彼は小学校教員であったのだが、結婚を控えて製材所の職工に仕事を変えた。

「あのころの教師は月給が安くてな。製材所の職工と較べれば倍近い差があったな。それがまさか、俺が現役のうぢに潰れるどは思ってもみながったな」

男はしみじみと述懐したものであった。彼によると教師からの転職組は数人はいたという。

能代市がその名の上に木都を冠し、木都能代を謳歌していたことを、今では小学校社会科副読本で触れられているかどうか。その後に勃発したバブル期、雨後のタケノコみたいに成長した縫製産業にすら追い越されてしまった。

縫製産業が衰退した今、能代は高齢者のための福祉施設が雨後のタケノコになっている。

木材関連会社が相次いで倒産していく中、加賀富銘木は倒産でなく廃業という形で整理できたのは重次郎の冷徹な判断がプラスに作用した故だと言える。

義父重次郎とやよいの関係はずっと維持されていた。母トミもその事実に早くから気がついていたし、母が気がついていることをやよいも知っていた。むろん重次郎も妻トミが知っていることを知っていた。こうした関係を、やよいとして母トミをどれほど慮っていたかは疑問だ。

昔で言うなら女中ということになるが、今ならお手伝いさんか家政婦と言うのだろうか。女中をさして差別用語とは思えないのだが。マッサージの私を「揉み屋」と言われることがある。要は言っている人に見下す意識があるか否かにかかっている。

それはともかく、双子の赤ちゃんをやよい一人で育てられるはずがないから女中さんがいたとは言え、母トミの介助は欠かせなかったはずだ。

「母はしなかったな。抱っこもしなかったしね。ご飯だって母とは別々になっていったな」

「重次郎はトミさんど一緒に食べたんだ」

「重次郎は食べる時間不特定であったたし、夜は遅くならないと帰って来なかったな。母は朝なんかたいてい遅くまで起きてこなかったから、たぶん食べなかったんじゃないの。祖父だけ可愛がってくれてたな」

食事は三人別々であったということか。母トミは今で言う鬱病になっていたとも考えられる。考えるだけでも寒々しいというか、殺伐としたとでもいうか。

やよいが軽佻浮薄であったことがむしろ双子ちゃんたちに幸いしたのではなかったのか。でなかったらまともに育たなかったとも考えられるのだ。

今になって気がついたのだがやよいは重次郎を呼び捨てにしている。重次郎さんでもないだろうし、今さら義父さんでもないだろう。だが私にはそれだけのこととして解釈できない。

二人の交わりは体のみのものであった。親密さもなければ反発する感情もなかった。強いて言うならやよいにとっては自慰みたいなもの。相手の体は単に対象物でしかなかった。対象物に「さん」などつけようがないのだ。

双子が女児であったとは言え、成長するに連れて男親である重次郎にどこか似ていくところがなかったのだろうか。こんなこと、世間は目ざといはずなのだがそうした噂があったかどうか、やよいが触れなかったところをみると、この点において天は双子ちゃんとその両親に味方したことになる。

（六）

　母と義父が会社を整理して一年足らず、相次いでこの世を去ったのはやよいが三十九歳のことであった。その後彼女の生活が経済的にどれほど裏づけされていたかは定かでないが、双子の女児の養育がやよい一人の肩に被さっていくことになったとは思う。双子の姉妹を社会に送り出したとき、彼女は今度こそ丸裸同然になってしまっていたのではなかったか。

　やよいの義父重次郎には慢性胃炎があって、彼は医者より藤井鍼師に信頼を置いていた。彼女が経済的苦境に立たされていく過程を藤井鍼師は一部始終目の当たりにしてきたことだろう。二人の結婚には愛とか恋といった感情があったとは考えにくいし、第三者が仲を取り持ったとも考えにくい。

　藤井鍼師には弟子と女性の事務兼運転を預かっている人がいた。買い物は女性とか弟子がやってくれていたろうし、家事も二人に頼っていたことだろう。

が、彼は往診先で階段から転げ落ち、大怪我をして長い休業から復帰したとき二人はいなくなっていた。その後の不便は押して知るべしである。

　やよいだが、彼女には経済的困窮が急迫していた。結婚しよう、と話を持ち出したのはやよいの方であったろうことは容易に察しがつく。彼女が私に治療を求めにきたように藤井鍼師に出かけていた。所定の治療代を支払ったかどうかはともかく、何回か訪れているうち、やよいの口からその言葉が自然に出たものだろう。自然にとは言え、計算づくではあったのだろうけれど。彼女はそうした計算を難なくやってのける女である。いや、計算という計算などなかったのかもしれない。軽佻浮薄こそ彼女の真髄なのだから。結婚はなしくずし、藤井鍼師がそれと気がついたときにはすでに入籍手続きが完了していたとも考えられる。

「フフフフフ。これ言ったらびっくりするよ先生」

気を抜いてうっかり自分の思いを漂わせていたらやよいが変な作り笑いをして言った。

偽装結婚にまつわるあれこれを告白したときの雰囲気そのままではないか。

「結婚してすぐ離婚した人、作治っていう人だけど、あの人結局最後まで自分が双子たちの父親だって信じたまんま六十八歳で死んでしまったな。それはいいけど、双子たちに成人するまで養育費送り続けてくれた。あれでどれほど助けられたか。とうとう再婚しないで通したな、あの人」

「………」

私は絶句した。危惧が的中したものの、こんな重大なことを含み笑いをしながらまるでベラベラと事も無げに言ってのけるのだ。しかも「それはいいけど」とは。普通の神経を持ち合わせている人なら絶対に出てくる言葉ではない。

なのにやよいときたらわだかまりの欠片すら感じさせない滑らかさなのである。

偽装結婚にあてがわれた作治なる男、希にみる実直かつ生真面目な男であった。なお言うなら希に見る心温かい人間でもあった。後腐れがないよう、創業者重衛門の眼鏡に適った男なのだ。

けれど彼はいったい自分がなぜ、結婚してすぐ一片の落ち度すらしでかす時間的ゆとりすらないのに放り出されなければならなかったのか。まるで訳が分からなかったことだろう。主従のつながりに縛られていた、というかそこを見抜かれての当て馬であったことなど、善良さだけで成り立っている彼に気がつくはずがなかった。

こんな仕打ちをされても歯向かうことなくすごすごと引き下がってしまった背景を私はもう一つ推測する。作治の生家は水呑百姓の子沢山であった。とすれば手切れ金が彼等の口を塞ぐ最良の手段となるのは自明だ。

作治の実直かつ生真面目は尋常の域を超えるものであった。彼は離縁を申し渡されると同時に加賀富銘木から追い出された。以後加賀富銘木には絶対に近づくな。生まれてくる子どもにも関与してはならぬ。そんなことなど恫喝まがいに言い渡されて。

作治はしかし実直かつ生真面目だけではなかった。希にみる心優しい人でもあったのだ。最後まで独身を貫いたのは子どもへの思いであったものと考えて間違いない。まして子どもは双子の女の子だったと、漏れ伝わってくるとしたら。やがて転落していく会社の実情にも影ながら心を痛めて眺めていた。

なのにやよいは作治の心優しさを逆手に取って、これ幸いとばかり彼からの援助を受け取っていたのだ。そればかりか、彼女の方からせびっていたに相違ない。「それはいいけど」にはしてやったり、とほくそ笑んでいる様すら想起させるしたたかさがある。

やよいは今七十三歳。私より三つほど上であるはずだ。若くて無分別の年齢ならいざ知らず、子育てに翻弄されたばかりか経済的に苦労をさせられていた当時ならいざ知らず、いやいや、いざ知らずといってもこれは百歩を譲ってのことなのだが。

この年齢に立ち至っている今ならそれ等をしみじみ懐古しなければならないものだ。それも懺悔と後悔の苦渋を伴った感謝の心をもって。女はここまであざとくなれるものだろうか。いや女という性にするのは訂正しよう。人間はこうもあざとく立ち回れるものだろうかと。ついでに軽佻浮薄も取り消す。なんのなんの、やよいには希に見るあざとさがあったのだ。

「双子たちが大きくなってから、実の父親が誰だったかを教えながったのか」

私はしばらく間を置いてから問うた。

「知らせないよ。言う必要ないから。今だって作治さんだと思っているよ。重次郎の生きてたころだって何回か内緒で会ってお小遣いまで貰ってた、と言ってたな。ずっと後になって娘から聞かされた。私にも内緒にしてたんだから。養育費というほどの金ではなかったけどね。養育費としてもらうようになったのは重次郎が死んだ次の年からであったと思う」

「………」

養育費というほどでもなかった、と言うところをみるとやよいには不満な額であったのだろう。とすると、加賀富銘木は廃業当初から家計のやりくりにすら余裕がなくなっていたものと考えていい。それにしても、やよいは作治に対して感謝してもしきれないはずなのに不満足ですらあったのだ。私は黙りこくって施術の手だけを動かす。

「作治さん、うちの会社クビになってから出稼ぎしてたけどね、病気になったりしてたらしい。

寿命を縮めたのも養育費を稼ぐために無理したせいだと思うよ」

私が黙りこくっているとやよいが言った。

「あんた、重次郎さんが死んでがらというもの、当たり前の顔して作治さんがら養育費を受け取っていたんだべ。それが作治さんを無理させだんだ」

私の口調はさすがにトゲを含むものになっていた。

「だって先生、会社も潰れて重次郎も亡くなって。私一人で双子をどうして育てていくことできるのよ。それも中学、高校と金のかかるさかりだったんだよ」

「…………」

私の口調が変わったことでやよいのそれも少しばかり硬くなっている。

もはや反論に反論したくない。双子を抱えて一気に貧困の度を増していった事情は分かる。

「こうなったら作治をうまく利用しないと」

やよいはそう決意したに相違ない。ひょっとしたらほくそ笑んだかも知れぬ。七十三歳という今になってすら「あのときはうまくやったなあ」めいた感情で追憶しているとしたら、部外者の私ではあっても憤りを禁じ得ない。

双子は作治なる男の子どもではなくてまさしく赤の他人なのだ。

カッコウはオオヨシキリの巣に卵を生み落とす。オオヨシキリはそれと知らずに孵化したカッコウの雛に餌を与え続ける。

やよいはカッコウ。託卵を地でいったのだ。私の憤りが伝わったとみえて彼女はいつになく反諭してきた。カッコウはカッコウとしてしか生きられないとでも言いたいのか。

「あの人、とうとう結婚しないで通したな。病気であったこと、娘たちも知らなかった。死んでから分かったの。風の便りっていうんだよね、それって。娘たち、新盆に里帰りしたとき、孫と一緒にお墓参りはしたんだけどね」

やや間を置いてからやよいが言った。さすが彼女にも少しは懺悔の気持ちが湧いてきたのだろうか。さっきよりは声を和らげている。

「………」

「今思えばあの人、やっぱり可哀想な人であったな」

ここにきてやっとその言葉が出た。私の憤りがまだ治まっていないことがやよいの大脳のどこか、僅かばかり備わっている分別を司る部位を活性化して声帯を振動させたのか。あるいは作治の死を知ったとき、さすがに忸怩とした思いを抱いたと思いたい。が、私の憤りは容易に治まりそうにない。そこで私はラジオのスイッチを入れた。するといきなり「ズビビズバババズビズバアアア。ヒガーあートウモルウウウ」と青江三奈の曇りガラスがかったしゃがれ声が飛び出してきたので反射的に止めた。

「世の中狂ってる」

ついに青江三奈にまでヤツ当たりしている。

「じゃあ、今となっては真実を知っているのはあんただけということか」

マッサージが仕上げの手順に入ったところでようやく気分が落ち着いてきた。

「そうなってしまった。でも先生に話したから二人になったわけだよね」

「こんなごど、どうして今俺にしゃべる気になったんだい」

私は憤りが復活しないようゆっくりとした口調で言った。

「どうしてって。あらたまって言われてもね、先生と話しているうち自然にそうなったと思うよ。先生だとこんな話、よその人にしゃべるってこと考えられないしね。そんな安心もあったと思うなあ」

やよいは他人事めいた口調で言った。たぶんそうだと思う。自然の流れで告白してしまったとも言えるものの、打ち明け可能の相手に会ったことで極秘扱いを吐露する快感を味わいたかったまでのことなのだ、きっと。客から聞かされプライベートな打ち明け話を軽率に口外してはならない。客に口外したくなる話は客も口外したくなる共通性を持っている。

蛇足だが、小説や映画などに出てくる盲目のあん摩師たちの全てが例外なく多弁である。彼に聞かせてしまった話はたちまち世間に撒き散らされることになっている。こうした人物設定には盲目の揉み屋の方が床屋、美容院より数段にインパクトがある。

盲目の揉み屋である私は言う。プライベートな話をしてくる客は押しなべて教養と品格に欠ける。彼等は申し合わせたように私のプライベートまでほじくるにかかる。

偽装結婚の相手として選ばれてしまった作治なる男、やよいに聞き質せばどこの人か教えてくれるだろうし、彼を知っている人に辿りつくことができないわけではない。治療院には近隣集落から幅広く来院してくれる者がいるものだ。とは言え、今、数はめっきり減ってしまってはいるものの、それでも人と人とのネットワークが意外な展開をして驚くことがある。やよいと重次郎こそ好例ではないか。だがそこまで詮索する気持ちはない。

やよいが私に重大な告白をして以来、来院の間隔がまた少し延びるようになっていった。

彼女に自覚はないにしても、たぶん彼女の心の高揚感が告白を峠として急速に下降していったのだろうと思う。

（七）

十一月の末、この時期を待っていたようにまとまった雪になった。これが根雪になる。

それから二週間ほどして久しぶりに来院したお客さんがビリビリと派手な音をさせて十一月のカレンダーを剥ぎ取った。師走に入っていたことを、忘れていたわけではなくてカレンダーを剥ぎ取ることを忘れていたのだ。この治療院のカレンダーときたら、お客さんが気がつかないと一枚どころか二枚を剥がなければならないことだって希でない。

藤井やよいが久しぶりといっていい間隔を置いて来院したのはその日の昼過ぎのことであった。そうしていつになく元気がない。がこれといって体調の悪さを訴えることもなかったから、やはりあの告白で高揚感を下降させて以来、浮揚できないでいるのかもしれない。

それで私は自分から話しかけないようにする。

「うちの人、グループホームに入れてくれるようにって、ずっと前からお願いしてるんだけど。今朝、ケアマネの人来て午前中ずっと話し続けた。でも認められないいんだって。認知症って一旦なってしまったら絶対治らないんだし。それどころか少しずつ進行していくんでしょ。私がいくら病気してないからって言われても疲れたよ。先生からマッサージしてもらっても、もうハア、元に戻らなくなってしまったな」

右側臥位にして後頭部、頸椎、肩甲間部へと揉みほぐしていくうち、やよいがいつになく無言でいたのだが、これまで聞いたことのないガサついた声音で言った。老人の声になりきっている。身も心も疲れているのだろうか。いやいやそうではなくて、自分の要望がケアマネに受け入れてもらえなかったことがかなえられなかった落胆によるものだ。これまで藤井鍼師を一生懸命に世話をしてきたとは思えないばかりか、むしろないがしろにしてきていたではないか。

彼女の疲労感はケアマネとの交渉によってもたらされたものだ。

「福祉だってそう簡単にこちらの言うごど聞き入れではくれないど思うよ。どこに相談したの」

「ケアマネの人、私がまだ七十三歳だし、どこといって病気もないようだから、訪問介護、午前と午後のほかに夜一回プラスするからって言ってたな。夜中に他人を入れるのは嫌だよ。結局今日だって二時間もお願いしたけどだめだった。じゃあ私が病気になれば認めてくれるんですね、って言ったら笑ってた。ひどいと思わない？　そうなったらかえって福祉の方で損するのにね」

やよいは私の質問を聞き流して一方的に話をする。グループホーム入所を承諾してもらえなかった落胆が頭を混乱させてしまっている。今日は二時間もねばったものだからどんなに絶望させたことか。よく治療院まで来るエネルギーがあったものだ。

「でもまあ少しは前進したがら良がったじゃないか。夜中の訪問、追加してもらった方が旦那さんにもあんたにもいいに決まってるがら、お願いすればいいよ。こんなごど、慣れるど気にしなぐなっていぐがら。じきに正月で年が変わるし、四月の新年度になったら何とかしてくれるど思うよ。それまで根気よぐお願いし続ければいいよ。その方がケアマネの心象を損ねないで済むし。なるべぐ逆らわない方がいい」

こう言っても何も言わなかったところをみると「今日こそは」、と二時間もかけてお願いした分、絶望的に落胆してしまったのだろう。

よくここまで足を運ぶことができたものだ、とまた思う。

こうして新しい年が明け、治療院は五日に初来院者を迎えたのであった。この日、私は一人目のお客から意外なことを聞かされた。藤井鍼師が一昨日の朝亡くなったという。見つけたのが新聞配達員であった。藤井鍼師が玄関を這い出て数メートルの所にうつ伏せに倒れていて、発見されたときはうっすらと雪に覆われていたというから、死後かなりの時間が過ぎていたことになる。

「何でもパジャマがずり落ちてパンパースも外れてしまって、下半身糞まみれであったそうだ。婆さん一人で世話してあったども、大変であったど思うよ。いくら訪問介護受げでいでも、やっぱり家族だよ。老老介護って大変だよなあ。こうなる前に施設さ入れであげればよがったのにな」

「はああ。それは知らながったなあ。それはそれは」

私はひどく驚いてはいたものの、男に聞き返すこともなく手を動かし続けていた。

驚かなければならないはずなのに、まるで素直に受け入れている。それどころか「よかったなあ」と思っているふしすらある。

これでやよいの懸案が一つ解決したとでも思おうとしたのか、藤井鍼師が自力でこの世を脱出して旅立ったことに成功した安堵感によるものなのか。

いやいや、彼はこの世を脱出しようとして凍て突く夜の外に這い出たのでないことは分かっている。だが彼は死の間際、安堵の溜息をどんなに吐き続けたことか。よかったなあと思う。

「前にあの家さ住んであった人、作治っていうんだども。死んでがら二年ぐらいであったべが。三年はなってねがったはずだ。その空ぎ家さ藤井っていうめぐら（盲）の鍼師夫婦が引っ越してきてな。作治は一人暮らしであったどもマメな人であったがら、あの家、築三十年は過ぎであったはずだども、結構しっかりしてだ。一人暮らしだもんで小じんまりした造りだから、あの夫婦ど思うよ。鍼師ハア、こご何年か前がらだべなあ、認知症現れでしまって。ヘルパーの人もしょっちゅう出入りするようになってあったども、連れの婆さん、難儀したど思うよ。あんまり長生ぎするのもどんなもんだべなって、カガアど話してだ。今日は他人の身、明日は我が身っていうがら」

「………」

男はゆっくりとした口調で言ったのだが、私は相槌を打つこともなく聞いていた。

またしてもやよいがあざとく立ち回っていたのだ。

作治がここの集落の人であったと、この日初めて知った。藤井鍼師夫婦同様、私もここではよそ者なのだが、そのせいで親交を深める相手を作ることができないでいる。

作治もまた一人でひっそりと暮らしてきていたに相違ない。

作治は双子姉妹を自分とやよいの間にできたものと信じて疑うことがなかったからありったけの援助を惜しまなかった。いやいや、援助などでなく、父親として当然の義務を果たそうとしたまでのことだ。影となり日向となってという言い回しがあるが、彼の場合、日向となることは絶対に避けなければならなかった。重次郎の縛りは彼が亡くなっても作治を拘束したし、なによりもやよいがこれで彼を狡猾に操ってきた。

「それにしても………」

治療を終えて男が帰った後、私はつらつらと考えている。どれほどの家かは知らないけれど、自分亡き後、藤井鍼師と結婚したやよいが二人で住むことになろうなど、作治には思い及ばぬことであった。思いを馳せることがあったとすれば、いつかやよいが双子姉妹のどちらかを伴って自分とここで暮らすようになったらどんなに幸せなことか。あるいはやよいが双子姉妹と孫を伴って訪ねてくれたら。彼にとってこれほど自分を幸せにしてくれる空想はなかった。

むろんやよいが藤井鍼師なる二十歳も年上の盲人と再婚していること、双子姉妹から聞き知っていたし、やよいから金銭の無心さえ受けていた。それも一度ならずのはずだ。会っていたかどうかまでは分からない。そうしたことさえ作治の思いの妨げにはならなかった。よもや自分亡き後、二人がこの家に住むなど思いも及ばぬことであった。

私は確信に近い心境でそう思っている。思い込みが強いだろうか。そうとも思う。不思議であった。私の心の在り様のことだ。

「やよいは可哀想な女だ」

作治への思いから立ち返って今度はうつらうつらとやよいに思いを巡らせている途中、ふっと湧いてきた感慨であった。母トミの夫、やよいの実父祐吉でなく重次郎の方が戦死していたら。加賀富銘木が時代の流れに煽られることなく繁栄を持続していたなら。そんな仮定など埒もないことではあるけれど。そうであったなら、やよいはまことにすくすくと成長していたに相違ない。

高校生の半ば、義父重次郎に陵辱されてから彼女の運命は翻弄した。

ことわっておくが翻弄されたのではない、したのだ。天真爛漫が軽佻浮薄に置き換えられたのも、あざとく生きなければならなかったのも世間一般の道理をもって断罪するのは易しい。私もそうしてきた。仮にやよいが世間一般の道理をわきまえていたなら、彼女の半生は辛酸なものになっていたことだろう。むろん藤井鍼師などと結婚もしていなかった。

この先、やよいがどんな終焉をむかえるか。一人暮らしでしかもここではよそ者の存在なのだ。周囲に親しい友人関係を培うような人でもない。双子の娘たちとも疎遠になっている。藤井鍼師が廃業してそのまま旧市内にとどまることができないほど蓄えがなかったのは彼女の誤算であった。仮に二人の収入が国民年金だけであったとしたら、これからはやよい一人分しか入らない。

今の今まで私はやよいのあざとさ極まりない半生を強く非難し続けてきた。もし神が君臨していて人間どもを采配する力があるとすれば、彼女の一挙手一投足を見てきていたのだからどんな終焉をもって贖わせるだろう、と考えたこともあった。

なのに不思議。深夜の戸外、雪降る中で糞まみれになって絶命した藤井鍼師を祝福したい気持ちでいる一方、今になってやよいに思いを馳せている。男の客が帰った後、私はなおしばらく放心したようにツラツラとやよいにばかり心を馳せていた。

そうしていて気がついた。やよい夫婦がどんないきさつでここの集落に引っ越してきたのか、やよいは私に話していない。機会を失したのではないだろう。義父重次郎によって陵辱されてから後、あれこれを私に告白していく中、はっきりと自覚していたかどうかはともかく、自分のあざとさに想い及んでいったのかもしれない。

そう思いたい、と私が望んでいるだけだろうかもしれぬのだが。

作治が亡くなって何年か後ではあったにしても、そこに藤井鍼師と二人で住むようになった顛末にはやはりやよい一流のあざとさがあってのことだろうけれど、ここにきてようやく自分を咎める意識が芽生えてきてしまい、もはや得意げに披瀝する意欲を喪失してしまった、と思いたい。

あるいはまた、藤井鍼師の体調が壊れ続ける速度を速めてしまい、その対応に明け暮れて身も心も疲労困憊し、告白するゆとりすらなかったのかもしれない。

たぶんこちらが正解だろう。

いずれにしても、このことをやよいでなく第三者によって告げられたのはありがたかった。

著者略歴

歩　青至（ほ　せいし）

本名　武田金三郎
1943年９月、秋田県井川町に生まれる。

1961年、県立五城目高校林業科卒業後、営林署勤務。

1985年、持病である網膜色素変性症の進行により退職。

1987年、秋田県立盲学校保健理療専攻科入学。卒業と同時に鍼あんまマッサージ治療院を開業、現在に至る。

全盲に至ったのは五十歳ころ。創作個人誌「能代発」（途中から「森岳発」に改題）を十八号まで発行。

著書に『少年』『ロスタイムの生』（無明舎出版）など。

秋田県山本郡三種町在住。

治療院の客
定価〔本体一八〇〇円＋税〕

二〇一八年三月二十日　初版発行

著　者　歩　青至
発行者　安倍　甲
発行所　㈲無明舎出版
秋田市広面字川崎一一二—一
電　話／（〇一八）八三二—五六八〇
ＦＡＸ／（〇一八）八三二—五一三七
組版　ぷりんてぃあ第二
印刷・製本　シナノ

ISBN978-4-89544-640-2

少年
歩青至
Ho Seishi
貧しさの果てに
出稼ぎに行った父、農夫になった兄、女中奉公する姉妹。居丈高な役人や借金とりから母を守るため、修学旅行も高校進学もあきらめた清二は、ムシロを織って家計を支えた。昭和30年代、貧しい雪国の村、世間への復讐心と同級生への淡い思慕、そして友情……。透明で繊細な少年のまっすぐな悲しみを結晶させた長編小説！
みえたもの……
無明舎出版 定価1785円（本体1700円＋税）